Monique Schwitter
Ohren haben keine Lider

Monique Schwitter

Ohren haben keine Lider

Roman

Residenz Verlag

Bibliografische Information der Deutschen Bibliothek
Die Deutsche Bibliothek verzeichnet diese Publikation in der Deutschen Nationalbibliografie; detaillierte bibliografische Daten sind im Internet über http://dnb.ddb.de abrufbar.

www.residenzverlag.at

Die Autorin dankt dem Kanton Zürich für die großzügige Förderung ihrer Arbeit an diesem Buch.

Umschlaggestaltung: Ramona Scheiblauer
Umschlagbild: Florian Thiele
Typografische Gestaltung, Satz: Ekke Wolf, typic.at
Gesamtherstellung: CPI Moravia Books

ISBN 978-3-7017-1494-0

Teil eins

Ort:
Ein Mietshaus mit sechs Parteien
Zürich, 1994

Personen:
Die Parteien:

- **Ich,** 20
  Mein Mann, Fabian Zumsteg, 20 (2. Stock)
- **Agnes** Knabenhans, 33
  Gerd Bleuler, 50 (Erdgeschoß)
- Die Kinderärztin **Conny** Cornelia von Studnitz, 40, (Erdgeschoß)
- Der Cellist **Jeff** Jeffrey Saunders (3. Stock)
- Die Lehrerin **Frau Baumgartner** (1. Stock)
- Die **3 Studenten:** ein Mädchen, zwei Jungs (2. Stock)

weitere Rollen:
Danilo Braidotti, Anfang 40, Anästhesist
Olli, deutlich jünger, höchstens dreißig, Florist
Caro, 20

Nebenrollen:
Der Zahnarzt, seine Gehilfin
Der Karaoke-Bar-Betreiber
Die Blumenverkäuferin

Der Supermarktmann
Der abwesende Guy
Katze und **Maus**
Die Gäste auf Connys Geburtstag: darunter **zufällig von Gerd angesprochener Arzt** und **ein Kollege mit Frau**
Der Bruder meines Mannes
Der Vormieter
Der Vermieter
Der Arzt am Telefon
Die Apothekerin
Der Telefonmann des Valiumherstellers
Bob Dylan
Die Zimmerlinde
»Arschloch«
Der langhaarige Kerl mit träger Stimme
Zwei Polizeibeamte

Kapitel eins

Und es wurde Abend, und es wurde Morgen.

Mein Mann schlug die Augen auf und sagte: »Jetzt wohnen wir also hier.«

Eines Morgens im schönen Monat Mai, nach dieser ersten Nacht in unserer gemeinsamen Wohnung, balancierte ich ein Tablett mit zwei Schalen Milchkaffee und dem Zuckerstreuer vom zweiten Stock ins Erdgeschoß hinunter. Mein Mann hatte die Idee gehabt: Wir sollten im Garten frühstücken.

Ich behielt den Pegelstand des Kaffees und die Stufenkanten im Auge. Auf den abgewetzten Holzstufen des Treppenhauses geriet man leicht ins Rutschen und Straucheln, wie ich vom Vortag wusste. Der Vortag: Der Umzugstag, die Feuerprobe für unsere Beziehung. Wir hatten sie bestanden. Nicht gerade bravourös, es gab alle paar Minuten fast Streit, aber eben nur fast. Erstaunlich, denn außer streiten hatten wir nicht viel getan, mein Mann und ich, in den vorangegangenen drei Monaten unserer Bekanntschaft. Wir liebten es, zu streiten. Diese Wortgefechte waren das Fundament und die Herausforderung unserer jungen Beziehung. Aber beim Umzug kein böses Wort, kein Geschrei, keine Grundsatzdiskussionen, keine Tränen – keine Versöhnung.

Wir schleppten seinen und meinen Hausrat – seine Bücher und meine Matratze – die schlüpfrigen Stufen hoch und rutschten ohne Fracht hinunter, wieder und wieder, unter Stöhnen und stillem Fluchen. Danach fielen wir grußlos auf die Matratze und in Tiefschlaf.

Langsam setzte ich Fuß vor Fuß, hielt die Luft an

und beschwor den Milchkaffee, sich ruhig zu verhalten und nicht überzuschwappen. Dieser erste Morgen sollte ein heiterer bleiben, das schien mir wichtig.

Mein Mann hielt mir die Gartentür auf. Stolz zeigte ich ihm die vollen Kaffeeschalen, auf ein anerkennendes Mundverziehen seinerseits wartete ich vergeblich. Ich lächelte ihn trotzdem an.

Wir setzten uns an den großen, lacklosen Gemeinschaftstisch im Garten, blinzelten in die Frühlingssonne, seufzten gemeinsam, nahmen die Schalen vom Tablett.

Die Küchenausstattung hatten wir unserem Vormieter abgekauft. »Brauche ich nicht mehr«, hatte der Vormieter gesagt, »ich geh nach Afrika, Rotes Kreuz.« Für eine Viertelmonatsmiete hatte er uns alles überlassen, all das, was wir brauchten, jetzt, wo wir eine richtige Wohnung hatten, eine gemeinsame, mit einer richtigen Küche.

Ich streute Zucker in den Kaffee. Auch den Streuer samt Inhalt hatten wir vom Vormieter übernommen. Ich setzte die Schale an und spuckte den braunen Saft sofort wieder aus. So schmeckt Schierlingstrank. Vermutlich. Aus den reifen Schierlingsfrüchten erpresst, von beißendem Mäusegeruch, todsicher tödlich.

Mein Mann sah mich an.

»Gift«, sagte ich, »der will uns vergiften.« Ich meinte den Vormieter. Aus den Nasenlöchern meines Mannes zischte Atemluft. »Probier«, sagte ich (etwas leichtfertig, scheint mir im Nachhinein, aber wer nicht glauben will, muss schmecken). Er tauchte seine Fingerkuppe in den Kaffee, führte sie an die Zungenspitze und verzog das Gesicht. »Siehst du«, sagte ich. »Es war ein Fehler. Alles.« Ich war selber erstaunt über mein »Alles«. Mein Mann auch. Bevor wir unser Erstaunen in Worte fassen konnten, ich muss davon ausgehen: in geharnischte Worte, öffnete sich neben uns ein Fenster. »Guten Morgen«, sagte unsere Nachbarin, deren Schlafzimmer zum Garten lag. »Guten Morgen!«, wiederholte sie und verschwand. Das Fenster ließ sie offen. Wir hörten Rascheln und Raunen. Wir sahen uns an, mein Mann und ich, und lauschten.

»Da ist noch jemand«, flüsterte mein Mann. Ich nickte und lauschte. Ein Mann erschien im Fenster, mit nacktem Oberkörper. Er streckte sich und gähnte laut. »Morgen«, grüßte mein Mann. Der Nachbar gähnte uns noch einmal an, weg war er.

»Wilder Typ«, sagte mein Mann nach und vor langem Schweigen.

Die Nachbarin trat durch die Gartentür. Sie hielt ein Glas in der Hand und trank im Gehen. Ich musterte sie. Sie trug einen weißen Turban und ein weißes Kleid, nichts darunter. Brustwarzen und Schamhaar schimmerten leicht durch den weißen Stoff, leicht nur. Sie war barfuß. »Agnes«, sagte sie und setzte sich neben meinen Mann. »Wir wohnen jetzt im zweiten Stock rechts«, sagte ich und zeigte mit dem Kinn nach oben, himmelwärts. »Ich weiß«, sagte sie. Der wilde Typ kam durch die Tür. Er trug eine Unterhose und ein Handtuch um den Hals. Vor seiner Brust über dem Biertrinkerbauch baumelten Tigerzähne und Kruzifixe. Er zauste seine wirren Haare. »Ich find meine Brille nicht«, sagte er, setzte sich neben mich auf die Bank, gähnte. Agnes stand auf und ging.

Mein Mann und ich sahen den wilden Typen an. Schweigen. Der wilde Typ kratzte sich die Schulter und starrte ins Leere. »Gerd«, rief Agnes freudig durchs offene Fenster, »Ge-herd! Ich hab sie!« Der wilde Gerd deutete auf unsere Kaffeeschalen. »Habt ihr noch mehr davon«, fragte er. »Den kannst du nicht trinken«, sagte mein Mann, »der ist –«

»Vergiftet«, murmelte ich. Mein Mann stieß mir den Ellbogen in die Seite und reichte dem wilden Gerd die Schale: »Der schmeckt wie …«

Gerd nahm einen beherzten Schluck und verzog keine Miene. Dann packte er den Zuckerstreuer und schraubte ihn auf. »Das ist Kochsalz«, sagte er. »Idiot«, zischte mein Mann. Er meinte unseren Vormieter, nehme ich an. »Ihr seid ja zwei Vögel«, Gerd klatschte sich die Hände auf die Brust. Agnes kam lächelnd zurück. »Hier, deine Brille«, sagte sie, reichte ihrem wilden Mann eine **Sonnen**brille und umarmte ihn von hinten. Sie hatte ihre Augen schwarz umrahmt. Ihre Augen glänzten.

Kapitel zwei

Nach dieser ersten Begegnung sah ich Gerd nie wieder ohne Sonnenbrille und Agnes nie wieder mit Turban – und ich sah die beiden oft. Gerd legte die dunkle Brille auch abends nicht ab, im Winter nicht und nicht bei Unwetter; er legte sie nur zum Schlafen ab, und da sah ich ihn glücklicherweise nie.

Agnes' weißer Turban hatte mich beeinduckt, ich hielt ihn für ihre Referenz an alle Imame der Welt, er verlieh ihr etwas demütig Dramatisches, etwas schlicht Ausgebufftes, ein ernsthaftes Augenzwinkern. Als sie mich bei dieser ersten Begegnung im Garten zu sich einlud, »irgendwann, wann immer, du kannst einfach kommen«, freute ich mich besonders darauf, diesen Turban wiederzusehen. Allerdings kannte ich da die Locken noch nicht, die der Turban verbarg. Agnes' Locken schimmerten in elf Farben, wie ich bald herausfand. Obwohl sie auf den ersten Blick schwarz wirkten.

Den ersten Blick warf ich tags darauf. »Das passt ja«, sagte Agnes, als sie die Tür öffnete und ich ihre Locken erblickte, »Gerd ist gerade weg.« Ich hätte sie gerne gefragt, warum sie das gesagt hatte, mit Gerd, aber ich war vollauf damit beschäftigt, den Locken hinterherzugehen, die mich ins Wohnzimmer und in eine andere Klimazone führten. Das Wohnzimmer war eine tropische Enklave, ein feuchtschwüles, gründampfendes Musterbeispiel an Tropenklima, das mir den Atem verschlug. Sie hätte für ihr Wohnzimmer Eintritt verlangen und Tropentouristen in spe ihre Tropentauglichkeit prüfen lassen können. In der Küche hätte sie eine kleine feine Impf- und Prophylaxestation einrichten können, und fertig wäre der Einmannbetrieb gewesen. Aber diese Geschichte spielt vor der Zeit der cleveren Geschäftsideen und Ich-AGs, kurz davor, an der Schwelle zu jenem Glückim-Unternehmertum-Zeitalter des neuen Jahrtausends, und so kam ich damals nicht auf die Idee, Agnes einen Vorschlag in diese Richtung zu machen, und sie selbst trug sich gewiss ebenso wenig mit derartigen Gedanken. Agnes war nicht berufstätig, sie war Hausfrau, und selten passte diese Bezeichnung besser als bei ihr: Sie hielt sich den ganzen Tag, jahrein, jahraus, im Haus, in ihrem Zuhause auf.

»Unser Pflanzennest«, sagte sie und lächelte mich an, als teilten wir ein Geheimnis, »bald hast du dich an die Luftfeuchtigkeit gewöhnt.« Ich atmete tief ein und lächelte tapfer zurück. »Was heißt bald«, versuchte ich zu scherzen, »wie oft muss ich mich dafür bei dir behandeln lassen?« Sie deutete mir, auf dem riesigen roten Brokatsofa, der einzigen Insel im Zimmerdschungel, Platz zu nehmen: »Du kannst immer kommen.«

Ich beobachtete sie in ihrem weißen, ums Haar durchsichtigen Kleid, wie sie zwischen Küche und Tropenwohnraum hin- und herflatterte und Kaffee zubereitete. Ihre Locken tanzten um die Ohren, ihre nackten Füße trommelten leicht auf die Dielen, im angenehmsten Dschungelrhythmus.

Sie reichte mir eine winzige Tasse mit schwarzem Kaffee. Ich bedankte mich.

»Wie bist du eigentlich hier hereingeraten«, fragte sie, dabei hätte sie »gern geschehen« sagen müssen. »Conny ist schuld daran«, antwortete ich. Conny von Studnitz war die erste Nachbarin, die ich getroffen hatte, am Tag der Wohnungsbesichtigung einige Wochen zuvor. Agnes berührte meinen Arm: »Gibt's ja nicht, bei mir auch – bei mir war's auch Conny, aber das ist eine andere Geschichte, erzähl du.«

Ich wollte diese andere Geschichte hören, aber ich verpasste die Gelegenheit, die einmalig war, wie ich heute weiß, indem ich meine eigene erzählte.

»Ich kenne Conny ja gar nicht«, erklärte ich, »aber als ich sie zum ersten Mal sah, wusste ich, dass ich hier wohnen wollte, in diesem Haus.« Agnes nickte.

»Es war mein Besichtigungstermin, die Haustür war verschlossen (damals hatte Frau Baumgartner, die Lehrerin, das Sagen im Haus: Damals war die Haustür Tag **und** Nacht verschlossen. Aber der werte Leser kennt Frau Baumgartner noch nicht, und so bitte ich um Geduld und beende augenblicklich diese Abschweifung, um wieder auf Conny, Agnes' direkte Nachbarin im Erdgeschoß, zu kommen:) Die Haustür war verschlossen, und vom Vermieter keine Spur. Ich stand im tosenden Lärm der Straße vor dem Haus, aus der Karaoke-Bar auf der anderen Straßenseite plärrte eine betrunkene Stimme ›Eisgekühlter Bommerlunder‹ in den Vorabend, eine Vespa steuerte hupend auf mich zu. Die Hupe klang wie eine Kindertröte (Agnes nickte), ich wich der Vespa aus. Eine winzige Blondine hatte den Helm abgenommen und zeigte ihre Mäusezähne: ›Hallo‹, schrillte sie mit Heliumstimme. ›Besichtigung?‹ Ich nickte. (Agnes nickte auch, und wie!) Die kleine Blondine pflückte ihre Einkaufstüten von den Lenkstangen: ›Ich bin Conny‹, sagte sie (ich ahmte Connys Stimme nach, Agnes gluckste leicht). Conny sperrte tütenbehangen und umständlich die Haustür auf, führte mich an den Briefkästen vorbei zu einem Schuhregal neben einer Tür, auf der *von*

Studnitz stand. ›Das bin ich‹, sagte sie. ›Aber das Wichtigste zuerst, schau!‹ Sie öffnete die Tür zum Garten. Ich war sprachlos. Vor mir tat sich eine kleine, gerade grünende Idylle direkt am Fluss auf, der ›Gemeinschaftsgarten‹, wie sie mir erklärte. Wie die Wohnung aussah, war mir egal. ›Ich zieh am Ersten ein‹, sagte ich inbrünstig. ›Super‹, schrillte Conny, streifte ihre Schuhe ab, schleuderte sie ins Regal und verschwand durch ihre Tür.

Als der Vermieter endlich kam, ›Tschuldigung, Feierabendverkehr‹, hatte er leichtes Spiel.« Agnes gab lächelnd einen Laut von sich, der wie »Mmm« klang. »Ich glaube, Conny hat mich verzaubert, verstehst du? Ich hörte nichts von dem ganzen Lärm hier, als hätte jemand den Ton abgedreht.«

In diesem Moment donnerte die U-Bahn unter uns durch, drang gellend das Schreien von Bremsen in Agnes' Tropenzimmer und an unsere Ohren.

Agnes stand auf und goss Kaffee nach. »Das glaube ich nicht«, sagte sie sanft, »dass Conny dich verzaubert hat.« Über den Lärm wollte Agnes nicht sprechen, sie vermied unangenehme Themen immer. Ich aber bringe sie zur Sprache: Das Haus war, vom Garten am Fluss abgesehen, durchaus nicht attraktiv gelegen. Direkt an einer stark befahrenen Straße, die *Transitnord* genannt wurde. Wer Richtung Norden unterwegs war, kam an unserem Haus, an unseren Küchen und Betten, an uns vorbei. Viele Autos wollten nach Norden, vor allem Schwerverkehrsfahrzeuge. Die Karaoke-Bar im Haus gegenüber hatte von morgens bis morgens auf und führte ihren Betrieb bei geöffneter Tür. »Wir müssen aufmachen, sonst ersticken wir hier drin«, sagte der Betreiber, ein Mittvierziger in Cowboyhemd mit wuchernder Nase und öligem Haar, als ich mich einmal (es blieb bei diesem einen Mal) über den Lärm beschwerte. »Sorry«, sagte er, »aber ich will nicht ersticken.« Das konnte ich verstehen, das wollte ich auch nicht. Die Karaoke-Bar beschallte uns dauernd. Es gab Stammgäste, die jeden Tag kamen und pausenlos dieselben Lieder sangen. *Heidschi bumbeidschi bumbum* war so ein Dauerbrenner, und *Ich fand sie irgendwo, allein in Mexiko, Anita*. Bei *schwarz war ihr Haar, die Augen wie zwei Sterne so klar* musste ich immer an Agnes denken, aber das war später, als ich sie bereits regelmäßig besucht, elf Farben in ihren schwarzen Locken gezählt und wiederholt bestätigt gefunden hatte, wie sehr ihre Augen zu den elffarbigen scheinschwarzen Locken glänzten.

Aber zurück zur Lage: Das Nebenhaus sah aus wie ein Bunker, war aber das städtische Elektrizitätswerk, aus dem schwerfälliges, metallenes Hämmern drang, als ließe ein riesenhafter Schmied seinen gigantischen Hammer Funken sprühen, die dankenswerterweise lange Funkenperlenketten bis zu unseren Steckdosen bildeten und alle Lampen und Geräte fütterten. Dann wieder, wenn der Riesenschmied sich ausruhte, nehme ich an, war klirrendes Wummern und Zirpen zu hören. Zu guter Letzt darf auch die U-Bahn nicht unerwähnt bleiben, die mit dumpfem Grollen in undurchschaubaren Intervallen unter dem Fluss und unserem idyllischen Gemeinschaftsgarten durchdonnerte. Für diese Lärmliste habe ich mir jetzt die Zeit genommen, die ich bei meinem ersten Besuch bei Agnes natürlich nicht hatte. Denn sie hatte gerade gesagt, dass sie nicht glaube, dass Conny mich verzaubert habe, und das durfte nicht unwidersprochen bleiben. »Wieso nicht, traust du Conny so viel Ausstrahlung nicht zu«, fragte ich in der Hoffnung, Agnes würde sich missbilligend über Conny äußern. Das ist ein hässlicher Zug an mir, den ich leider bis heute nicht ganz abgelegt habe, ich höre gerne andere schlecht über Dritte reden. Ich schweige und höre übler Nachrede zu und ergreife dann, das ist das Allerhässlichste an diesem Zug, scheinbar Partei für die Opfer, schüre so das Feuer der Lästerei und entlocke meinem Gegenüber interessante Details über diese Dritten. Bei Agnes funktionierte das bedauerlicherweise nicht. Sie äußerte sich niemals schlecht oder abfällig über andere, über niemanden. Deshalb sagte sie: »Oh doch, die traue ich Conny zu, ich wollte damit lediglich sagen, dass es Dinge gibt, die einfach so sein müssen. Dass du hier eingezogen bist, musste einfach sein, verstehst du?«

Ich verstand es nicht, aber es beeindruckte mich; ich begann, mich in den Tropen wohlzufühlen, ja, ich atmete bereits erstaunlich leicht.

Kapitel drei

Mein Mann hatte eine Theorie. Er hatte sie im Laufe der Gymnasialzeit entwickelt, mit Sorgfalt und Bedacht, wie er beteuerte. Diese Theorie betraf die Frage, wie man leben solle, wobei er selbst nicht nur Urheber, sondern auch einziger Proband und Nutznießer dieser seiner Theorie war. Er habe keinerlei missionarischen Ehrgeiz, betonte er. Er habe auch kein Interesse daran herauszufinden, ob die Theorie sich praktischerweise bei der großen Masse durchsetzen könnte, obwohl er überzeugt sei, dass ja, aber da müsse die Masse sich schon selbst drum kümmern, er werde seine Theorie schön für sich behalten, nur wenn er direkt darauf angesprochen und bekniet würde, sie zu erläutern, ließe er sich vielleicht dazu hinreißen, denn: Ohne Freiwilligkeit sei da sowieso nichts zu machen, auf Freiwilligkeit beruhe nämlich die komplette Theorie.

Ich möchte anmerken, dass ich ihn nicht bekniete. Er erklärte sie mir (verblüffend kurz nach dem Kennenlernen übrigens) freiwillig, was ein weiterer Beweis für die Tauglichkeit seiner Theorie war, denn wir haben ja gerade erfahren, worauf sie beruhte, gell, lieber Leser.

Um nun den eigenen freien Willen kennen zu lernen und imstande zu sein, nur Taten zu vollbringen, die seinem Quell entsprängen (wichtig sei in diesem Zusammenhang, alles als Tat zu begreifen und nichts als Prozess, schon gar nicht als schleichenden, nichts ginge seinen Gang, das sei nur eine Ausrede des Menschen, sich seiner Verantwortung zur Tat zu entziehen), sei es unabdingbar, eine lange Weile lang nichts zu tun. In genau diesem Stadium befinde er sich seit der Reifeprüfung, die wir beide, im gleichen Jahr geboren, wenige Monate zuvor abgelegt hatten. Der Mensch könne zu seinem freien Willen nur auf diesem Weg vordringen, er müsse seinen Tatenbetrieb erst einmal gegen Null fahren und sich eine längere Zeit der Tatenabstinenz verordnen, um die Beweggründe für seine Taten und Entscheidungen zu prüfen und in der Lage zu sein, frisch und frei jeden Tag, jede Minute, jede Sekunde neu zu entscheiden, aus freiem Willen, nicht aus Angst oder, wie meist, aus Gewohnheit.

Ich habe mir das wie eine Fastenkur vorzustellen, erwiderte er mein erstauntes Schweigen, bei der man dem Magen keine Nahrung zuführe, die dieser ja, ganz Gewohnheit und Programm, grob zerhackt, ihrer Form beraubt und zurechtgestutzt als ungefähren Brei dem Dünndarm übergebe, der wiederum, ebenso aus Gewohnheit und ohne sein Standardprogramm je zu hinterfragen, diesen Brei mehr schlecht als recht in Nahrung und Müll unterscheide. Unterscheiden sei entscheiden, und Entscheidungen seien Taten, Taten nichts anderes als Entscheidungen; erst wenn der Magen, der Darm nichts zu tun hätten, dozierte er, könnten sie anfangen, über die Grundlagen ihrer Taten und Entscheidungen nachzudenken, und da er der Meinung sei, weder Magen und Darm, erst recht aber nicht der denkende Mensch als Ganzes seien rein chemisch-biologisch determinierte Angelegenheiten, sondern Gebilde mit, wenn auch verborgenem oder nur rudimentär vorhandenem, freiem Willen, und aber einem ausgeprägten Streben hin zu eben diesem Freiwillen – sei er tief entschlossen, ihm Bahn zu brechen und sich nicht auf Lebensgleise zu begeben, die einen, vermeintlich sicher, geradewegs und ohne Umschweife zum Sarg führten, einige kleine traurige

Ängste und Freuden eingeschlossen, im Wesentlichen aber ereignislos und unfrei.

»Also Moment, du willst doch nicht ernsthaft behaupten, dass Magen und Darm jemals in der Lage sein könnten, sich zu entscheiden, den Verdauungsvorgang anders zu gestalten und, sagen wir, nur noch Proteine zu spalten und aufzunehmen«, wandte ich ein.

»Genau das behaupte ich. Denk an so genannte Krankheiten, an ›Fehlfunktionen‹ des Verdauungstraktes, da tun Magen und Darm das doch auch«, er kicherte, »wenn auch nicht im für den betroffenen Menschen angenehmsten und besten Sinne; jetzt stell dir einmal vor, was da möglich wäre, theoretisch, wenn Magen und Darm durch ausreichend lange Nulldiät dazu gezwungen wären, ihr Tun und Treiben wurzeltief zu überdenken! Womöglich erfänden sie eine neue, effizientere Methode der Absorption, der Mensch wäre plötzlich mit viel weniger Nahrung viel länger lebensfähig, was sagst du jetzt. Das Welthungerproblem wäre damit auch gelöst«, fügte er genüsslich hinzu.

»So lange kann kein Mensch fasten, dass Magen und Darm ins Nachdenken geraten«, sagte ich, »nach vierzig Tagen ist Schluss und aus die Maus und Schicht im Schacht und vorbei das schöne Leben. Du willst das Welthungerproblem lösen und verhungerst unterwegs selber! Genauso wie dein Nichtstun irgendwann zwangsläufig zum Verhungern führen wird, das ist der Haken an deiner Theorie, mein Lieber.«

»Siehst du, du steckst schon mitten drin in der Falle, in der Angstfalle«, er lächelte fast zärtlich und wartete gespannt auf einen Gegenangriff. Dass ich seine Theorie nicht teilte, und zwar wortreich, gefiel ihm. Diese Meinungsverschiedenheit war die Wiege unserer Streitereien, die wir pflegten, seit wir uns kannten. Wir stritten über alles Mögliche, über gegenseitige Lärmbelästigung (Musik, die nur einer von uns liebte, oder Geräusche, wie mein Fingernagelknipsen und sein lautes Gähnen), über zu viel Zuwendung oder zu wenig, über die Frage, welche Farbe ein Gegenstand habe, wer der größte Schauspieler aller Zeiten, welche Jahreszeit die schönste sei. Wenn uns nichts einfiel, kehrten wir an die Wiege zurück und stritten über seine Theorie.

»Deine Theorie ist Schrott«, das war ein Anfang, den ich oft wählte, »es ist unmöglich, nichts zu tun, gerade in deiner Definition von Tat, wo jede Entscheidung bereits Tat ist; überleg mal, wie oft du dich tagtäglich entscheidest: Aufzustehen, ein Buch zu lesen, ein Brot zu essen, fernzusehen, mit mir zu schlafen – und jetzt sag noch einmal, du würdest nichts tun!«

Unter uns: Er tat ja wirklich nichts, nichts, was als Tat im landläufigen Sinn erwähnenswert wäre. Wie lange er vorhatte, nichts zu tun, verriet er mir nicht. Er lebte vom Erbe seiner pünktlich zum Schulabschluss verstorbenen Großmutter. Sie war gewissermaßen die Schirmherrin seines Nichtstuns – aber wie lange das dauern mochte, konnte ich nicht absehen, er nannte mir gegenüber keine Zahlen, selbst dann nicht, wenn er über seine reichen Eltern sprach, deren Erbe er mittels Notarvertrag bereits ausgeschlagen habe (ob das stimmte, werde ich nie erfahren), da er mit ihnen nichts und niemals wieder zu tun haben wolle, auch nach ihrem Ableben nicht, »wenn Omas Erbe durch ist, war's das.«

Pläne hatte er keine, Summen nannte er keine, was es aber bedeutete, nichts zu tun, verriet er gerne, besonders detailliert an jenem Abend, als wir beschlossen, zusammenzuziehen.

Fernab der Lebenstrampelpfade wie berufszielende Ausbildung oder karrierezielendes Studium überließe er sich vorsatzlos dem rohen, unverplanten, chaotischen Tag, täglich aufs Neue. Gerade dem Chaos, das derartige Tage in sich bargen, sei er sich auszusetzen frei gewillt (»Es lebe das Chaos«, rief er bei jeder sich bietenden Gelegenheit mit spanischem Akzent, warum auch immer). Jeden Tag, gar jede Sekunde als einzigartig zu begreifen und zu erleben, nichts Geringeres als das habe er vor. Und dazu sei ich herzlich eingeladen.

»Essen, wenn man Hunger hat, vögeln, wann immer man Lust hat, schlafen, wenn man müde ist. Putzen – nun ja, wenn man will«, sagte er mit leichtem Fragezeichen. Er sei auch bereit, die Folgen des Nichtstuns zu tragen, er meinte damit wohl ertragen, den Dreck beispielsweise. Meine Schmutzschmerzgrenze war weit, in diesem Punkt passten wir schon einmal hervorragend zusammen, wenn wir auch unterschiedliche Gründe dafür hatten, ich verabscheute Putzarbeit ganz einfach, auch ohne theoretischen Überbau.

Er spielte gerade mit dem Gedanken, in einer gemeinsamen Wohnung sogar zu kochen, unter der Voraussetzung, dass es aus freien Stücken geschah, versteht sich, als ich ihn unterbrach: »Sollen wir wirklich zusammenziehen? Wir streiten schon sehr oft, oder?«

»Die absolute Mehrheit in einer Liebesbeziehung ist naturgemäß totalitär.« Rumms, das haute mich um. Ja, mit einem Mann, der so sprach, wollte ich zusammenleben (wer nicht), das Abenteuer konnte beginnen.

Neun Monate wohnten wir in dieser Wohnung. Als wir auszogen, war Gerd längst verschwunden und Agnes tot. Mein Mann wechselte die Stadt und begann ein neues Leben. Der Cellist, der über uns wohnte, ging zurück in seine Heimat, nach Boston. Das erfuhren wir von der Lehrerin (Frau Baumgartner, wird hier zum zweiten Mal erwähnt), die unter uns wohnte. Obwohl sie während der neun Monate selten mit uns sprach. Sie schrieb lieber gelbe Post-it-Zettel, die sie an unsere Wohnungstür klebte. *Bitte Haustür nachts verschließen* war eine ihrer Lieblingsbotschaften. Erst als sie hörte, dass wir auszogen, lud sie uns zum Tee ein, erzählte von Jeffs Plänen und von ihrer Kündigung. »Nach 25 Jahren«, sagte sie. »Gerade noch hieß es, ich würde Rektorin, und jetzt: Alteisen«, seufzte sie.

Die neun Monate waren nur an den drei Studenten neben uns spurlos vorbeigegangen. Sie hörten weiter ihre immer gleichen dumpfen Platten, kratzten mit den Gabeln in ihren Töpfen herum und verunreinigten unser Klo.

Conny, die winzige Blondine mit der Heliumstimme aus dem Erdgeschoß, die übrigens schon vierzig und erfolgreiche Kinderärztin war, betrat das Haus seit jener Silvesternacht nicht mehr. Sie schaffe das nicht, psychisch, sagte sie mir am Telefon. Sie wohne bei Freunden und suche was Neues, sagte sie. Sie käme nicht wieder, niemals. »In dieses Haus kann ich keinen Fuß mehr setzen.«

»Es ist ein wunderbares Haus«, sagte ich nach der Besichtigung zu meinem Mann. Wir hatten eine Flasche Wein aufgemacht und prosteten uns zu. »Es lebe das Chaos«, rief er spanisch, »jetzt geht's los«, sagte ich. Wir saßen auf dem Boden seiner Einzimmerwohnung, neben seinem Einmannbett, unter der imposanten Bücherwand, und aßen die Pizza aus der Kartonschachtel, die ein Kurier an die Tür gebracht hatte. »Der einzige Nachteil ist das Klo auf halber Treppe«, sagte ich. Mein Mann verschluckte sich.

»Egal«, sagte er, »ich vertrau dir.« Seinem freien Willen gehorchend hatte er es längst aufgegeben, mich zu den Besichtigungsterminen zu begleiten, dafür hatte ich mir sein Vertrauen ausbedungen.

Dass wir das Klo auf halber Treppe auch noch mit den drei Studenten der Nachbarwohnung teilen mussten, hatte ich bei der Besichtigung nicht kapiert. Wir merkten es am Umzugstag, als mein Mann pinkeln wollte und die Klotür nicht aufbekam. Er rüttelte an der Tür. »Die Scheißtür geht nicht auf«, sagte er. »Du machst die Tür kaputt, warte«, sagte ich, schob meinen Mann zur Seite und versuchte es mit Gefühl. Nichts. Ich rüttelte bald genauso heftig wie er zuvor, nichts. »Du machst die Tür kaputt«, sagte mein Mann mit hoher Stimme, die meiner Stimme rein gar nicht glich, obwohl er das dachte. Nach einer Weile hörten wir die Spülung. Die Tür öffnete sich und ein Kerl in

Jogginghose stand vor uns. Mein Mann öffnete den Mund und starrte den Kerl an.

»Das ist unser Klo«, sagte er, als er wieder sprechen konnte.

»Gemeinschaftsklo«, sagte der Kerl und drängte sich an uns vorbei.

Wir schauten ihm zu, wie er die halbe Treppe hochging und in der Nachbarwohnung verschwand. »Das darf doch wohl nicht wahr sein«, sagte mein Mann.

Kapitel vier

Wenn man die Haustür aufsperrte und das Treppenhaus betrat, um die Stufen zu unserer Wohnung hochzugehen, kam man parterre zunächst an Connys Wohnungstür vorbei, am Schuhregal mit den vielen winzigen Schuhen. Conny hatte Schuhgröße 33, sie hatte ihre Gummistiefel, Sportschuhe und Pantoffeln in der Kinderabteilung gefunden. Vor allem aber stapelten sich in ihrem Regal Schuhe mit hohen und sehr hohen Absätzen, elegantes und spitzes, zartes Schuhwerk. Woher sie diese Miniaturen hatte, verriet sie nicht, und es blieb mir unerklärlich. Noch heute schaue ich, wenn ich mir Schuhe kaufe, aus Gewohnheit nach, ob es Größe 33 gibt. Ich würde sie sofort für Conny kaufen, aber natürlich gibt es sie nie, und natürlich habe ich Connys jetzige Adresse nicht, ich könnte diese Gewohnheit wirklich allmählich ablegen.

Damals stand ich oft vor diesem Regal und schnitt in Gedanken alles von meinen Füßen ab, was zu viel war, um Connys Schuhe zu tragen. Vorne und hinten, Ferse und Zehen schnitt ich ab, trippelte mit blutenden Stummeln in einem Paar dieser kostbaren kleinen Schuhe herum und wand mich genüsslich in der stechenden Gänsehaut, die meine Vorstellung mir bereitete.

Die Wohnungstür von Agnes und Gerd, direkt gegenüber von Connys Schuhregal, trug kein Namensschild. »Nackte Tatsachen«, sagte Gerd, wenn ihn jemand darauf hinwies. »Nackte Tatsachen« sagte Gerd oft; wenn er sich ein Bier aus dem Kühlschrank holte und Agnes ihm ein Glas anbot, schüttelte er den Kopf und sagte: »Nackte Tatsachen«, wenn er nur mit Sonnenbrille und Unterhose bekleidet den Gemeinschaftsgarten betrat, sagte er statt eines Grußes mit beiden Händen auf seine Wampe deutend: »Nackte Tatsachen.« Manchmal sagte er aber auch: »Na, ihr Vögel.« Das sagte er zu mir und meinem Mann. Seit unserer ersten Begegnung, seit dem gesalzenen Milchkaffee nannte er uns Vögel. Den Schwank mit dem Salz übrigens erzählte er uns immer wieder, als ob wir nicht dabei gewesen wären, und lachte herzhaft, solange er unser Nachbar war.

Auf dem Weg zu unserer Wohnung ging man neben Agnes' und Gerds Tür die erste Treppe hoch, zwölf Stufen, zwölf abgenutzte, schlüpfrige Holzstufen. Sie sahen aus, als seien sie über Jahre von Wasser umspült, gehöhlt und geschliffen worden. Das Haus war 1912 gebaut worden. Wie viele Schritte waren auf diese Stufen gesetzt worden, wie viele Sohlen hatten sich an diesem Holz gerieben. Zum ersten Mal wurde mir bewusst, dass Schritte Spuren hinterlassen, dass meine Schritte sich auf diesen Stufen verewigten. Zweifellos hinterließen meine Schritte dieselben Spuren wie die Schritte jedes anderen Menschen, der in diesem Haus zeit seines Bestehens auf und ab gegangen war, aber ich fühlte mich dennoch zugleich besonders lebendig **und** ewig, wenn ich federnden Schritts und schwungvoll (um einen tiefen Abdruck zu hinterlassen) die Stufen hochging. »Hier, hier, hier, bin ich«, sagte ich mir vor, wenn meine Füße die Stufen traten und meine Schritte sich verewigten.

Nach diesen zwölf Stufen hatte man den ersten Stock erreicht, wo Frau Baumgartner, die Lehrerin (ah, da ist sie ja wieder!), wohnte. Sie war damals in ihren Fünfzigern, schätze ich. Sie trug einen Haarreif in ihren grauen, kinnlangen Haaren und eine Männerbrille. Frau Baumgartner liebte die Stille. Das schrieb sie an einem unserer ersten Tage auf einen Post-it-Zettel, den sie an unsere Wohnungstür klebte: *Ich liebe die Stille.*

»Den Hinweis sollte sie besser an die Tür der Karaoke-Bar hängen«, schlug ich vor, als ich meinem Mann den Zettel zeigte. Aber dabei würde sie ja gesehen werden, vom öligen Chef nämlich, denn seine Tür stand ja, wie wir bereits wissen, rund um die Uhr offen, und es schien Frau Baumgartner mehr Spaß zu machen, ihre Botschaften heimlich und auf leisen Sohlen zu verteilen, wenn auch nicht anonym, oh nein, sie unterschrieb immer mit *Baumg*, ihrem Lehrerkürzel, wie ich annahm, mit dem sie offensichtlich auch in ihrem Privatleben eins geworden war.

Ich kann verstehen, dass Frau Baumgartner die Stille liebte, weil man ja oft das liebt, was man nicht hat, aber ich wunderte mich schon, dass sie nicht einfach umzog, in eine Wohngegend ohne Gewerbe und Verkehr. »Ich geh nicht unter«, sagte sie uns beim Abschiedstee, »seit 25 Jahren wohn ich hier, ich geb nicht auf.« »Tapfer«, hätte sich Frau Baumgartner selbst wohl beschrieben, »und diszipliniert«, obwohl in ihrem Fall diese beiden Tugenden ein und dieselbe und verwachsen waren, keine Disziplin ohne Tapferkeit, das hatte sie von Kindesbeinen an gelernt, und darüber schien sie froh. »Was ich mir erarbeitet habe, kann mir keiner wegnehmen, keiner«, sagte sie zum Abschied.

Vom ersten Stock, von »Frau Baumgartners Anwesen«, wie wir ihn nannten (ihre Wohnung war doppelt so groß wie unsere, und dabei lebte sie allein, sie hatte also viermal mehr Platz als ich oder mein Mann, dennoch saß sie in einem Winkel am Sekretär und kritzelte kleine gelbe Post-it-Zettel voll, statt im Dreivierteltakt durch die Wohnung zu tanzen: *Dieses Getrampel mit diesen Schuhen macht mir schwer zu schaffen, Baumg* schrieb sie, **uns** schrieb sie das, ob die Studenten nebenan auch solche gelben Zettel an ihrer Wohnungstür hatten, konnte ich nie herausfinden), von ihrem Anwesen also ging man zwei weitere Treppen hoch, dann hatte man, nebeneinander, unsere Wohnungstür und die der Studenten erreicht. Zwei Treppen mit je acht Stufen. Auf dem Zwischenboden lag das Gemeinschaftsklo. Nachdem wir akzeptiert hatten, dass uns keine andere Möglichkeit blieb, als das Klo mit den drei Studenten zu teilen, hatte ich ein Schild gebastelt. Auf die eine Seite schrieb ich *Stop*, auf die Rückseite *Go*. Das Schild baumelte an einem Band am Knauf der Klotür. Die Studenten ignorierten das Schild. Sie benutzten das Klo, ohne das Schild auf die Stop-Seite zu drehen und verließen es, ohne darauf zu achten, dass die Go-Seite sichtbar war. Sie rüttelten an der Tür, wenn ich Werbeprospekte durchsah, um mich erleichtern zu können. Sie rüttelten an der Tür, obwohl ich das Schild immer auf die Stop-Seite drehte, wenn ich im Klo zu tun hatte. »Besetzt«, schrie ich dann viel zu laut. Manchmal schrie ich auch: »Verdammt noch mal!« Es half nichts. Mit der Zeit gewöhnte ich mir an, die Werbeprospekte in der Küche durchzublättern und erst aufs Klo zu rasen, wenn es schon fast zu spät war. Das war riskant, mitunter war das Klo im entscheidenden Moment von einem Studenten besetzt. In diesen Momenten lernte ich einen Mörder kennen. Mich. Ich trat vor der Klotür auf und ab und dachte mir aus, wie ich den Dreien, schön der Reihe nach, mit einem sauberen Sensenhieb die Köpfe vom Hals trennte und in die Kloschüssel plumpsen ließ.

Mein Mann ging nur bewaffnet aufs Klo, den Finger am Abzug des Desinfektionssprays, das er von Jeff, dem amerikanischen Cellisten, geschenkt bekommen hatte. Jeff hatte meinen Mann kurz nach unserem Einzug im Treppenhaus angesprochen und ihm als Begrüßungsgeschenk dieses Spray überreicht, das er aus seiner Heimat importiert hatte. In der Tat ein sinnvolles Geschenk, das für Jeffs mitfühlendes Herz sprach, ich muss das hier hervorheben, im Sinne der

Objektivität, bevor ich mich (werter Leser, gedulde dich noch ein Weilchen) den Schattenseiten von Jeff widmen werde.

Mein Mann riss das kleine Klofenster auf und putzte die Klobrille jedes Mal, bevor er sich hinsetzte (ja, er putzte!). Ich fand die Idee gut, aber ich war zu faul, das Spray zu benutzen; das sagte ich meinem Mann aber nicht, es hätte ihn zu sehr geekelt.

Den dritten Stock betrat ich nie, bevor Jeff uns bat, während seiner Konzertreise durch Südamerika seine Katze zu füttern. In den Monaten vor seiner Konzertreise klingelte Jeff manchmal und stellte merkwürdige Fragen. Er klingelte entweder um die Mittagszeit auf dem Weg zur Arbeit, oder nach Feierabend. Meistens hatte er abends zu tun, Orchesterproben oder Konzerte, wie er sagte. Er sprach nicht viel über seine Arbeit, er lud uns auch nie zu einem seiner Konzerte ein, und das war mir ganz recht. Wenn er nach Feierabend klingelte, war es kurz vor Mitternacht.

Jeff sprach perfekt deutsch, aber es kostete ihn große Anstrengung, die Worte auszusprechen. Wenn mein Mann und ich gute Laune hatten, sprachen wir *jeffisch*. Sein Akzent gefiel uns. »Lippeling, uo häst dü dä Milk hängetähn?« »Oh, dä Milk häbb isch in dä Kuhlschränk getähn, uo sä hingehöut.«

Jeff war immer festlich gekleidet, berufsbedingt. Er trug weiße Hemden, dunkle Anzüge und Lackschuhe. Seine Frisur wirkte geföhnt, und er ging nie zu spät zum Friseur, um sie in Form zu halten. Wenn er vor der Tür stand, um eine seiner Fragen zu stellen, hatte er seinen Cellokoffer dabei. Er trug ihn auf dem Rücken. Den sargähnlichen schwarzen Koffer stellte er nie ab, nicht einmal, wenn wir an der Wohnungstür über eine seiner Fragen ins Gespräch gerieten.

»Guten Abend«, sagte Jeff zum Beispiel mit seinem wunderbaren Akzent, »wer hat heute Nacht an meiner Tür geklingelt?«

»Keine Ahnung, Jeff, wir waren's nicht«, antworteten wir.

»Klar«, sagte Jeff, »das ist klar, aber wer war es?«

»Keine Ahnung, Jeff, wir haben geschlafen.«

»Klar«, sagte Jeff, »aber wer war es, **wer**?«

Einmal sagte er: »Wird euer Telefon auch abgehört?«

»Keine Ahnung, Jeff«, sagten wir dann. Er stellte immer Fragen, auf die wir »keine Ahnung, Jeff« antworteten. Zum Schluss sagte er immer: »Gut, gut. Gute Nacht.« Oder: »Gut, gut. Schönen Tag.« Je nachdem, ob er zur Arbeit ging oder heimkam.

Jeff liebte sinfonische Musik, bei einem Cellisten ist das nicht allzu erstaunlich. Nach Feierabend, also spät nachts, spielte er sich (und uns) seine romantischen Sinfonien lautstark vor. Eine besondere Schwäche hatte er für Anton Bruckner, insbesondere dessen Nullte Sinfonie in d-Moll (die Bruckner selber für »ganz nichtig« und »annulliert« erklärte) hatte es ihm angetan. Ihr Klanggewitter ging unzählige Male über uns nieder, sodass ich anfing, sie *himmlische Musik* zu nennen – weil sie von oben kam.

Glücklicherweise hörten die Studenten neben uns so spät keine Musik mehr, die Nullte konnte sich ungestört über uns ergießen. Insgesamt schienen die Studenten nicht nachtaktiv, sie gingen zeitig zu Bett.

Ihre dumpfen Sisters of Mercy-Platten hörten sie tagsüber. Sie besaßen drei Platten: Drei Studenten, drei Platten, das kann man sich leicht merken. Womöglich war diese Musik die Basis ihres Zusammenlebens, womöglich hatte jeder eine Platte in die WG eingebracht, scheußliche Vorstellung, ich bin froh, dass ich nie einen Fuß in diese Nachbarswohnung gesetzt habe.

Frau Baumgartner hörte keine Musik, klar, sie liebte ja die Stille. Aus ihrer Wohnung drang ganz leise ein einziges Geräusch, das Kritzeln des extraharten, frisch gespitzten Bleistifts auf Post-it-Zetteln, aber um das hören zu können, hätte ich meine Ohren schärfer spitzen müssen als sie ihren Bleistift, und so ging von ihrer Wohnung nur Stille aus, reine, klare Stille.

Im Erdgeschoß, da war was los, musikalisch. Conny legte ihre Salsa auf, sobald sie die Tür hinter sich geschlossen und ihre Einkaufstüten abgestellt hatte. Das Abendessen bereitete sie mit Hüftschwung im 4/4-Takt zu. Jedenfalls tat sie das jenes eine Mal, als ich ihr beim Kochen zusah. Sie führte den Schwung so beiläufig und gekonnt aus, dass ich annehmen darf, sie übte ihn täglich.

Agnes' und Gerds Wohnung zu guter Letzt lag im musikalischen Widerstreit zwischen Gerds Thrash Metal und Agnes' kamerunschem Bikutsi – unvereinbar, die beiden, aber in Ermangelung einer zweiten Stereoanlage niemals gleichzeitig gespielt, sodass der Kampf nicht offen ausbrach. Agnes hörte ihre Musik, wenn Gerd nicht da war; war er da, lief Thrash Metal, schnell, laut, hart. Ich klingelte nur, wenn ich keine Musik oder Bikutsi hörte.

Kapitel fünf

Agnes trug ihre weißen Kleider und ging barfuß, neun Monate lang, bis zum Ende des Jahres und ihres Lebens. Für ihr tropisches Wohnzimmerklima war diese Kleidung ideal, und da sie die Wohnung nicht verließ (oder nur selten und sommers, um den Gemeinschaftsgarten zu betreten), brauchte sie keine andere und besaß auch keine; besaß weder Kleidung noch Schuhe, mutmaßte ich. Würde sie je Schuhe brauchen, könnte sie sich genauso wenig wie ich aus Connys stattlichem Regal welche borgen, auch Agnes' Füße würden nur grob verstümmelt in Connys Schuhe passen. Aber mir Agnes' Füße zurechtgestutzt und blutend vorzustellen, bereitete keine schaurige Freude, nicht so wie bei meinen eigenen.

Agnes war immer sanft, sanft fröhlich. Ihre Stimme erhob sie nie. Ihr ein lautes Wort zu entlocken, schien unmöglich. Ich konnte mir keine Situation vorstellen, in der Agnes schrie, wie sie auch nie laut lachte, jauchzte oder sang. Im Gegenteil liebte sie es, zu summen. In ihrem Wesen schien es keine Unwägbarkeiten zu geben.

»Du kannst immer kommen«, sagte sie jedes Mal, wenn ich mich von ihr verabschiedete. »Danke für den Kaffee«, sagte ich dann, »und – danke einfach.«

Agnes' Kaffee schmeckte mir immer besser. »Schwarz, süß und heiß«, sagte sie, wenn sie mir die winzige Tasse reichte. Sobald sie sich neben mich gesetzt hatte, auf das riesige rote Sofa, in dem man versank, zog sie die Knie hoch und schob den weißen Stoff ihrer Kleider über die angezogenen Knie bis zu den Füßen hinunter. Ich schaute ihr dabei zu und versuchte, einen Blick auf ihre Scham zu erwischen. Aus Neugierde. Manchmal glaubte ich, etwas Dunkles zu sehen, aber es ging zu schnell, ich konnte nichts erkennen, nichts Genaues. Schamblume, dachte ich dabei, Keuschheitsbaum, Schlangenfrucht, Paradiesnessel, Passionsblume. Agnes hatte mir im Lauf der Zeit alle Pflanzen vorgestellt, namentlich, mit sanfter, aber fester Stimme.

Bei meinem zweiten Besuch legte sie eine Platte auf, lächelte mich an und sagte: »Das Dschungelohr!« Sie deutete auf einen großblättrigen Baum zu ihrer Linken. Die Platte spielte einen wilden Rhythmus im ⁶⁄₈-Takt, wenn ich richtig zählte. »Darf ich vorstellen«, sagte Agnes und deutete im Folgenden nach links und rechts, oben und unten: »Das Elefantenohr, das Löwenohr, der Katzenbart, die Fledermausblume, das Papageienblatt, die Vogelschnabelblume, die Schmetterlingserbse, die Schlangenwurzel!« Sie erhob sich, drehte sich im Kreis und deutete noch einmal in alle Richtungen, wobei ihre Füße zur Musik auf den Boden trommelten. »›Bikutsi‹ heißt diese Musik, das bedeutet ›mit den Füßen treten‹, verstehst du?« Ich schüttelte den Kopf, zählte die Farben ihrer Locken und klatschte in die Hände. »Und hier«, fuhr sie fort, »der Hammerstrauch, die Schraubenpalme, der Bleistiftstrauch, der Halbgriffel, der Pinselbaum, der Puderquastenstrauch, der Pfeilwurz, der Sandbüchsenbaum, der Regenschirmbaum, der Kanonenkugelbaum, der Langfaden, die Kreuzschlinge, der Kerzenstrauch, die Leuchterblume, das Wechselkölbchen, der Sauersack!« Ich lachte und wiederholte: »Sauersack! Puderquastenstrauch!«, und lachte und lachte, und sie lächelte mit.

Dann begann eine Frau zum Rhythmus zu singen, gellend und gurrend, ohne vermittelnde Crescendi, und Agnes setzte sich wieder neben mich. Ich bekam Zahnschmerzen, links unten. Nachdem wir eine Weile nebeneinander geschwiegen hatten, ich mit Sicherheit sieben Farben in ihren Locken unterscheiden konnte und die Platte durchgelaufen war, fragte ich sie: »Was hältst du von Ängsten und Gewohnheiten?«, womit ich zum ersten Mal die Lieblingsthemen meines Mannes in ihr tropisches Reich trug. Denn ich konnte mir gut vorstellen, Gewohnheiten zu lockern und zu lösen, unter Umständen sogar abzubauen, ja, ich konnte mir vorstellen, dies mit Hilfe seiner angewandten Theorie der Untätigkeit zu bewerkstelligen; wie ich allerdings Ängste aller Art durch Nichtstun loswerden sollte, und daran war ich weit mehr interessiert, verstand ich überhaupt nicht, auch nach reiflichstem Überlegen nicht.

»Ich habe **nur** Gewohnheiten«, antwortete Agnes, »und ich mag sie. Schau dich um, ohne gewohnheitsmäßige Pflege gäbe es das hier nicht. Und auch sonst ...«, hier beendete sie das Fragespiel, indem sie aufstand und frischen Kaffee machte. »Und Ängste«, rief ich ihr hinterher. »Du bist noch jung«, antwortete sie nach langem Schweigen aus der Küche, nach langem Schweigen, in dem sie bestimmt gelächelt hatte, denn das konnte sie, schweigen und lächeln, das konnte sie meisterhaft, »du bist noch jung, du hast es noch vor dir, dein Leben, alles.«

Sosehr ich auch daran interessiert war, ein freier, ein angstfreier Mensch zu werden, muss ich doch gestehen, dass ich Situationen liebte, in denen ich Ängste ausstand. Neben unseren Streitereien liebte ich die Gefahr, das Bangen um meinen Mann, um uns. Ich liebte Situationen, in denen ich eindeutig und ganz einfach wusste, dass ich ihn liebte. Sie kamen nur zu selten vor, und so half ich ab und zu ein wenig nach.

Wenn ich mich richtig erinnere, tauchte die Maus an jenem Abend auf, als wir fertig wurden mit auspacken, zusammenschrauben und einräumen. Die Entscheidung, wo wir die Bücherwand hinstellten, ob an die eine oder andere in Frage kommende Wand, war uns so schwer gefallen (es gab, hatte man die Diskussion erst einmal eröffnet, unendlich viele Aspekte, die man bedenken konnte, sofern man wollte), dass wir uns fast zwei Wochen damit herumquälten (in Anbetracht der Tatsache, dass wir sonst nichts taten, eine recht lange Zeit). Genauso lang waren wir regelmäßig fluchend über die hässlichen Umzugskartons gestolpert. Seine Hundertschaften von Büchern hatte mein Mann selbstverständlich aus der Einzimmerwohnung mitgebracht. Er behauptete, sie alle gelesen zu haben. Ich hatte keinen Grund, das zu bezweifeln, erst recht nicht, seit er mir anvertraut hatte, dass er neben dem Entwickeln seiner Theorie seit Jahren mit einer anderen Sache beschäftigt war: dem Verfassen von Literatur. »Prosa«, sagte er, »ich bin Prosaist.« »Ich **bin**« machte mir Eindruck. Ich wollte erst etwas werden, er aber war ein Schriftsteller.

Natürlich sei er keiner von diesen verkrusteten Alteitlen, die sich Unglaubliches auf ihre Sensibilität und Geisteskraft einbildeten, beruhigte er mich, er sei Biograf. Und da eine Biografie genau genommen die »Schrift des Lebens« sei, stelle er sich mit allem, auch mit seiner Theorie, letztlich nur in den Dienst der Dichtkunst. Auf die Frage, warum er sich nie Notizen mache, antwortete er höhnisch: »Das ist nur was für Spießer, die Angst haben, dass ihnen ihre lächerliche Erinnerung an ihr noch lächerlicheres Leben abhanden kommt. Wer solche Verlustängste hat, sollte nicht schreiben«, sagte er mit Entschiedenheit.

Für seine Bücher konnte ich mich nie interessieren, ich weiß nicht, woran das lag. Ich habe keine Vermutung, ob es eher an meinem Mann oder an den Büchern lag. Ich habe mir die Bücher nie genauer angesehen, und ich habe niemals eines gelesen. Ich ging weiterhin in Bibliotheken und suchte mir meine Bücher aus, die ich, gelesen oder ungelesen, wieder zurückbrachte, wenn die Frist abgelaufen war.

Beim Verräumen seiner Bücher war ich Handlanger. Ich hob sie aus den Kartons und reichte sie ihm. Er stand vor der Regalwand und ordnete sie nach einem System, das mir unbekannt blieb. Manchmal stand er minutenlang mit einem Buch da und überlegte, wo es hingehören könnte. Ich kniete neben den Schachteln und sah ihm dabei zu, stundenlang.

Die Maus tauchte auf, nachdem wir uns auf meine Matratze gelegt und das Licht gelöscht hatten. Die

Matratze war eines der wenigen Dinge, die ich in unseren Haushalt eingebracht hatte. Ein Bettgestell oder einen Rost besaß ich nicht; ich hatte gehört, dass es gut für den Rücken sei, hart zu schlafen. Die Matratze lag auf dem Boden und wurde hin und wieder beim Beziehen umgedreht, damit sie nicht faulte.

Nachdem wir das Licht gelöscht hatten, war auf dem Parkett leichtes Kratzen zu hören. Ich schrie augenblicklich auf, viel zu laut, viel zu lustvoll, viel zu lang. Mein Mann entgegnete meinen Schrei mit einem ungeduldigen: »Psst!« Ich grub meine Nägel in seinen Oberarm, er schüttelte die Hand wie ein giftiges Kriechtier ab und stand im Dunkeln auf, der Boden knarrte unter seinen Schritten.

Ich lag reglos, hörte auf seine knarrenden Schritte, auf das unerklärliche Wetzen und Kratzen, hielt den Atem an.

Als sei er einem Mörder auf der Spur, den er entweder erledigte, oder von dem er erledigt wurde, rechnete ich mit allem. Mit einem Schuss, mit Schreien, mit Gerangel, Kampf und gezückten Messern. Das Licht ging an, ich schrie wieder auf. »Spinnst du«, sagte mein Mann. Er kniete sich auf die Matratze: »Ich kann dir nicht sagen, was das ist.«

»Was sollen wir nur tun«, jammerte ich. »Schlafen«, sagte er. Ich griff wieder nach seinem Arm. »Du spinnst«, zischte ich. Er legte sich ungerührt neben mich und langte nach dem Lichtschalter, als ich sie sah. Die Maus. Sie huschte über den Boden und machte dieses kratzende Geräusch. Mein Mann lachte. »Bruchbude«, sagte er, löschte das Licht und deckte sich zu. »Ich liebe dich«, sagte ich, »hörst du, ich liebe dich.« Er drehte sich zu mir, schob die Decke weg und legte sich auf mich.

Kapitel sieben

Zwei Wochen nach unserem Einzug hatte Conny Geburtstag. Der 15. Mai war ein Sonntag. »Mitten im Wonnemonat«, sagte Conny. »Ich bin die Wonny-Conny«, sagte sie nach ein paar Gläsern Sekt. Ihr Freund und Geliebter aus London war nicht gekommen, der Architekt, auf den sie so stolz war, von dem im ganzen Wohnzimmer gerahmte Fotos an den Wänden hingen. Architekten waren für sie Künstler. Aber besser, begehrenswerter als Künstler, weil sie stylish und weniger brotlos waren. Mein Mann hatte für Connys Architektenschwärmereien nur Schnauben übrig, ebenso für den süßen Sekt.

Conny hatte die Wohnungstür offen gelassen. »Herein, herein, alle herein«, schrillte sie alle paar Minuten Richtung Flur. Sie trug ein kurzes, schwarzes Chiffonkleid und spitze, gefährlich hohe Schuhe mit Fesselriemen, die ich noch nie in ihrem Regal im Treppenhaus gesehen hatte. Die dünnen blonden Haare hatte sie professionell frisieren und hochstecken lassen. Auf die Frage, wo sie den Sonntagsfriseur gefunden habe, zwinkerte Conny gerissen. Ihr Mund war doppelt so groß wie sonst und pflaumenfarben. Sie hatte großen Aufwand betrieben, schließlich wurde sie vierzig – das durfte ich den Gästen aber nicht sagen, strenge Anweisung von Agnes –, und die Gäste waren zu gut erzogen, um zu fragen.

Diese Gäste, lauter Ärzte in Begleitung, drängten sich in der Küche, wippten ein bisschen zu den Salsa- und Bossanova-Klängen, die aus den Boxen im Wohnzimmer drangen, und bewunderten die neu gestaltete Küche mit den blitzenden Chromregalen und dem vielen Glas. Der geliebte Architekt hatte die ganze Wohnung umgebaut und gestaltet, teuer und zeitgemäß. Dass es teuer war, konnte ich nicht beurteilen, aber ich spürte es. Dass es zeitgemäß war, wusste ich aus Zeitschriften, die beim Zahnarzt herumlagen, den ich wenige Tage zuvor aufgesucht hatte, um ihn über meine Zahnschmerzen in Kenntnis zu setzen, die mich seit meinem zweiten Besuch bei Agnes immer wieder ereilten.

Conny schaukelte auf ihren neuen Schuhen durch die Küche und erklärte detailliert, was ihr Lieblingsarchitekt alles gemacht hatte. »Wo ist er überhaupt«, fragte Danilo, Connys schwuler Busenfreund und Kollege (er war Anästhesist in derselben Kinderklinik), während er seinem Freund Olli (einem kleingewachsenen Floristen mit trainingsgewölbter Brust) den Nacken kraulte. Gleichzeitig überreichte er Conny mit der anderen Hand und einem Augenzwinkern ein rotes Geschenkspäckchen mit Schleife. »In Paris«, antwortete Conny. Danilo schüttelte empört den Kopf: »Wieso Paris?« Er seufzte und verlangte ein weiteres Glas Sekt. »Guy hat unglaublich viel zu tun«, sagte Conny und streifte meinen Mann und mich mit einem verächtlichen Blick. Guy. Was für ein Name. Ihr Architekt hieß Guy. Ich fand, das klang schwul. »Du verwechselst das mit gay«, sagte mein Mann. Trotzdem nannte ich Guy *den schwulen Architekten* oder *Connys Gay-Freund*. Mein Mann fand das blöd. »Guy«, verbesserte er mich unermüdlich, und ich freute mich darüber.

Agnes fehlte. Ich suchte mir einen Platz in Connys Küche, von dem aus ich die Wohnungstür im Auge hatte. Vor jedem Schluck Sekt hielt ich nach Agnes Ausschau. Endlich erblickte ich Gerd und erwartete, Agnes würde ihm folgen. Aber Gerd kam allein.

Er betrat die Küche und wurde von den Ärzten teils verwundert, teils empört taxiert. Er kümmerte sich nicht darum, steuerte auf Conny zu, flüsterte ihr etwas ins Ohr und gab ihr einen Klaps auf den Hintern, den sie mit einem wütenden Blick beantwortete. Dann schnappte er sich eine Flasche Sekt und ein Glas und erkundigte sich bei dem Gast, der dummerweise einen kurzen Moment ohne seine Begleitung dastand, ob er etwas von Urologie verstehe. »Na ja –«, antwortete der Angesprochene. »Dann wissen Sie ja hoffentlich, dass eure ganze Potenztheorie absoluter Humbug ist«, unterbrach ihn Gerd. »Von wegen Prostata, dass ich nicht lache, Prostata und Potenz haben miteinander so viel zu schaffen wie Sie und ich!« Der Gast lächelte hilflos und versuchte, das Gespräch zu beenden, indem er vorgab, sein Glas nachfüllen zu wollen. »Glück gehabt, Sie stehen an der Tankstelle«, sagte Gerd, hob den Arm und winkte mit der Sektflasche. Erst als er Danilo erblickte, ließ er von seinem Opfer ab und schnauzte: »He Danilo, Conny sagt, die Leitung ist blockiert, was ist denn da los?«, worauf Danilo »Gerd, also bitte« rief und fluchtartig das Klo aufsuchte, das bei Conny nicht auf halber Treppe lag, das hätte Danilo sich in dieser Situation vielleicht gewünscht, sondern schön integriert in der Wohnung.

Die Party wurde in den Gemeinschaftsgarten verlegt. Seit dem ersten Morgen war ich nicht mehr im Garten gewesen, überhaupt reichen mir meine Finger völlig aus, um alle Gartenbesuche jener neun Monate aufzuzählen. Erstaunlich, wenn man bedenkt, dass ich des Gartens wegen unbedingt hatte einziehen wollen, wir erinnern uns, die Wohnung war es nicht gewesen, nein, der Garten hatte gelockt.

Im Garten sollte die Party weitergehen, ohne Samba, aber mit U-Bahngrollen und Zirpen aus dem Elektrizitätswerk.

Der Gemeinschaftstisch verblüffte unter bunten Lichterketten in neuem Gewand und schwer beladen als Buffet – Agnes hatte alles hergerichtet. Agnes! Wie sie dazu kam, für fremde Partys in der Küche zu schuften, konnte ich mir nicht erklären.

Sie erwartete den Ärztehaufen samt Anhang neben dem Buffet, lächelnd. In einem roten, blickdichten Baumwollkleid und Schuhen! Sie besaß Schuhe! Ich starrte die veränderte Agnes an, während Conny ihre Gäste aufforderte, Agnes zu applaudieren, was diese auch sofort und ausdauernd taten. »Gefällt's dir«, hauchte Agnes. »Du bist eine Fee«, antwortete Conny und überreichte ihr das kleine rote Geschenkspäckchen, das sie von Danilo bekommen hatte. Geschenke gibt man nicht weiter, dachte ich empört. Dann reckte sich Conny und küsste Agnes auf beide Wangen. Was die beiden verband, begann mich brennend und stechend zu interessieren.

Ich setzte mich auf die Bank und beobachtete Agnes, die mit allerlei Tellern und Schüsseln geschäftig zwischen ihrer Wohnung und dem Garten hin- und herlief, in den flachen Collegeschuhen. Agnes gefiel mir nicht in diesem roten Kleid und diesen Schuhen.

Gerade als ich bemerkte, dass mein Mann verschwunden war, berührte sie meinen Arm: »Er ist drin bei Gerd.« Die schwarzen Striche um ihre Augen waren extradick aufgetragen. Ich bekam wieder Zahnschmerzen. Nein, Agnes gefiel mir an jenem Abend nicht.

»Der Garten ist schön«, sagte der schwule Danilo zu Conny, »aber es passt einfach nicht, du in so einem Haus.«

»Es hat Charme«, sagte Conny, »und ich liebe die Menschen hier.« Ich überlegte, wen sie meinte. Agnes, natürlich. Dass sie Agnes liebte, hatte Conny mich ja großzügigerweise soeben sehen lassen. Aber wen sonst? Gerd? Der hatte die Party verlassen, als Danilo aufs Klo geflüchtet war, und wenn Connys wütender Blick nach dem Klaps hätte sprechen können, wäre kaum die Sprache der Liebe erklungen, also wen meinte sie? Frau Baumgartner? Die wurde zwar eingeladen, hatte aber mit Hinweis auf die Arbeiten, die sie zu korrigieren hätte, dankend abgelehnt. Meinte sie Jeff? Auch er war eingeladen, hatte aber angekündigt, erst nach Mitternacht und Feierabend zu kommen. Blieben nur ich und mein Mann, und Connys verächtlichen Blick beim Sekt in der Küche hatte ich nicht vergessen. So günstig, fast möchte ich sagen zauberhaft unsere erste Begegnung am Besichtigungstag gewesen war, so sehr hatte ich seit zwei Wochen das Gefühl, dass Conny mich ablehnte. Ich blickte wie zum Test zu ihr hin. Sie sah sich lächelnd auf ihrer Party um. Ihre Mäusezähne glänzten. Unsere Blicke begegneten sich, und ich meinte, ihr Lächeln sterben zu sehen. Die Lippen schlossen sich über den Mäusezähnen.

Kurz nach Mitternacht kam Jeff, grüßte höflich, übergab Conny einen lädierten gelben Gerberastrauß, sah sich suchend um, erspähte Agnes und plauderte eine Weile mit ihr, ohne etwas zu trinken, im Stehen. Seinen Cellokoffer stellte er nicht ab. Dass er um diese Uhrzeit nach verrichtetem Tagwerk noch so viel Kraft hatte, rang mir Respekt ab. Mit einer Verbeugung zu Conny hin wünschte er ein frohes neues Lebensjahr und verabschiedete sich.

Später saßen die letzten Gäste um das verwüstete Buffet herum. Conny lag in Ollis trainiertem Arm, Danilo erzählte in monotonem Staccato von seinen Ex-Freunden. Ich belauschte ein Paar, das mir gegenüber saß. Er war Arzt, was sonst, »Pädiater« wie die meisten Geladenen, sie war einfach seine Frau. Er machte sich Sorgen um den Babysitter oder die Kinder, so viel hörte ich. Agnes ging mit einem Glas Wein im Garten herum und schaute in den Himmel. Und ich schaute sie an, *bei Musik und Wein woll'n wir heut glücklich sein*, sang ich still.

Gerd tauchte im Schlafzimmerfenster auf, schnauzte: »Schluss jetzt, ich will schlafen«, und verschwand. Die letzten Gäste sahen Conny an. Danilo seufzte schwer. Agnes ging hinein, ich hinterher. Sie drehte sich nicht um, obwohl sie meine Schritte hören musste. Sie verschwand hinter ihrer Wohnungstür und sperrte sie von innen. Ich hörte, wie sie den Schlüssel drehte. Das hatte ich noch nie gehört. Wenn ich sie nach einem Besuch verlassen hatte, bisher, hatte sie die Tür nicht versperrt. Ich wartete einen Moment und ging dann die Treppen hoch zu unserer Wohnung, um nach meinem Mann zu sehen. Er schlief. Er hatte sich mit Gerd betrunken und schnarchte.

Ich saß eine Weile in der Küche, an dem kleinen Klapptisch, den wir in die Ecke neben Herd und Kühlschrank gestellt hatten. Ich überlegte, ob ich mich in die Badewanne legen sollte. Ich überlegte, wie ich die Zahnschmerzen lindern und einschlafen konnte. *Heute ist die Nacht nicht zum Schlafen da, Anita, Anita*, sang es in meinem Kopf. Dann ging ich noch einmal hinunter, drei Treppen, 28 Stufen, zwei Zwischenböden.

Ich stand im Dunkeln in der Gartentür. Conny lag immer noch in Ollis Arm. Sie schluchzte. Im Widerschein der bunten Lichterketten sah ich Danilo Connys Wange streicheln. »Weil das sowieso niemand versteht«, schluchzte Conny. Ihre Stimme war gar nicht schrill, wenn sie betrunken war und unglücklich.

Kapitel acht

»Schwarz, süß und heiß«, sagte sie. Alles schien wie immer. Sie ging barfuß, trug eines ihrer leichten weißen Batistkleider und lächelte. Nur ihre Augen glänzten noch mehr als sonst, das schien mir verdächtig. Am Morgen nach Connys Party gab es für mich keinen Grund, glänzende Augen zu haben. »Trink«, forderte sie mich auf, setzte sich neben mich aufs Sofa und schob ihr Kleid zu den Knöcheln hinab. Ich schaute sie herausfordernd von der Seite an. Sie schenkte ihre volle Aufmerksamkeit der Kaffeetasse, trank in aufreizend winzigen Schlucken und blies zwischendurch in die Tasse, bis sie endlich leer war. Dann sagte sie: »Gerd schläft noch.« Mir wurde unbehaglich, ich entschied, keine Zeit zu verlieren. »War ja auch spät gestern«, sagte ich, um das Thema meines Besuchs anzusteuern. Sie nickte. »Bist du noch mit abwaschen beschäftigt«, fragte ich weiter und kam mir listig vor.

»Nein, hab ich schon erledigt.«

»War viel Arbeit«, ich wollte nicht lockerlassen.

»Schon.«

»War auch richtig lecker«, allmählich verlor ich den Biss.

»Danke, freut mich.«

So kam ich nicht weiter. Ich wollte sie anschreien: »Warum lässt du dich von Conny ausnutzen«, aber dazu hatte ich kein Recht.

Ich setzte neu an, augenzwinkernd: »Ich wusste gar nicht, dass du Schuhe besitzt.«

»Viele sind's nicht.«

Nach dem roten Kleid brauchte ich nicht auch noch

zu fragen, sagte ich mir, ihre Antwort bliebe ähnlich einsilbig und unergiebig. Stattdessen landete ich aus Ratlosigkeit einen Volltreffer: »Was hat Conny dir denn geschenkt?«

Agnes zuckte zusammen. »Ah, das hast du gesehen?«

»Nur das Päckchen.«

»Ach so«, sie stand auf. »Eigentlich würde ich gerne Musik hören«, sagte sie, »aber …« Sie zeigte mit dem Kinn auf die Wand, hinter der Gerd schlief.

Und ich würde dich eigentlich gerne packen und schütteln und fragen, ob du weißt, dass dein Mann Conny auf den Hintern klapst und Danilo komische Fragen über verstopfte oder blockierte Leitungen stellt, dachte ich. Aber ich sagte: »Ich glaube, es war ein Versehen, das Geschenk war gar nicht für dich, sondern für Conny, von Danilo, ich habe gesehen, wie er es ihr überreicht hat. Conny hat sich wohl vergriffen.«

»Mach dir keine Sorgen«, sagte sie nach kurzem Schweigen, »das ist schon in Ordnung. Jetzt lege ich doch Musik auf!« Sie stöberte in ihren Platten und drehte mir den Rücken zu. Als der Dschungelrhythmus leise, aus Rücksicht auf Gerd, anhob, drehte sie sich um: »Gott, bist du jung, du hast alles, alles noch vor dir.« Sie ging mir langsam auf die Nerven mit diesem Spruch, und das zeigte ich ihr auch durch vehementes Augenverdrehen.

»Ich möchte dir heute ein besonders liebe Freundin vorstellen«, sagte sie heiter. »Sie kommt aus Kamerun, hier: die Geigenfeige!« Sie zeigte auf einen strauchigen Baum mit großen, glänzenden Blättern, die tatsächlich dem Torso einer Geige ähnelten. »Ich habe sie dort kennen gelernt und mich sofort verliebt. Nicht in genau diese natürlich«, lächelte sie, »diese hier ist jünger.« Sie küsste eines der glänzenden Blätter und sah mich erwartungsvoll an. Ich hatte keine Lust, mich mit ihr über Geigenfeigen oder Kamerun zu unterhalten. So leicht ließ ich mich nicht von meinem Thema abbringen. Außerdem machte diese Musik mich unruhig, ich wollte zappeln und war der festen Überzeugung, etwas tun zu müssen, irgendetwas, das mich in Bewegung hielt. Aber in Agnes' und Gerds Wohnung gab es für mich nichts zu tun. Agnes sprach ungerührt weiter: »Sie ist sehr robust, aber was sie nicht verträgt, sind Zugluft und kalte Füße.« Sie meinte die Geigenfeige. »Ansonsten aber ist sie sehr anpassungsfähig und unproblematisch. Sie bevorzugt einen hellen Standort, gibt sich aber auch mit Halbschatten zufrieden; sie mag es eigentlich nicht allzu heiß und allzu feucht, kommt aber auch in tropischem Klima zurecht, wie du siehst, schau, wie glänzendgrün ihre Blätter sind. Sie lässt sich gerne und leicht stutzen. Überhaupt hat sie ein freundliches, dankbares Wesen.« Ich wünschte mir, mit Ohrenlidern geboren zu sein und diese Musik nicht mehr hören zu müssen.

Dann aber horchte ich doch auf. Als Agnes weitere liebe Freundinnen namentlich vorstellte, horchte ich gegen meinen Willen auf. »Hier, meine Diva-Diva, hier der Duft des Morgens, die Duftblüte, der Feuerbusch, der Frauenhaarfarn, der Süßblattbusch, die Drachenlilli, der Venusschuh.« Ich horchte auf, wurde ruhig und fing gleichzeitig Feuer, spätestens beim Feuerbusch.

»Tschüss Duftblüte, Süßblattbusch, Venusschuh, Drachenlilli«, sagte ich beim Abschied zu Agnes, und sie strahlte mich an.

Gerd war aufgestanden und hatte unserem Beisammensein ein Ende bereitet, er war plötzlich in seiner Unterhose in den Tropen aufgetaucht, trotz Sonnenbrille sah sein Gesicht verquollen aus, »Morgen«, hatte er beiläufig gemurmelt und sich neben uns aufs Sofa geworfen.

Agnes gab ihm einen Kuss und machte die Musik aus, dann sagte ich, dass ich meinen Mann allmählich auch wecken sollte, und verabschiedete mich. Agnes begleitete mich zur Tür. Im Treppenhaus wartete ich, ob sie die Wohnungstür hinter mir zusperren würde. Sie tat es nicht. »Geigenfeige«, murmelte ich zärtlich, »und es sind elf Farben, jawohl, elf.«

Kapitel neun

Wenn ich nicht auf Agnes' rotem Sofa saß, lag ich in der Badewanne, für gewöhnlich. Ja, ich hatte Gewohnheiten (und nicht nur ich, aber dazu später mehr). Und auch ich tat gerne nichts und dachte nach, wie man leben könnte, aber das gelang nur, wenn ich in der Badewanne lag, und so badete ich jeden Tag mindestens einmal, im Lauf der Zeit auch öfter.

Küche und Badezimmer waren eins. Die alte Emailwanne auf Füßen hatte mich auf Anhieb begeistert. Bei der Besichtigung hatte ich die Vorstellung besonders gemütlich gefunden, in dieser Wanne zu frühstücken, dem Brodeln der Kaffeemaschine zuzuhören, von Zeit zu Zeit die Tasse nachzufüllen, stundenlang lesend in der Wanne zu liegen und zu frühstücken, also Kaffee zu trinken. Allerdings hatte ich nur einmal versucht, in der Wanne zu lesen. Ein anderes Mal hatte ich versucht, in der Wanne Kaffee zu trinken. Beides ließ ich bleiben. Es fühlte sich nicht so an, wie ich es mir ausgedacht hatte.

Dennoch badete ich täglich und ausdauernd, lag da und dachte nach. Über die Möglichkeiten meines Lebens. Ich rief sie mir wach, katalogisierte und zählte sie, malte sie mir aus und versuchte, einen Favoriten zu küren. Ich stellte mir mich in diesen Möglichkeiten vor wie in verschiedenen Kleidern, schlüpfte rein und raus, stellte mich vor einen Spiegel, ließ das Bild auf mich wirken, zog mich erneut um. In unterschiedliche Berufe und Tätigkeiten, Länder, Sprachen und Umgebungen, neben den verschiedensten Männern, Kindern und Tieren. Das Bild mit dem rothaarigen Kleinkind auf meinem Arm und dem dickpelzigen Hund an meiner Leine gefiel mir eine Weile lang sehr (rothaarig, das Kind? Weder mein Mann noch ich hatten rote Haare, aber das störte mich damals nicht). Dann mochte ich mich aber auch, frei von Kind und Hund, mit bloßen Beinen im langen, farbverschmierten Hemd in einem lichten, leeren Raum beim Pinselsortieren (obwohl ich niemals gemalt und keine künstlerischen oder handwerklichen Ambitionen hatte). Und immer wieder hielt ich mich besonders lang bei der Vorstellung auf, mich nackt im Sand zu wälzen und von tausend Händen berührt zu werden, die, losgelöst von einem Gesicht oder Körper, dem Meer entstiegen waren.

Die Küche war der ruhigste Raum in unsrer Wohnung. Sie hatte keine Fenster, ohne das unbarmherzige Licht des Neondeckenstrahlers lag sie rund um die Uhr in finsterer Nacht. Außengeräusche waren nur gedämpft und von weit her zu hören. Wenn ich die Ohren unter Wasser hatte, kam ich mir vor wie in einer Spacekapsel und blickte von fern auf dieses Haus und seine Bewohner hinunter. Ich sah mich in der Wanne liegen, meinen Mann nebenan im Wohnzimmer auf dem Boden eines seiner Bücher lesen, Agnes ihre Pflanzen streicheln und umschmeicheln, Gerd sich auf der Toilette den nackten, behaarten Bierbauch kraulen, Conny im Helm ihre Vespa starten, Frau Baumgartner Schularbeiten rotstiftkorrigieren, Jeff seinen Cellokoffer einfetten und blank reiben, und winkte ihnen allen von da oben zu, mich eingeschlossen, ohne dass sie es bemerkten.

Statt Fenstern gab es einen Ventilator in der Küche. Aber das scheppernde Flattern des Ventilators störte die schöne Ruhe und schlug mir aufs Gemüt, ich vermied es, ihn einzuschalten. Dadurch blieb der dichte weiße Dampf aus der Wanne im Raum stehen und machte die Küche zu einer ähnlich tropischen Zone wie Agnes' Wohnzimmer, nur ohne Immergrün, und das gefiel mir nicht schlecht. Die Küche war mein Reich, in das ich mich immer öfter zurückzog, überflüssig zu erwähnen: nicht um zu kochen. Obwohl wir das Kochen immer wieder in Erwägung zogen, neun Monate lang. Immerhin.

Draußen wurde es Sommer, aber ich badete dampfend heiß. Jeden Tag erhöhte ich die Wassertemperatur noch. Durch den Dampf beschien mich das Licht des Deckenstrahlers fast freundlich. Wurde das Licht greller, ließ ich heißes Wasser nach. Ich zog kurz den Stöpsel, um Platz zu machen, und drehte den Hahn wieder auf.

Das Wohnzimmer war die Welt meines Mannes. Dort stand seine Bücherwand, dort saß er lange Tage im Schneidersitz auf dem Boden, lesend oder an seiner Theorie arbeitend, dort sah er zur Entspannung fern. Ich beobachtete, dass die Entspannungsphasen sich in ihrer Dauer den Arbeits- und Lesephasen annäherten, je länger wir zusammenwohnten.

In jenem Jahr war es früh warm, seit Connys Geburtstag war Sommer. Das Schlafzimmer lag zur Straße hin, zur Transitnord, zur Karaoke-Bar. Bei geschlossenen Fenstern war der Lärm erträglich, die Fenster waren doppelt verglast, worauf der Vermieter stolz war. »Doppelt«, hatte er bei der Besichtigung gesagt, gegen die Scheibe geklopft und mich triumphierend angesehen.

Für meinen Mann war das Schlafen bei geschlossenen Fenstern eine Qual, die mit zunehmender Hitze größer wurde. Manchmal stöhnte er nachts wie gemartert, riss plötzlich ein Fenster auf und lehnte sich weit hinaus, als ob er springen wollte. Er rang um Luft und Leben wie ein Asthmatiker im Erstickungskrampf. Der Lärm brandete mir entgegen, und ich hasste ihn dafür. Ich dachte ein paarmal, dass ich meine Zahnschmerzen auch für mich behielt und nicht lautstark zelebrierte, aber das war natürlich unfair (falls der Leser jemals bei einem Erstickungsanfall zugegen war, wird er mir beipflichten), und so beschwerte ich mich nie, und seine nächtlichen Attacken wurden kein Streitthema, obwohl die Wahrscheinlichkeit, ungestört durchzuschlafen, mit jedem Tag und jedem Wärmegrad kleiner wurde.

Wir stritten sowieso viel seltener als in der Zeit ohne gemeinsame Wohnung. Es gab keinen Grund mehr, zu streiten. Als ob wir den sonst gebraucht hätten. Früher war uns immer etwas eingefallen, das als Auslöser reichte; wenn nicht, kamen wir auf seine Theorie zu sprechen und befanden uns augenblicklich auf verbalem Schlachtfeld. Doch ach, dahin. Es gab nichts, was mir an meinem Mann unerträglich gewesen wäre, und wenn er mich rügte oder zurechtwies, fand ich meist (im Nachhinein erstaunt mich das), dass er recht hatte. Und mit seiner Theorie war ich so vertraut, dass mir keine Angriffspunkte mehr einfielen, die wir nicht schon bestritten hätten.

Ich fragte ihn einmal, ob er unsere Streitereien vermisse. »Nein«, sagte er, »die Differenzen werden eben kleiner, das ist doch wunderbar.« Ich dürfe nicht vergessen: »›Um vollständig zu sein, braucht man sich selber noch einmal‹, das wusste Jean Genet«, sagte mein Mann. »Aber sind wir dann nicht totalitär?«, fragte ich. Mein Mann sah mich mit echter Verwunderung an: »Wie kommst du denn darauf?« Und mir fehlte die Lust, es ihm zu erklären. Er hielt nicht viel davon, an seine eigenen Worte erinnert zu werden.

Wir lebten also ruhig und friedlich dahin, ich in der Küche, er im Wohnzimmer, und spätabends begegneten wir uns im Schlafzimmer auf meiner Matratze. Jede Nacht, wenn mein Mann das Licht gelöscht hatte und Ruhe eingekehrt war, suchte sein Schwanz meinen Schoß, zielstrebig und ohne Geplänkel. Sogar an die Maus hatten wir uns gewöhnt (ja, gewöhnt, beide!). »Ich hol den Kammerjäger«, sagte mein Mann zwar immer wieder, aber wir hatten uns gut an ihr Wetzen und Kratzen gewöhnt, nachts, wenn mein Mann das Licht gelöscht hatte und auf der Matratze kurz Ruhe einkehrte. Bevor er sich zu mir drehte und wir anfingen, uns zu bewegen. Sobald wir uns bewegten, war die Maus weg. Oder wir hörten sie nicht mehr, weil wir so beschäftigt waren, das kann auch sein. Jedenfalls hatte sie keinerlei dramatisches Potenzial mehr, die Maus, und wenn unsere Bewegungen geendet hatten, schliefen wir ruhig ein. Bis mein Mann, von Erstickungsahnungen oder -ängsten gewürgt, mitten in der Nacht erwachte und das Fenster aufriss. Seltsamerweise jagten mir seine überzeugend klingenden, heftigen Atmungsversuche keine Angst ein. Ich bangte nicht um sein Leben. Ich empfand dabei keine besonders köstliche, reine Liebe zu ihm wie beim ersten Auftauchen der Maus beispielsweise. Das war bedauerlich, aber nicht zu ändern.

Besonders abenteuerlich kam unser Leben mir nicht vor. Es begann sich einzuspielen, wir hatten uns bereits gut mit uns arrangiert. Obwohl wir ohne Pläne ins Leben hineinlebten, hatten wir Gewohnheiten angenommen. »Es lebe das Chaos! Jeder Tag ist anders!« war unser Credo. Aber jeder Tag festigte unsere Gewohnheiten. Wir hätten es lautstark geleugnet, aber wir hatten einen Tagesablauf. Wenn ich abends einschlief, war ich selten überrascht über das, was der Tag mir beschert hatte.

Mein Mann empfand das anders, er war noch in ungebremster Fahrt auf der Suche nach einer Alternative zum »Stromlinienleben« in vorgezeichneten Bahnen. Noch immer sagte er mir beim Frühstück, er könne keinen einzigen Tag damit verschwenden, alte Muster zu bedienen. Ein Tag, der nichts Neues bringe, sei ein verlorener Tag. Sein Leben verlange gelebt zu werden.

Kapitel zehn

Agnes und Gerd konnten bei offenen Fenstern schlafen. Wohn- und Schlafzimmer lagen zum Garten hin. Das Grollen der U-Bahn werden sie wohl gehört haben, wenn sie im Bett lagen, genauso wie man es hörte, wenn man im Garten saß, das Hämmern und Zirpen des Elektrizitätswerkes und den einen oder anderen Karaoke-Hit auch, aber sie hatten die Transitnord nicht direkt am Ohr, und so verbrachten sie bestimmt ruhige und daher schöne Nächte, unten im Erdgeschoß.

Gerd sorgte dafür, dass der Gartenbetrieb ein Ende nahm, wenn er schlafen wollte. Er setzte sich die Sonnenbrille auf, schnauzte kurz durchs Fenster und machte dem Treiben ein Ende. Das konnte Gerd. Er brauchte nicht lange zu zetern, kurzes, rüdes Schnauzen reichte völlig. Die Freude an abendlicher Geselligkeit im Gemeinschaftsgarten kam nie richtig auf, und es blieb bei wenigen Versuchen. Bei einem zielte Gerd auf mich: »Deine Lache macht mich krank.« Ich verstummte augenblicklich, und mit mir auch mein Mann und sein Bruder, der zu Besuch war. Der Bruder meines Mannes, der zum Entsetzen der reichen Eltern als Pfleger »Demenzpatienten den Arsch wischte«, wie sein Vater es nannte (erzählte mir mein Mann, ich habe den Vater nie kennen gelernt), besuchte uns nur ein einziges Mal, leider. Er brachte etwas zum Kiffen mit und erzählte lustige Geschichten vom Altenheim, in dem er arbeitete. Nach Gerds Zwischenruf verabschiedete er sich jedoch. So was halte er nicht aus, da höre die entspannende Wirkung des Joints ja sofort auf, sagte er und ging. Ich habe ihn seitdem nie mehr gesehen. Aber die Geschichte von dem Alten, der die anderen Alten mit Gras versorgte und eines Abends seine Angebetete mit Spacecookies fütterte, bevor er sie im Fernsehzimmer in solche Verzückung vögelte, dass sie »mehr, mehr, mehr!« brüllte und alle Heimbewohner aufweckte, vergesse ich nie. Ich lache heute noch darüber.

Agnes nannte Gerd ihren *Mann*, von ihr hatte ich mir das abgehört. Deshalb nenne ich meinen damaligen Freund heute noch *meinen Mann*, obwohl wir selbstredend nicht verheiratet waren, genauso wenig wie Agnes und Gerd. Agnes erzählte, dass sie auch Fremden gegenüber *mein Mann* sagte, wenn sie von Gerd sprach. Sie müsse lachen, sagte sie, wenn diese Fremden prompt anerkennend fragten: »Ach, Sie sind verheiratet?«

Ich konnte mir Agnes in dieser Situation gut vorstellen. Ich sah sie vor mir. Sie lachte nicht, sie lächelte nur. Sie lächelte ihr feines Lächeln, schwieg und beantwortete die Frage nicht. Agnes konnte einen mit ihrem Lächeln und Schweigen zur Verzweiflung treiben. Aber ich bewunderte sie dafür. Ich beantwortete auch fremden oder unlieben Menschen jede Frage, selbst freche oder bösartige. Als ob ich einer Auskunftspflicht gegenüber jedem, **jedem** unterläge. Dieses Problem hatte Agnes nicht, beileibe nicht, und ich konnte noch viel von ihr lernen.

Ich habe nie erfahren, was Agnes den ganzen Tag machte. Womit sie sich beschäftigte. Ich nehme nicht an, dass die Pflanzenpflege ihre Tage gänzlich in Anspruch nahm. Sie bestehe nur aus Gewohnheiten, hatte sie mir gesagt, aber darauf angesprochen, erfuhr ich keine Einzelheiten. Sie sagte bloß: »Wie in jeder tropischen Zone gibt es auch bei mir kaum Schwankungen. Alles ist konstant. Es ist immer heiß, auch nachts, immer geht die Sonne pünktlich auf und unter, die Tage gleichen sich, Sonne und Regen gibt es beides, jeden Tag.«

Ich knirschte mit den Zähnen und seufzte meine Ungeduld in mich hinein. Es war wirklich nicht leicht, mit Agnes ein Gespräch zu führen.

»Wenn ich dir das doch nur alles zeigen könnte!« Und dann sprach sie über Kamerun, statt über sich. Von den Orchideen und Farnen, die man in den dortigen Regenwäldern anträfe, von Ebenholz und Mahagoni, Schimpansen und bunten Vögeln. »Möchtest du Musik hören«, fragte sie, legte ihren Bikutsi auf und beobachtete mich. Sie lächelte mich an und sagte Worte, die ich nicht kannte, »Djembe« und »Kambala« und »zehnsaitige Nivet«, so hießen diese fremden Instrumente. Während ich mir die Platte auf dem Sofa sitzend zu Ende anhörte und den Drang zu zappeln unterdrückte, stand sie auf und umsorgte ihre Pflanzen.

Ich mochte Pflanzen in Räumen noch nie. Auch in Agnes' tropischem Wohnzimmer hätte ich mich alleine ungern aufgehalten. Sie gab dem Raum Leben, nicht ihre Pflanzen. Ich interessierte mich mehr für Agnes als für ihre grünen Hände. In meinen Augen hatte sie keine grünen Hände. Wenn ihre Hände eine Farbe hatten, dann waren sie blau, königsblau, aber niemals grün.

Sie sprach leise und zärtlich mit ihren Pflanzen. »Am Anfang war die Liebeskette«, sagte sie. Gerd hatte sie ihr geschenkt, nachdem sie sich gegenseitig ihre Liebe entdeckt hatten. Dann kamen die Passionsblume, der Abelmoschus, die aufrechte Himmelsblume, der Pfeilwurz, die Hochzeitsglocke. Liebesgeschenke von Gerd. »Ich muss sie am Leben erhalten, ich bin für ihr Leben verantwortlich«, sagte Agnes.

Solange ich Agnes kannte, dachte ich, die Pflanzennamen seien ihre eigenen Erfindungen.

Erst vor kurzem kam ich an einem Laden vorbei und las das Schild: *Riesenauswahl an Orchideen – Venusschuh, Malaienblume, Tulpenorchiden.* Ich betrat den Laden und ja, da stand er, Agnes' Venusschuh.

»Kennen Sie eine Pflanze, die Wunderstrauch heißt«, fragte ich die Verkäuferin. »Haben wir nicht«, sagte sie.

»Aber **kennen** Sie diese Pflanze?«

»Natürlich«, sagte sie. Ich fragte nach allen Agnespflanzen, die mir einfielen. »Elefantenohr? Heroldstrompete? Prunkwinde? Keuschheitsbaum? Duft des Morgens?« Die Verkäuferin nickte.

»Feuerbusch? Flammendes Kätchen? Baumfreund?« Sie nickte.

»Drachenlilli?«

»Lilie«, sagte die Verkäuferin, »Drachenlilie.«

»Danke«, sagte ich. Ich verließ den Laden wie betäubt. Agnes war wieder da. Ich hörte ihre Stimme: »Ich bin für ihr Leben verantwortlich, ich muss unsere Liebespflanzen am Leben halten …«

Ich fand es niederschmetternd, dass es all diese Namen gab, dass man für diese Namen im Laden Geld ausgeben und eine Pflanze bekommen konnte. Venusschuh hatte für mich Agnes bedeutet. Venusschuh war nicht nur Agnes' Name für diese Pflanze auf dem Fensterbrett, sondern eine Umschreibung für Agnes' Füße, für ihre nackten Füße, für Agnes selbst. Genauso wie Drachenlilli, Süßblattbusch oder Geigenfeige.

Geigenfeige war vielleicht der schönste Übername für Agnes. Nach der Geigenfeige habe ich die Verkäuferin nicht gefragt. Das ist auch gut so.

Kapitel elf

Während Agnes mir alle Pflanzennamen beibrachte, freundete sich mein Mann mit Gerd an. Ich weiß nicht, ob anfreunden das richtige Wort ist. Jedenfalls zogen sie abends los, zwei-, dreimal die Woche, seit Connys Geburtstag. Sie tranken Bier, soviel konnte ich riechen, wenn mein Mann zurückkam. Aber er erzählte mir nie, wo sie gewesen waren, was sie gemacht hatten, und ich fragte auch nie.

Gut, beim allerersten »Ich geh noch weg« meines Mannes horchte ich auf und fragte nach, sicher, mich verhört zu haben. Aber er wiederholte: »Ich geh noch weg.« Er traf sich nie mit Freunden oder Bekannten, er lud nie jemanden zu uns ein, er erhielt keine Anrufe, keine Briefe, er schrieb nie welche und telefonierte nicht. Den einzigen Besuch, den wir je erhielten, war der von seinem Bruder, dieses eine und einzige Mal, als wir im Garten saßen, bis Gerd unser Beisammensein für beendet erklärte. »Mit wem denn«, fragte ich ungläubig. »Mit Gerd.« Ich lachte, das scheint mir verständlich. »Ja, mit Gerd«, wiederholte er. Mehr sagte er nicht. »Tschüss, bis später«, sagte er, als er ging.

Mein Mann konnte ewig schlafen. Seit wir uns kannten, wusste ich das. Aber seit er mit Gerd Bier trinken ging, schlief er morgens noch länger. Ich stand gerne früh auf. Als Kind bin ich schon gerne früh aufgestanden. Ich konnte den Morgen kaum erwarten. Sobald ich aufwachte, sprang ich aus dem Bett, stellte mich ans Fenster und begrüßte den Tag. Ich hatte große Erwartungen an den Tag. Ich hatte große Erwartungen an mein Leben. Ich freute mich immer auf das, was kam. Ich freute mich wochenlang auf den Osterhasen, der kommen und schenken würde. Der unsichtbare Hase, der seine wunderbaren Spuren hinterlassen würde. Beim Auspacken der Ostergeschenke, den Mund voller Schokolade, war meine Freude verflogen. Ich hielt es für meine Aufgabe, die ganze Schokolade aufzuessen, ich erledigte sie schnell und hastig. Die einzige Befriedigung zog ich daraus, dass ich eine Aufgabe erledigt hatte und mich einer nächsten zuwenden konnte. Nur war selten eine in Sicht.

Neuerdings war ich müde, dauernd. Kurz nach dem Aufstehen bereits. Ich wachte zwar freudig auf und sprang aus dem Bett, als hegte ich die Hoffnung, ein Osterhase sei über Nacht gekommen und habe mir ein Leben beschert, ein aufregendes, betrat beschwingt die Küche und schaltete den Deckenstrahler ein, machte Kaffee, putzte mir dabei die Zähne und wusch meine Tasse vom Vortagskaffee rein, versuchte bei all meinen Verrichtungen, leise zu sein – ein rührendes Unterfangen in diesem Haus, ich aber versuchte es, um meinen Mann schlafen zu lassen – schrieb eine kurze Einkaufsliste; aber dann, ja dann gab es nichts mehr zu tun (man hätte die Wohnung einmal putzen können, zugegeben, aber damit fing ich erst gar nicht an, das war eine Gewohnheit, die weder mein Mann noch ich annahmen). Ich setzte mich also hin, keine paar Minuten wach, und wurde müde. Das Radio als Aufputschmittel einzuschalten, wagte ich nicht, mein Mann wäre davon vielleicht aufgewacht. Ich saß am Klapptisch, den wir gegenüber der Badewanne, neben Herd und Kühlschrank in die Ecke gestellt hatten, trank lautlos Kaffee, versuchte nicht einzunicken, und wartete.

An den guten Tagen las ich in einem geliehenen Buch mühsam gegen die Müdigkeit an, an den anderen tat ich gar nichts. Warten. Wenn mein Mann endlich aufstand, freute ich mich, obwohl ich wusste, dass er Zeit brauchte und ungestört sein musste, um seinen Tag zu beginnen. Ich freute mich, obwohl die Müdigkeit nicht wich. Oft entschied ich mich gegen ein Buch, für eine Tätigkeit, die meine Hände beschäftigt und mich wach hielt, am liebsten hantierte ich mit Schere, Nadel und Faden und schneiderte. Na ja, ich änderte vielmehr die abgetragenen Klamotten, die ich zu Kilopreisen in Secondhandläden kaufte. Stümperhaft kürzte ich Röcke, taillierte Mäntel, änderte Krägen und Ausschnitte. Von Hand und ohne die geringste Ahnung, wie man so etwas ordentlich angeht. Richtig gut sah es, wen wundert's, nie aus. Ich war jedes Mal vom Ergebnis enttäuscht. In meiner Vorstellung hatten die Kleider immer besser oder wenigstens ganz anders ausgesehen.

Ich hielt mich auch wach, indem ich einkaufen ging, im nahen Supermarkt. Wir kauften nur das Allerüberlebensnötigste, um Geld zu sparen und unsere Bedürfnisse zu prüfen, aber dieses wenige, Milch oder Brot, holte ich fast täglich ein. Ich fand mich meist an derselben Kasse wieder, die von einem Mann bedient wurde. Dieser Mann saß, als einziger Mann neben vielen Frauen, an einer dieser Kassen und zog meine wenigen Waren über den Scanner, nannte die Summe, nahm das Geld entgegen und bedankte sich, dass ich bei ihm einkaufte und seinen Arbeitsplatz festigte. So ausführlich sagte er es nicht, er sagte nur »danke«, aber was hätte dieses Danke anderes bedeuten können? Danke, dass ich deine handwarmen Münzen spüren darf? Danke, dass du mir immer ins Dekolleté starrst? Danke, dass ich dich erblicken, dich sogar ansprechen darf, du wunderbare Frau? Seine Stimme war jungenhaft, sie stand im schönen Widerspruch zu seinem gebräunten Dekolleté. Während seine Kolleginnen Shirts und Blusen unter den uniformen orangen Kitteln trugen, zeigte sein Kittelausschnitt ein nacktes, ein gebräuntes nacktes, ein unbehaartes gebräuntes nacktes Hautüberfleischdreieck, verziert mit einem Goldkettchen. Der Anhänger hätte mich interessiert, aber den sah ich nie, der baumelte tief und verborgen unter dem Kittel vor seinem Herzen.

Noch öfter aber bekämpfte ich die Müdigkeit nicht, sondern pflegte sie und nahm ein heißes Bad. Das Baden war meine wichtigste und zeitintensivste Beschäftigung, erst recht, seit meine Zahnschmerzen chronisch stärker wurden. Sie entwickelten sich parallel zu dieser unerklärlichen Dauermüdigkeit, die sich wiederum Kopf an Kopf mit unseren Gewohnheiten einschlich. Meine Vollbäder waren der Müdigkeit zuträglich, besänftigten aber den maroden Zahn und mein Gemüt.

Ich gewöhnte mich an den heißen Dampf, an die stillen Verrichtungen in der Früh, an die Langschläferei meines Mannes, ich gewöhnte mich daran, kaum noch mit ihm zu streiten, ich gewöhnte mir sogar an, Situationen nicht mehr ins Dramatische zu plustern, oder nur in meiner Vorstellung, ohne meinen Mann teilhaben zu lassen.

Er gewöhnte sich an, die Früchte seines Nachdenkens für sich zu behalten. Ebenso Lieblingszitate, die er in seinen Büchern fand. Ein Satz wie »Aufrecht stehend auf dem Gipfel der Welt, schleudern wir den Sternen unsere Herausforderung entgegen« kam ihm nicht mehr über die Lippen und mir nicht mehr zu Ohren. Als er ihn mir damals, vor der gemeinsamen Wohnung, beigebracht hatte, war ich gleichzeitig unangenehm berührt und aufgereizt gewesen, bis er mich darüber aufgeklärt hatte, dass es sich dabei um den letzten Satz des futuristischen Manifestes handelte. Daraufhin hatte ich ihn rundum abgelehnt, sehr zur Freude meines Mannes. »Da haben wir es, nur weil du gelernt hast, Futuristen seien böse Gesellen der Faschisten, findest du den Satz jetzt verwerflich. Das ist mir zu einfach.«

»Aber hinter solchen Forderungen steht doch ein grauenvolles, selbstherrliches, frauen- und schöpfungsverachtendes Menschenbild!«

»Ja, ja«, hatte er gesagt, »das hast du so gelernt. Gönne mir doch einfach meine eigene unabhängige Prüfung des Satzes, die, das kannst du schon glauben, nicht unweigerlich einen Faschisten aus mir macht.«

Wir hatten die ganze Nacht darüber gestritten, was Kunst grundsätzlich fordern dürfe und ob sie sich derartig deklarieren könne, ohne in die politische Verantwortung genommen zu werden. Er hatte in jener Nacht eine flammende Rede für die Freiheit der Kunst gehalten, ich hatte ihm vorgeworfen, seine geliebte Kunst unpolitisch zu machen, wenn er sie allzu freispräche. »Das Wichtigste im Leben wie in der Kunst ist doch, keine Angst zu haben«, hatte er mir beigebracht, »und dafür steht dieser Satz, dafür vor allem anderen.«

Aber so etwas sagte er nicht mehr, und solche Gespräche führten wir nicht mehr, seit wir zusammenwohnten. Er gewöhnte sich ab, mir seine Gedanken mitzuteilen, dafür gewöhnte er sich ans Biertrinken und an Gerds Gesellschaft.

An die Studenten nebenan konnten wir uns hingegen nicht gewöhnen, beide nicht. Ich weiß nicht, wo sie sich aufhielten, als ich die Wohnung besichtigt hatte, zuhause ganz sicher nicht. Vielleicht hatte der Vermieter sie bestochen auszugehen. Vielleicht konnten sie einen Monat umsonst wohnen, weil sie ihm durch ihre Abwesenheit im entscheidenden Augenblick zu neuen Mietern, meinem Mann und mir nämlich, verholfen hatten. Ich war ihnen herzlich abgeneigt. Sie waren zu dritt, das nahm ich zur Kenntnis, zwei Kerle und ein Mädchen. Ich weigerte mich, mir ihre Namen zu merken. Die beiden Kerle lernte ich nicht voneinander zu unterscheiden, solange wir Wand an

Wand wohnten. Wenn ich ihnen vor der Klotür oder im Treppenhaus begegnete, grüßte ich unfreundlich und sah schnell weg. Das Mädchen erkannte ich, klar. Sie hatte kurz geschorene Haare, ein rundes dickes Gesicht und einen dicken runden Hintern, der trotz ihres Schlabberlooks gut zur Geltung kam. Mein Mann ekelte sich am meisten vor ihrem Hintern, wenn er das Klo benutzte. Dabei waren die Kerle auch nicht ansehnlicher und wirkten auch nicht gewaschener als das dicke Mädchen.

Akustisch nahmen wir an ihrem WG-Leben teil.

Wir merkten schnell, dass unsere Wohnung und die Wohnung der Studenten ursprünglich zusammengehört und eine große Wohnung gebildet hatten. Genau wie die Wohnung von Frau Baumgartner unter, und Jeffs Wohnung über uns. Irgendwann hatte der Vermieter beschlossen, die Wohnung im zweiten Stock zu teilen. Er hatte eine jämmerlich dünne Trennwand einziehen und eine zweite Wohnungstür einbauen lassen.

Das Zimmer mit der dünnen, nachträglich eingebauten Wand zu den Studenten hin hätte man auch Entree nennen können, großzügiges Entree, es lag als offener Raum zwischen Flur und Wohnungstür. Wir benutzten es nie. Es hätte eigentlich unser Esszimmer werden sollen. Da wir nicht kochten, brauchten wir auch kein Esszimmer, aber wir hätten dieses Zimmer als Kaffeeecke oder Gedankenbrütkammer oder was weiß ich, als Gymnastikbereich nutzen können, und das taten wir nicht, und daran waren ganz und gar die Studenten schuld.

Ausgerechnet auf der anderen Seite der Trennwand hatten sie ihren Gemeinschaftsraum eingerichtet, Wohn-, Ess- und Aufenthaltszimmer in einem. Natürlich mussten sie genau dort ihre drei dumpfen Sisters of Mercy-Platten hören, natürlich kratzten sie dort mit ihren Gabeln in Töpfen herum, natürlich lachten und diskutierten sie dort. Natürlich telefonierte das dicke Mädchen dort, natürlich täglich, und natürlich konnte man jedes Wort hören, das sie zu ihren Eltern und Freundinnen sagte, mit einer penetranten, charmfreien und gepressten Stimme. Jedes Wort, auch an ihre Mitstudentin, mit der sie gemeinsam an einer Arbeit schrieb. Sie las der Mitstudentin, die Regula hieß, täglich den neuesten Stand am Telefon vor, und wenn es mich interessiert und ich mitgeschrieben hätte, könnte ich hier und jetzt eine Seminararbeit über *Probleme und Chancen der ethnologischen Unternehmenskulturforschung* einflechten.

Der als Esszimmer so schön gedachte Raum dämmerte also unbenutzt vor sich hin. Wir hielten uns in der Küche auf (vor allem ich), im Wohnzimmer (vor allem mein Mann) oder auf der Matratze im Schlafzimmer (meistens gemeinsam). Wir aßen unsere Brote im Stehen, in der Küche (ich) oder auf dem Weg ins Wohnzimmer (mein Mann). »Ich bin auf die Beschaffenheit meines Kots gespannt, wenn ich weiterhin so brav nichts tue«, sagte er manchmal, bevor er sich auf den Rückweg ins Wohnzimmer machte. Das war ein Scherz, wie ich nach reiflicher Überlegung herausfand, denn er unterschied sehr wohl zwischen seinem Nichtstun und der Arbeit, die seine Verdauungsorgane tagtäglich leisteten. Bei allem Nichtstun fastete er ja nicht, im Gegenteil, sein Appetit auf Brote war schier grenzenlos.

An einen unbenutzbaren Raum hätten wir uns wahrscheinlich gewöhnt, aber dieser offene Raum hatte keine Türen, die man zumachen konnte. Die Wohngeräusche und Lebenszeichen der Studenten verfolgten uns überallhin, nur nicht in meine Küche. Wahrscheinlich wäre es klug gewesen, dem Studentenlärm eigenen entgegenzuhalten, aber das taten wir nicht. Die Studenten sind an unserer neuen kleinlauten Ruhe und Harmonie schuld, dachte ich, und das entfachte meine Abneigung gegen sie erst recht.

Kapitel zwölf

Je stärker die Zahnschmerzen wurden, desto häufiger badete ich. Vor die Wahl gestellt, Agnes zu besuchen oder ein Bad zu nehmen, entschied ich mich häufig fürs Bad, was aber nicht gegen Agnes, sondern für die Vehemenz meiner pochenden Zahnwurzel sprach.

Irgendwo da draußen war Sommer, aber die Welt war weit weg, wenn ich im dichten Dampf des heißen Wassers lag und meine Bilder malte. Ich war vom Entwerfen der Möglichkeitsbilder, die ich als Fülle meiner möglichen Leben vor meinem geistigen Auge aufgefächert hatte, zum Ausmalen von reizvollen Fantasien übergegangen.

Während mein Mann noch schlief oder mit Gerd unterwegs war, holte ich mir fremde Männer in die Wanne und spielte mit ihnen. Es waren mir gänzlich unbekannte Herren, die einer Triebtäterkartei meines Hirns oder Herzens (wer weiß das so genau) entsprangen. Wenn ich ihnen einen Job hätte besorgen müssen, wären sie Pornostars geworden, alle miteinander. Obwohl ich mich in diesem Metier rein gar nicht auskannte, hätten sie auf meiner Besetzungscouch gut abgeschnitten und wären von dort direkt, hundertfach aufgepumpt, auf die Leinwand geflutscht, als frische Milchbrötchen und Mohnwecken, obwohl man in diesem Zusammenhang ja eher von Fleisch, frischem, spricht.

Ich forderte diese fremden Männer auf, meine Schmerzen zu lindern, und riss meinen Mund weit auf. Sogleich machten sie sich mit ihren Werkzeugen geschickt in meinem Mund und Rachenraum zu schaffen, befühlten die schmerzende Stelle und zum Vergleich auch alle umliegenden, drückten und wälzten die Werkzeuge sanft dagegen, rieben sie daran, hieben darauf ein, ruckelten und zuckelten und verschafften mit Salben und Cremes Erleichterung.

Alsdann verlangte ich, die Behandlung auf den ganzen Körper auszudehnen, was denn auch geschah, solange und sooft ich es wünschte.

Überraschenderweise sprach ich während dieser Behandlungen. Ich hatte gar nicht gewusst, dass ich dafür ein Vokabular verfügbar hatte, und vielleicht war es ja auch eine Fremdsprache, die sich da meiner bemächtigte, eine geflügelte, die bis zu mir in meine Spacekapsel flog, um sich mich einzuverleiben. Jedenfalls sprach ich, und zwar flüssig und behände, und das gefiel mir. Es gefiel mir, mit diesen Männern über die Behandlung, die Methode, Anwendung und Ausführung zu sprechen.

Inmitten dieser fremden Männer erblickte ich plötzlich ein bekanntes Gesicht. Den Supermarktmann. Ich war verblüfft. Was willst du denn hier, du hast doch schon einen Job! Warum möchtest du denn die Branche wechseln, und gleich so ganz und gar, von der weiten Lebensmittelbranche hin zur engen Genussmittelbranche? Hast du das wohl überlegt? Er antwortete aber nicht, sondern zog, mit Entschlossenheit im Blick, eine Marke und stellte sich in der Schlange an.

Nun gut, er sollte seine Chance bekommen. Obwohl ich beim Einkaufen nicht bemerkt hatte, dass er attraktiv war, mit so ein bisschen Ausschnitt und Goldkettchen brauchte man mir nicht zu kommen.

Nachdem der Supermarktmann sein Couchcasting gar nicht schlecht gemacht hatte, ging ich eine Zeitlang öfter in den Supermarkt und versuchte, die Badewannenfantasie an der Kasse zu wiederholen, vergeblich übrigens. Ich versuchte eine Erklärung zu finden, warum dieser Supermarktmann überhaupt in meiner Badewanne auftauchte. Auch das vergeblich.

Irgendwann wurde er mir lästig. Du schon wieder, raus hier, raus aus meiner Wanne.

Weil ich mit dem Supermarktmann aber eine alles in allem doch recht schöne Badewannenzeit verbracht hatte, kam ich auf die Idee, Castingeinladungen an all meine Bekannten auszusprechen, wobei der Begriff *Bekannter* weit gefasst war. Dazu gehörten sowohl die Männergesichter der näheren Umgebung, also Gerd und Jeff, als auch nach und nach alle, die ich überhaupt je gesehen hatte. Gerd musste ich gleich am Wannenrand stoppen, mit Gerd wollte ich zwar, konnte ich aber nicht spielen, mir fehlte für Gerd jede Fantasie, und so schickte ich ihn wieder weg. Jeff hingegen wollte ich sofort, schwupp!, an der schwarzen Fliege packen und mitsamt Cellokoffer in die Wanne ziehen, aber er befreite sich im letzten Moment von meinem Griff und entschwand mit dem Hinweis, dass er Orchesterprobe habe. Gern ein anderes Mal, sagte er und verbeugte sich höflich. Mit allen anderen bekannten Gesichtern ergab sich nicht einmal ein Vorgespräch, und so wandte ich mich wieder den fremden Herren aus meiner Kartei zu.

Wie viele Unbekannte man in sich trägt! Menschen, die es gar nicht gibt, die aber ein Aussehen haben. Wann und wie legt man sich diese Kartei an? Wo fotografiert man die Gesichter? Oder kommt man mit der fertigen Kartei zur Welt, ein Geschenk der Ahnen?

Mein Mann und ich schliefen zwar jede Nacht miteinander, aber wir redeten nie dabei oder darüber. Von mir aus hätte ich das Gespräch nie in diese Richtung gelenkt, und er unternahm ebenfalls keine Versuche. Wir ließen unsere Leiber sprechen, wie man so schön sagt. Wir störten sie nicht in ihrem Gespräch. Wenn sie sprachen, hielten wir den Mund. Ich hätte auch gar nichts zu sagen gewusst, all die Worte und Sätze, die mir in der Badewanne entströmten, dieser munter sprudelnde Quell war im Bett mit meinem Mann versiegt. Er schwieg genauso eisern. Ob auch das eine Folge des harmonischen Zusammenlebens oder der Nachbarschaft mit den Studenten war? Ich weiß nicht mehr, ob wir vor unserem Zusammenleben nächtens auf der Matratze zu unseren Bewegungen gesprochen hatten, ich habe keine Erinnerung daran.

Wenn mein Mann fertig war, musste er meistens pinkeln. Er stand auf und pinkelte gegen die Zimmerlinde, die der Vormieter hatte stehen lassen. Obwohl wir sie ausdrücklich **nicht** haben wollten, die Linde. Wir wollten nur die Küchensachen. Der Vormieter ließ sie trotzdem stehen. Also stand sie da, unerwünscht. Nachts wurde sie von meinem Mann angepinkelt, weiter schenkten wir ihr keine Beachtung. Ganz selten gab ich ihr Wasser, wenn ich Mitleid hatte, also ausgesprochen selten. Sie starb vor sich hin. Sie machte mich schon traurig, als wir einzogen, als ihre Blätter noch grün, weich und behaart waren. Mit der Zeit fühlte ich mich in ihrer Gegenwart höchst unbehaglich. »Nackte Tatsachen«, hätte Gerd zu Recht gesagt, wenn er die Linde gesehen hätte. Sie ließ trockene, gelbe Blätter und schien zu schrumpfen. Aber ich tat nichts dagegen. Weder schaffte ich sie aus der Wohnung, noch ließ ich ihr irgendwelche Pflege angedeihen.

Obwohl Agnes nie in unserer Wohnung war, hatte sie von der todkranken Linde erfahren. Eines Tages überreichte sie mir einen Zettel. *Pflege der Zimmerlinde. Vergilbende oder abfallende Blätter deuten meist auf Nährstoffmangel oder falsches Gießen hin. Man schneidet dann die verkahlte Pflanze zurück, damit sie sich wieder erholt …* Agnes hatte eine dramatische Handschrift, das hätte ich gar nicht erwartet. P, g und z schwangen bedrohlich nach unten, als ob sie ertrinken wollten, f, l und t nicht minder schwungvoll nach oben, als wollten sie fliegen.

Woher wusste Agnes von der Linde? Hatte mein Mann auf einem ihrer abendlichen Ausflüge Gerd davon erzählt? Das schien mir unwahrscheinlich. Also, woher wusste Agnes, dass es die Linde überhaupt gab, und woher wusste sie, wie es um sie bestellt war? Ich hätte sie einfach darauf ansprechen können. Wenn ich ordentlich nachgehakt hätte, wäre es mir vielleicht gelungen, ihr die Wahrheit zu entlocken. Nur wollte ich die nicht hören. Ich hielt Agnes für wunderfähig, und damit das so blieb, stellte ich keine blöden Fragen.

Ich freute mich über ihren Pflegezettel, legte ihn in meine Kiste zu den Briefen und ignorierte die Not der Linde weiterhin, so gut es ging.

Kapitel dreizehn

Meine Zahnschmerzen wurden unerträglich. Den Kostenvoranschlag für die Wurzelbehandlung hatte ich an die Pinnwand über dem Küchenklapptisch gehängt, neben die gesammelten Post-it-Zettel von Frau Baumgartner.

Müllsäcke erst am Abholtag vor die Haustür stellen! Baumg

Treppenhaus sauber halten! Baumg

Bitte Schuhe aus in der Wohnung! Baumg

Schluss mit dem Getrampel! Baumg

Wenn ich morgens lautlos Kaffee trank, schauten mich die vielen lieben Botschaften und die vielen Nullen des Kostenvoranschlags an. Ich war einmal bei diesem Zahnarzt gewesen, Wochen zuvor. Ich hatte lange gewartet und Fotos in Hochglanzzeitschriften angesehen. Endlich war ich von einer Gehilfin geröntgt worden, der ich auf die Nerven ging. Ihr ungeduldiges Seufzen und ihr »Dritter und letzter Versuch, stillhalten!« hatten keinen Zweifel daran gelassen. Wieder hatte ich warten und die Fotos ein zweites Mal ansehen müssen, bevor ich das Büro des Zahnarztes hatte betreten dürfen, durch eine Tür mit dem gediegenen gravierten Schnörkelwort: *Bureau*.

Er hatte mich nicht beachtet. Er hatte am Fenster gestanden und mein Röntgenbild analysiert, das dritte will ich hoffen, das gelungene. »Am Empfang erhalten Sie den Kostenvoranschlag«, hatte er gesagt und sein Bureau verlassen. Ich hatte einen Moment alleine im Raum gestanden und erwogen, das Foto auf seinem Schreibtisch einzustecken, das Foto einer Frau und eines kahlen Babys unbestimmten Geschlechts.

Die veranschlagten Behandlungskosten hatte ich mir erst zuhause angesehen, einen schnellen Blick auf die Nullen geworfen und das Blatt an die Wand gepinnt, die nächste Apotheke aufgesucht und rezeptfreie Schmerzmittel gekauft, die ich seither morgens mit der ersten Tasse Kaffee geschluckt hatte, über Wochen. Es war zur Gewohnheit geworden, auf dem Weg zum Supermarktmann in der Apotheke Nachschub zu holen.

Die Tabletten halfen schon längst nicht mehr, je wärmer es wurde, desto weniger wirkten sie. Der Grad meiner Wurzelverrottung war schlicht hoffnungslos. Ich konnte nicht mehr schlafen, ich konnte kaum mehr essen, ich wurde übellaunig und besuchte Agnes nicht mehr. Ich lag in der Badewanne und spürte der faulen Wurzel nach. Selbst die fremden Herren konnten da nichts Linderndes mehr ausrichten.

Wenn es an der Tür klingelte, machte ich nicht auf. Außer Jeff klingelte kaum jemand, und er klingelte, um seine Fragen zu stellen, auf die wir »keine Ahnung, Jeff« antworteten. Er ließ sich mit »keine Ahnung, Jeff« aber nicht mehr abspeisen, er wollte es genauer wissen, ohne seinen Verfolgungswahn jedoch beschwichtigen zu lassen. Ausreden ließ er ihn sich sowieso nicht, das hatten wir bald gemerkt und es bald auch nicht mehr versucht.

Auf Jeffs Fragen konnte ich in meinem Zustand unmöglich antworten, ohne ausfällig zu werden oder in Tränen auszubrechen. Sollte Jeff so eine Frage stellen wie zuletzt, würde es zum Äußersten kommen, womöglich. Zuletzt hatte er gefragt, warum die Menschen in dieser Stadt, überhaupt dieses ganze Volk ihn nicht einfach akzeptierte. »Keine Ahnung, Jeff«, hatte ich geantwortet. Er war wütend geworden. »Du auch, hä!?«, hatte er gehöhnt. Er hatte mich als Ausländerfeind entlarvt. Ich hatte mir nicht zu helfen gewusst, mir waren keine Argumente eingefallen, die mich von diesem Vorwurf freigesprochen hätten. Ich hätte ihm gerne eine Ohrfeige gegeben, aber das hätte seinen Verdacht wahrscheinlich bestätigt. Im schlimmsten Fall hätte er zurückgeschlagen, zielsicher auf die böse Backe, und das hatte ich nicht riskieren wollen. Also hatte ich ihn jammern lassen und versucht, ein nettes, freundliches, ein ausländerfreundliches Gesicht zu machen. Als er endlich gegangen war, hatte ich die nächste Schmerztablette eingeworfen und gedacht, dass Agnes nie in eine solche Situation geraten würde. Kein Mensch der Welt würde Agnes unlautere oder ungünstige Gefühle unterstellen. Agnes war einfach total in Ordnung. Und ich wusste: Sollte sie sich als Miss World der Liebenswürdigkeit aufstellen lassen, würde sie mit null Gegenstimmen gewählt werden.

Mein Mann sagte jeden Tag denselben Satz: »Gch zu dem verdammten Zahnarzt und lass dich behandeln, wo leben wir denn?«

»Ich hab kein Geld.«

»Ich geb dir Geld.«

»Ich will dein Omageld nicht.«

»Lass meine Oma in Ruhe.«

»Die ist tot, die hat ihre Ruhe.«

Das wär's gewesen. Jetzt hätte er dranbleiben müssen. Aber er drehte sich um, traurig den Kopf schüttelnd, und schloss die Wohnzimmertür hinter sich. Nicht einmal über meine Zahnschmerzen gerieten wir noch in Streit.

Eines Abends Ende Juni begegnete ich bei den Briefkästen im Hausflur dem schwulen Danilo. Er küsste mich rechts und links, als seien wir alte Bekannte. Beim Kuss auf die linke Wange schrie ich auf. Danilo schrie mit, warum auch immer. Tunte.

»Mein Zahn«, sagte ich. »Uh«, sagte Danilo.

Als Anästhesist war er gleich bei der Sache und gab mir Ratschläge, welches Schmerzmittel ich nehmen sollte. »Sind das Kindertabletten«, fragte ich misstrauisch, weil Danilo in der Kinderklinik arbeitete.

»Ich verneine«, sagte er vornehm. »Das sind Keulen.«

»Wie bekomm ich die?«

»Ich besorg sie dir.«

Da hätte ich hellhörig werden müssen. Wurde ich aber nicht, ich hätte mich von ihm sogar noch einmal küssen lassen oder mir seine gesammelten Ex-Freunde-Geschichten en bloc angehört, wenn ich nur die Tabletten bekam.

Er brachte sie mir an die Wohnungstür. Er klopfte, als ob er geahnt hätte, dass ich auf Klingeln nicht reagierte.

»Kann ich dich kurz sprechen?«, fragte er, als er mir die Tablettenschachtel im Großfamilienformat überreichte. »Es wäre wichtig.«

Wäre, dachte ich. Ist es wichtig oder nicht? »Komm rein«, sagte ich. Danilo sah sich gequält um. »Mein

Mann hat zu tun.« Ich führte Danilo in die Küche. Mein Mann hatte überhaupt nicht zu tun, natürlich nicht, aber von seiner Theorie wusste Danilo nichts, und ich hielt es nicht für den geeigneten Augenblick, ihn einzuweihen.

Danilo setzte sich auf die Stuhlkante und vermied es, die Hände auf die Klapptischplatte zu legen. Den Kaffee, den ich ihm anbot, lehnte er mit einem panischen Blick auf die Tasse in meiner Hand ab.

»Wer war das?«, fragte mein Mann, als Danilo endlich gegangen war. Endlich, und erst, als ich ihm meine Unterstützung zugesagt hatte, mehrmals.

»Der schwule Freund von Conny.«

»Guy?«, fragte mein Mann. Ich lachte und meine Backe schmerzte.

»Nein, Danilo. Er möchte aus Conny eine Künstlerin machen.«

»Bewahre«, sagte mein Mann und schlug vor, schlafen zu gehen, auf Jeffisch.

»Uir künnten ons hänlägen, nischt?«

Das war unser einziges Gespräch über Sex, oder annähernd darüber: »Wir könnten uns hinlegen.« Ein Satz, auf den ich nicht einging. Ich nahm eine von Danilos *Keulen*, putzte die Zähne, legte mich auf die Matratze, löschte das Licht, und es kam, wie es immer kam.

Kapitel vierzehn

Am nächsten Morgen waren die Zahnschmerzen weg. Ich wachte auf, sprang aus dem Bett, machte Kaffee, putzte mir dabei die Zähne und war beim Ausspülen sicher, dass ich nicht träumte: Sie waren weg. Hastig wusch ich die Tasse vom Vortagskaffee sauber, stürzte einen Schluck Kaffee und eine *Keule* hinunter und zog mich an, um Agnes zu besuchen.

Auf der Treppe machte ich Bocksprünge vor Glück, mein Herz raste, und als Agnes die Tür öffnete, warf ich mich ihr entgegen. »Agnes, Agnes, da bist du ja.«

»Natürlich bin ich da.« Sie schob mich sanft zurück und schaute mich an. »Was ist mit dir?«

»Ich bin …« Glücklich kam mir seltsamerweise nicht über die Lippen. »Ich habe … Sie sind weg«, stieß ich endlich hervor und sank auf ihr Sofa.

Ich sah mich um. »Eigentlich müsste doch jetzt Nebel liegen, nein?«, bemerkte ich, dumm vor Glück. Agnes sah mich besorgt an.

»So früh morgens liegt der Regenwald doch im Nebel, nein?« Ich lachte so sehr, dass ich selber bemerkte, wie unpassend das war, aber ich konnte kaum aufhören.

»Was hast du genommen?«

»Danilo hat mir *Keulen* gegeben.«

Sie packte meinen Arm. »Was hat er?«

»Keulen«, ich lachte wieder.

Sie richtete sich auf und sah mich hilflos an.

Nachdem ich ihr alles erzählt hatte, stand sie auf und machte Kaffee. »Du hast mir nie von deinen

Zahnschmerzen erzählt«, rügte sie mich, als ich meine kleine Tasse in Empfang nahm.

»War unwichtig.« Dann fiel mir Danilos Anliegen wieder ein. »Oje, und er möchte für Conny eine Ausstellung organisieren. Damit sie ihre Schneckenhäuser in passendem Rahmen zeigen kann.«

Conny malte Schneckenhäuser, Öl auf Leinwand. Selbstverständlich durfte man ihr nicht sagen, dass sie Schneckenhäuser malte, aber diese geschwungenen Rondelle, die sie malte, sahen eindeutig wie Schneckenhäuser aus.

Agnes ließ sich nicht anmerken, was sie von Danilos Plan hielt.

»Er sagt, Conny sei sehr aktiv, aber nicht ausgefüllt.«

Das stimmte, sie war *aktiv*. Nach ihrem Zehnstundenarbeitstag in der Kinderklinik kaufte sie feierabends im Feinkostladen ein, fuhr mit den bunten Einkaufstüten auf der Vespa vors Haus und bereitete sich ein Essen zu, jeden Abend. Nach dem Essen setzte sie sich hin und malte.

»Er sagt, sie brauche dringend einen kleinen Kick von uns, für ihr Ego«, fuhr ich fort, da Agnes nichts sagte. »Von uns, damit meint er: von Connys Freunden«, erklärte ich. Und dann stellte Agnes endlich eine Frage, und zwar die, die ich mir auch stellte: »Und warum kommt er damit zu dir?« Wenn ich sie auch aus ihrem Mund nicht besonders schmeichelhaft fand.

»Ja, das weiß ich auch nicht.«

Agnes lächelte. »Er wird wissen, dass Conny dich mag.«

Das glaubte ich nicht. Aber es hatte keinen Sinn, Agnes davon überzeugen zu wollen, dass Conny mich nicht mochte. So etwas wollte sie nicht glauben, schon gar nicht, wenn es um Conny ging. Sie sprach stets auffallend zärtlich über Conny und deren Liebenswertigkeit, und so erzählte ich ihr auch nicht, wie ich Conny einmal beim Malen zugesehen hatte:

Sie hatte Salsa aufgelegt, trank Wein, pinselte an einem Schneckenhaus und erzählte von Guy. Ich hörte ihr zu und schaute mir die Fotos von Guy an, mit denen die Wohnzimmerwände übersät waren, denn wenn Conny nicht malte oder mit Danilo und seinem Olli im Garten saß, steckte sie Fotos von Guy in Bilderrahmen und nagelte sie an die Wand.

»Guy arbeitet so viel, er kann einfach nicht häufiger kommen«, sagte sie gerade. Alle paar Wochenenden flog Conny nach London, um ihn zu besuchen. Umgekehrt besuchte er sie aber nie, jedenfalls hatte ich ihn noch nie gesehen.

»Aber du arbeitest ja auch viel«, sagte ich.

Sie legte den Pinsel ab und sah mich hasserfüllt an, dabei hatte ich noch gar nicht gesagt, was ich sagen wollte, nämlich: »Der redet sich auf die Arbeit raus!«, und ich verschluckte es auch im letzten Moment, aber sie sah mich so hasserfüllt an, als ob ich es gesagt hätte.

Ich wusste, dass Conny mich nicht mochte, spätestens seit dieser Begegnung, aber davon erzählte ich Agnes nicht. Ich sagte nur: »Wenn ich Danilo wäre, würde ich nicht mich um Hilfe bitten.«

Agnes lächelte: »Sondern?«

»Ich würde dich fragen!«

»Vielleicht sollte er das, ja«, sagte sie nachdenklich.

»Oder ich würde die ganzen Ärzte fragen, die auf ihrer Party waren.«

Ja, das hätte ich an Danilos Stelle getan, genau das. Die hatten reichlich Geld, um sich eine schicke Galerie zu mieten, die bestechlich genug war, Connys Schneckenhäuser zur Kunst zu erklären. Die hatten Ahnung, wo man glänzende Einladungspostkarten herstellen konnte, noch besser: einen Katalog! Damit Conny nicht nur *aktiv*, sondern auch *ausgelastet* wäre.

Agnes stand auf: »Ich wecke jetzt Gerd.« Den hatte ich ganz vergessen. »Klar«, ich sprang vom Sofa auf und umarmte sie. »Tschüss, Diva-Diva«, sagte ich, »und danke.«

»Du kannst immer kommen«, sie lächelte, »hörst du, immer.«

Kapitel fünfzehn

Die Euphorie wich schnell angenehmer Benommenheit, ich war in weichen Dampf gebettet, auch wenn ich nicht badete, in Dauerdampf.

Ich erhöhte zwar stetig, aber langsam die Dosis. Danilo hatte mir diese riesige Schachtel gegeben, die nicht nur eine Großfamilie mit kollektivem Zahnschmerz, sondern eine ganze Schmerzpatientenstation eine schöne Weile lang versorgt hätte.

Natürlich rührten die *Keulen* nicht an den Grund der Schmerzen, die Wurzellage war hoffnungslos, aber sie ließen mich glauben, es gebe keine faulenden Wurzeln in meinem Leben, und ich war hartnäckig an diesem Glauben interessiert. So hatte ich denn auch den Kostenvoranschlag auf die Rückseite gedreht, seit es *Keulen* zum Frühstück, Mittag- und Abendessen gab.

Ich war eigentlich sehr zufrieden, etwas antriebsschwach vielleicht, aber dieser Dauerdampf behagte mir. Sobald ich in der Wanne lag, arbeitete mein Geist träge, aber munter (ja, das gibt es) drauflos.

Bruckners *Nullte* hatte ich so gut im Ohr, dass ich sie auch hörte, wenn ich sie nicht hörte. Sogar in meiner Spacekapsel konnte ich sie mir auflegen, aus meiner inneren Plattensammlung, und wenn ich wollte, bäumte sie sich am Ende des ersten Satzes rasant und wild auf, immer wieder, repeat. Die *Nullte* war zum Soundtrack meiner Keulenfantasien geworden, und Jeff zum Protagonisten. Denn nicht nur sein Verfolgungswahn und die merkwürdigen Fragen, die er an unserer Tür zu stellen pflegte, veranlassten und fütterten weiterführende Gedanken.

Jeff übte nie. Er hörte laut Musik, seine Brucknersinfonien, sehr laut, und er sah laut fern, CNN, aber er spielte nie Cello. Neun Monate lang hörte ich ihn kein einziges Mal Cello spielen. Musiker übten angeblich durchschnittlich acht Stunden am Tag, das hatte ich irgendwo gelesen. Entweder stimmte das nicht, oder

Jeff war gar kein Cellist. So. Wozu trug er aber dann diesen Koffer mit sich herum? Diesen schwarz polierten, sargähnlichen Cellokoffer! Dafür gab es nur eine Erklärung. Wenn Jeff nicht Cellist war, hatte er eine Leiche im Koffer.

Das würde vieles erklären:

- Seinen Verfolgungswahn – der beruhte auf seinem schlechten Mördergewissen!
- Die Tatsache, dass er den Koffer nie vom Rücken nahm – er hütete seinen grausigen Schatz!
- Den Umstand, dass er niemals Frauenbesuch erhielt – die Frau konnte ihn nicht mehr besuchen, sie war tot!
- Die Merkwürdigkeit, dass Jeff auch tagsüber gekleidet war, als ginge er zu einem Konzert – aha, **das** war der Fehler, den er machte, er trug zu dick auf! Ein echter Cellist würde sich doch eher in der Garderobe zum Auftritt schön anziehen. Ein echter Cellist würde doch besser auf seine guten Anzüge und Lackschuhe achten, sie nicht der schlechten Stadtluft und jedem Wetter aussetzen!

»Geh endlich zum Zahnarzt, du drehst noch durch«, sagte mein Mann, als ich ihm von meiner Befürchtung erzählte.

An dieser Stelle kann ich sogar von einem kleinen Streit berichten.

»Im Ernst –«, sagte ich.

»Ja, im Ernst«, sagte er mit schattiger Stimme. »Wenn du unbedingt willst, verlierst du entweder binnen kurzer Zeit deinen Restverstand, oder du hast irgendeine Katastrophe an der Backe, die du dir so sehnlich zu wünschen scheinst, nur zu!«

Ich wiederholte meine Argumente. »Hör auf«, sagte er eindringlich, »höööör bitte jetzt und für immer auf, nicht mit mir«, und knallte die Wohnzimmertür hinter sich zu.

Soweit der kleine Streit.

Er hatte in einem Punkt recht: Schon als Kind hatte ich mir gerne Katastrophen ausgedacht. Schon als Kind fand ich mein Dasein so ereignislos, dass ich meine Mutter fragte: »Bei uns passiert nie was, Mama, stimmt's?« »Wie meinst du das?«, antwortete sie verwundert. »Bei uns passiert nie was Schlimmes, stimmt's?«, wiederholte ich. »Ach, liebe Maus«, sie war erleichtert, »nein, keine Angst, bei uns passiert nie was Schlimmes, dafür sorge ich schon.« Abends, vor dem Einschlafen, dachte ich mir einen schrecklichen Unfall aus, bei dem meine Eltern ums Leben kamen. Ich beweinte ihren Tod, die nebenan im Wohnzimmer beim Rotwein saßen. Ich weinte wie eine Verrückte und schlief dann selig ein, erschöpft und glücklich, etwas erlebt zu haben.

Dass ich mir ihren Tod jedoch gewünscht hatte, glaube ich nicht, obwohl es auch harte Zeiten in unserer familiären Beziehungsgeschichte gab. Dass ich dadurch eine Katastrophe heraufbeschworen hatte, glaube ich ebenso wenig, allerdings fällt mir gerade ein, dass zwar meine Eltern stets am Leben sind, tatsächlich aber die Bridgepartnerin meiner Mutter in jener Zeit an den Folgen eines Verkehrsunfalls starb.

Nachdem mein Mann so eindringlich mit mir gesprochen hatte, dachte ich lange über mein bisheriges Leben nach und versuchte abzuwägen, ob ich mich für die geschehenen Unglücksfälle verantwortlich zu fühlen hatte.

Vielleicht hilft das Wünschen ja wirklich. Ich gebe zu, dass ich mir inbrünstig gewünscht hatte, es möge etwas geschehen, bevor die Bridgepartnerin starb. Aber ich schwöre, ich dachte beim Wünschen nicht an sie, die Bridgepartnerin, Ehrenwort.

Die Idee, Jeff habe ein grausiges Geheimnis, ließ mich nicht mehr los, und so holte ich mir statt eines fremden Herrn Jeff in die Badewanne, Cellokoffer inklusive. Bei meinem ersten Versuch hatte Jeff sich nicht überreden lassen, in die Wanne zu steigen, aber damals sollte er pornogecastet werden. Nun hatte ich ganz andere Pläne mit ihm, und so war meinerseits keine große Überredungskunst und kein Gezerre nötig: Jeff warf sich und seinen Koffer mit einem beherzten Sprung zu mir ins heiße Wasser. Und Jeff war besser als die fremden Pornobewerber, er brauchte sich nicht auszuziehen (und tat es auch nie), um ein an- und aufregender Spielpartner zu sein.

Schon bevor ich Jeff des Mordes bezichtigte, sprach mein Mann nicht gerne über ihn. »Das ist ein völlig asexueller Typ, und das ist auch schon sein ganzes Problem, der hat einfach nie Sex«, sagte er jedes Mal, wenn ich das Gespräch auf Jeff lenkte. Nach *Sex* machte er immer einen deutlichen Punkt. »Der hat einfach nie Sex Punkt«, um das Thema mit diesem deutlich gesprochenen Punkt zu beenden.

»Das glaube ich nicht, da läuft bestimmt was«, erwiderte ich dann. Ehrlich gesagt konnte ich mir Jeff auch nie mit sprechendem Leib vorstellen. »Das glaube ich nicht«, sagte ich, um einen Streit, am liebsten einen Streit über Sex, oder wenigstens ein Gespräch zum Thema Sex (wenn auch im weitesten Sinne und obendrein indirekt) anzuzetteln. Aber diese Gespräche waren unergiebig. So sehr ich es liebte, wenn mein Mann »der hat einfach nie Sex« sagte, so wenig gelang es mir je, mit ihm beim Thema Jeff zu verweilen.

Und seit ich Jeff eine Leiche in den Koffer gelegt hatte, war er zum Tabuthema geworden, »hööör bitte jetzt und für immer auf, nicht mit mir.« Und so zog ich mich damit in meinen Kopf und in die Badewanne zurück.

Ich spann täglich an der schaurigen Geschichte.

Das alte Problem jedes Mörders, *wie werd ich die Leiche los? Wo versteck ich sie?,* löste Jeff in meinen Augen elegant und gerissen, weil er sie gar nicht loszuwerden versuchte. Er trug die Leiche so lange im Koffer spazieren, bis sie gänzlich zerfault und zersetzt war. Wirklich clever. Aber halt, was war mit den Knochen? Zersetzten die sich überhaupt? Nach wie vielen Jahren? Er könnte mit Säure nachhelfen, um den Prozess zu beschleunigen, den Knochenzersetzungsprozess, sobald alles Fleisch verwest war. Ich könnte ihm einen anonymen Hinweis geben, dachte ich und lachte in der Wanne.

Die Frau lebte noch, als er sie in den Koffer sperrte, war eine neue Idee von mir. Ja, das würde zu Jeff passen: jemanden lebendig zu begraben. Er hatte Ausschau gehalten nach einer Frau, die der Form seines Cellokoffers entsprach. So hatte er sein Opfer ausgewählt. Er hatte sie gefunden und kennen gelernt. Er hatte sie in den Koffer gelegt, zum Spaß, um ihr zu beweisen, dass sie genau hineinpasste, und hatte den Deckel für immer geschlossen. Er hatte sich eine Cellofrau gesucht. Eine Frau mit der Form eines Cellos. **Geigenfeige**, dachte ich und dachte an Agnes. Die hatte ich in meinem Dauerdampf fast vergessen. Plötzlich lag sie im Koffer, in Jeffs Cellokoffer, ein paar Knochen hatte er ihr gebrochen, auch das Rückgrat, damit sie hineinpasste, aber so gebrochen passte sie vorzüglich hinein. Jawohl, Agnes lag da, nicht etwa die winzige aber sperrige Conny, sondern die großgewachsene, geschmeidige Agnes – und ich ging hinunter und klingelte bei ihr, um zu sehen, ob sie noch lebte.

Kapitel sechzehn

Ich stand vor Agnes' Tür, summte *ich bau für uns ein Nest, wo sich's leben lässt*, und wusste, was sie mir zum Abschied sagen würde: »Du kannst immer kommen.« Ich war lange nicht da gewesen, bestimmt drei Wochen. Ich wusste, was sie zum Abschied sagen würde, weil sie das immer gesagt hatte, bei jedem Abschied, den wir bisher voneinander genommen hatten, aber ich wusste nicht, was sie zur Begrüßung sagen würde. Ich war gespannt.

Sie sagte gar nichts. Sie öffnete die Tür und schaute mich an, mit ihren glänzenden, schwarz umrandeten Augen. *Schwarz war ihr Haar, die Augen wie zwei Sterne so klar*, sang es in mir.

Sie schaute mich einfach an und lächelte. Mich hatte nie zuvor jemand so lange angesehen, ohne etwas zu sagen, und es war mir unangenehm. Ich spürte, dass ich rot wurde. Ich lächelte auch, aber ich flehte innerlich, Agnes möge etwas sagen oder Platz machen, damit ich eintreten konnte. Sie aber stand da und schaute mich an.

»Du bist es«, sagte sie endlich, mir in die Augen. Sie sagte es weder erstaunt noch verärgert, es war kein Kommentar in ihren Worten. Sie sagte nicht: »**Du** bist es«, und auch nicht: »Du **bist** es.« Sie sagte es einfach. »Du bist es.« Jedes Wort gleich betont, jedes Wort gleichwertig.

Später saßen wir auf dem Sofa. Beim Hinsetzen hatte ich wieder versucht, einen Blick auf die Scham zu erwischen, die ich nicht nur drei Wochen nicht, sondern noch nie gesehen hatte, vergeblich.

Mir war es recht, dass Agnes nie vorschlug, draußen im Garten zu sitzen. Die Welt vor ihrem Fenster beachtete sie herzlich wenig. Bei Agnes zu sein bedeutete, sie immer exklusiv zu haben. Im Garten hätte sich schlimmstenfalls ein weiterer Nachbar dazugesellt, bestenfalls hätte man alle paar Minuten grüßen müssen, die Studenten, die ihre Räder abstellten, oder Frau Baumgartner, die ihre Wäsche zum Trocknen aushing.

Im tropischen Wohnzimmer war zwar, der Leser

weiß Bescheid, auch jederzeit mit einer Störung zu rechnen, aber das nahm ich lieber in Kauf. Wenn Gerd käme, würde ich noch fünf Minuten bleiben, um nicht zu zeigen, dass ich seinetwegen ging. Ich würde über seine Witze lachen. Dann würde ich aufstehen und sagen, dass ich einkaufen müsse, meinen Mann mal wieder sehen wolle, einen wichtigen Anruf nicht länger aufschieben könne, was weiß ich, etwas Derartiges würde ich sagen, mich verabschieden und gehen. Und wenn Gerd mir nachriefe: »Sag dem anderen Vogel, er soll mich später mal kontaktieren«, würde ich nicken. Der andere Vogel war mein Mann.

Wir saßen tief im Sofa, Agnes mit angezogenen Knien, ich breitbeinig neben ihr. *Ich bau für uns ein Nest, wo sich's leben lässt, Anita, Anita*, ich hatte Lust zu pfeifen.

Zum ersten Mal fiel mir auf, wie wenig Licht von draußen in das Pflanzennest drang, wie viel Licht Agnes' Pflanzen schluckten. Sie bildeten einen Wall zwischen dem Tag und uns. Die Sonne erreichte uns auf dem Sofa nicht.

»Wenn ihr euch noch weitere fünf Jahre liebt, seid ihr zugewachsen.«

»Von mir aus«, antwortete Agnes.

»Ihr könnt die Fenster dann nicht mehr öffnen und erstickt.«

»Pflanzen produzieren doch Sauerstoff.«

»Aber keine Atemluft.«

»Du bist noch jung«, sagte sie. »Ich habe alles noch vor mir«, ergänzte ich laut rufend.

Sie nahm ein Sofakissen und drückte es mir ins Gesicht. Sie gluckste ihr kleines Lachen. »Lass mich leben«, röchelte ich. Sie nahm das Kissen von meinem Gesicht. Sie sah mich an. »Ja«, sagte sie sehr ernsthaft und nickte mehrmals nach.

Während des folgenden Schweigens überlegte ich mir, sie auf Jeff anzusprechen und ihr meine Befürchtungen mitzuteilen. Aber Agnes' Einfall beendete die Stille. »Ich hab ja was für dich!«, sagte sie, »seit deinem letzten Besuch wartet er hier auf dich.«

»Er?«

»Der Tee!«

Und sie eilte in die Küche. Der Tee war als Geschenk verpackt. »Spannend«, sagte ich spöttisch, als ich das grüngetupfte Papier zerriss. Sie schubste mich leicht. Fleißig getrunken, sei er entzündungshemmend, sagte sie, ohne mir zu sagen, was für ein Tee es war. Ich konnte erkennen, dass er aus Salbei, Lindenblüten, Kamillen und Weiderinden bestand, aber ich ließ ihr den Spaß, geheimnisvoll zu tun und redete mir ein, es sei noch eine entscheidende fünfte Komponente im Spiel, die ich mit bloßem Auge nicht sehen könne, die den Tee aber zum Zaubertrank mache. Und ich war mir sicher, den Zahnarzt, seine ungeduldige Gehilfin, sein *Bureau* und seine Hochglanzzeitschriften nie mehr wiederzusehen.

Gut gelaunt fasste ich Mut und steuerte auf mein Lieblingsthema zu. »Wie lange wohnt Jeff eigentlich schon hier«, fragte ich beiläufig beim Zusammenknüllen des Geschenkpapiers.

»Wir sind jetzt fünf Jahre hier«, Agnes überlegte, »und Jeff vielleicht zwei.«

»Glaubst du, dass er Cellist ist?«

»Du stellst Fragen, ja, natürlich.«

»Kennst du ihn gut?«

»Wir plaudern ein bisschen, wenn wir uns zufällig begegnen.«

Wo konnte man Agnes zufällig begegnen? Sie verließ ihre Wohnung ja nie.

»Zufällig?«

»Bei den Briefkästen oder im Garten, ja. Er ist ein sehr höflicher und angenehmer Mensch.« Und mit leichtem Nachdruck fügte sie hinzu: »Und bestimmt ein wunderbarer Cellist.«

Typisch Agnes. Ich gab's auf. Meine Jeff-Fantasien und meine Beziehung zu Agnes waren unvereinbar, ganz offensichtlich.

Ich hörte sie in der Küche beim Kaffeezubereiten Bikutsi summen, ein Stück von einer Platte, die sie mir schon einmal vorgespielt hatte. Als das Summen verstummte, stand ich auf und ging Richtung Küche. Ich sah, wie Agnes eine Tablettenschachtel in die Schublade zurücklegte. »Hast du auch Schmerzen?«

Sie drehte sich erschrocken um. »Nein, alles in Ordnung.«

Mir gab sie Tee und selber nahm sie Pillen, großartig. »Was ist das?« Sie schwieg, schwieg, schwieg. Lächelte und schwieg mit glänzenden Augen.

Wir tranken den Kaffee schweigend, beide, und schnell, ich jedenfalls. Dann verabschiedete ich mich, bevor ich über Gerds Witze lachen musste. »Bis dann, Venusschuh, und danke.« An diesem Tag sagte ich nicht »danke für den Kaffee«, sondern »danke für den

Tee.« In der Tür drehte ich mich um: »Und hoffentlich wirkt die Pille.«

»Aber ja«, sagte sie, »nur ein bisschen Kopfschmerzen.«

Kapitel siebzehn

Gerd ging keiner geregelten Arbeit nach. »Ich bin mein eigener Herr.« In dem kleinen Zimmer neben Küche und Bad, gegenüber dem Tropenwohn- und dem Schlafzimmer, hatte er seinen *Betrieb*, ein vollgestopftes Kabuff mit abgestandener Luft, in dem sich Kartonschachteln, Kisten, Rechner und Bildschirme auf räudigem Teppichboden und wackligen Sperrholzregalen drängten und stapelten. Dort stand das Telefon, dort nahm er seine Aufträge entgegen.

Er sei Troubleshooter, sagte er auf die Frage, was er beruflich mache, »Ärger abknallen«, sagte er dann und lachte sehr. Gerd liebte Wortspiele. Ich wusste von meinem Mann, dass Gerd Computer reparierte. Er habe einige Firmen »an der Hand.« Diese Firmen riefen ihn in seinem Kabuff an, wenn sie ihn brauchten. An der Hand bedeute, dass er sie am Ohr habe, wenn sie ihn brauchten. Das könne zu jeder Tageszeit sein, das käme auch wochenends vor, sagte er stolz. Er sei im Betrieb in Betrieb, sagte er gerne, bevor er die Tür des Kabuffs mit einem schleifenden Geräusch, Holz auf Teppichboden, hinter sich zuzog.

Dass Gerd schon fünfzig war, hätte ich nicht gedacht. Es war offensichtlich, dass er älter war als Agnes, aber doch keine siebzehn Jahre – zehn, allerhöchstens. Aber er war fünfzig, das wusste mein Mann, seit er mit ihm Bier trinken ging. Und da Agnes dreiunddreißig war, muss Gerd siebzehn Jahre älter gewesen sein. Das sah man ihm nicht an, wahrhaftig nicht. Darauf legte er auch Wert.

Er war im gleichen Jahr wie mein Vater geboren, die Vorstellung, Gerd könnte mein Vater oder mein Vater Gerd sein, war mir unangenehm. Abgesehen vom gleichen Geburtsjahr gab es zwischen Gerd und meinem Vater in der äußeren Erscheinung ebenso wie in ihren Biografien absolut keine Gemeinsamkeiten, das wiederholte ich mir jedes Mal, wenn ich die beiden miteinander verglich.

Schon als Kind begeisterte sich Gerd für elektrische Geräte. Er schraubte alles auf, was ihm in die Hände fiel, zunächst war das im elterlichen Haushalt, neben den Nachttischlämpchen und der Wohnzimmerstehlampe, einzig ein Radio. Täglich schraubte er es mit seinen Kinderfingern auf, untersuchte die spannenden Eingeweide, streichelte sie, spielte und zupfte an ihnen herum, und schraubte den Wunderkasten wieder zu, um ihn einzuschalten. Als 1956 der erste Staubsauger und eine Waschmaschine (ein Halbautomat) in den Haushalt einzogen, kurze Zeit später auch ein Kühlschrank, war es schon zu spät, sein Herz war vergeben. Denn Gerd verdankte dem **Radio**, und das vergaß er ihm nie, die Bekanntschaft mit dem Rock 'n' Roll, seiner zweiten Leidenschaft. Die dritte waren Motorräder, und bis zur Geschlechtsreife blieb es bei diesen dreien. Als er sich 1960 für eine Ausbildung entscheiden musste, siegte wieder das Radio, und drei Jahre später beendete er seine Lehre zum Radioelektriker.

Es war jedoch nicht die Liebe zur Elektronik und schon gar nicht zur Musik, die ihn 1970 zum ersten Mal nach Kalifornien führte, denn mit der Hippiemusik konnte er nicht viel anfangen. Er mochte es härter, er mochte Musik, die in Text und Ton von den dunkleren Seiten menschlichen Lebens berichtete, er mochte Hardrock zu dieser Zeit, denn der Heavy Metal war noch nicht geboren, nein: Es war die Liebe zum Motorrad, die ihn auf einen Flug nach Los Angeles sparen ließ, um sich bei den Westküstenrockern Inspiration zum *Choppen* seiner BMW R27 Baujahr 1965 zu holen. Er lernte dort, seine Maschine auf das zu reduzieren, was zum Fahren notwendig war, lernte allerhand abzusägen, zu verkürzen und tieferzulegen, um ihr mehr Leistung abzuringen; außerdem lernte er schwere Jungs kennen, die seine Bewunderung auf sich zogen, und am Tag des Rückfluges begann er auf den nächsten Hinflug zu sparen.

Alle wesentlichen Impulse seines Erwachsenenlebens erhielt Gerd dort, in Kalifornien, während ungezählter Aufenthalte im Lauf der folgenden fünfzehn Jahre, Kalifornien machte aus Gerd Gerd, diese einzigartige virile Ansammlung von widersprüchlichen Weltanschauungen und Leidenschaften.

In Kalifornien kam Gerd auf den Geschmack psychedelischer Drogen, dort schluckte er die ersten LSD-Pillen und überzeugte sich von ihrer günstigen Wirkung auf seine Gedanken. »LSD ist gut für den Kopf«, pflegte er zu sagen;

In Kalifornien erwarb er sich (nach hartem Training) die Fähigkeit, mit fünfzehn Flaschen Bier im Blut besonders konzentriert und sicher Motorrad zu fahren;

Es war, wie könnt's anders sein, in Kalifornien, wo Gerd den ersten Personal Computer der Welt, den Altair 8800, zu Gesicht und in die Hände bekam, und diese Begegnung war folgenschwer, denn um den Altair hatte sich eine Schar von Elektronikschraubern versammelt, die auf dieser Kiste ohne Bildschirm und Tastatur mithilfe von Kippschaltern und Leuchtdioden erste Programme schrieben und gleichzeitig eine Philosophie entwickelten, die Gerd, als sie fix und fertig und prêt-à-porter war, ebenso einsteckte und mitnahm wie ein Exemplar des Altairs:

1. Computer sind in der Lage, die Welt zum Besseren zu verändern.
2. Du bist in der Lage, Schönes, gar Kunst mit dem Computer zu schaffen.
3. Das Schöpfen und Lernen aus eigener Erfahrung ist immer Ziel.
4. Misstraue Autoritäten, fördere Dezentralisierung.
5. Zugang zu Computern und allem, was dir zeigen kann, wie die Welt funktioniert, soll unbeschränkt sein, deshalb: Alle Informationen sollen frei sein.

Gerd hatte die Zeichen der Zeit erkannt, er wandte sich von Radios ab und Computern zu. Er zerlegte und puzzelte so lange an seinem Altair herum, bis er dessen Zusammensetzung und Funktion begriffen hatte, und dasselbe tat er mit jedem Nachfolger. Eine weniger glückliche Hand bewies er beim Programmieren, und so wurde aus Gerd nie ein Hacker, obwohl das sein eigentliches Ziel war, wozu sonst hatte er die Philosophie auswendig gelernt? Aber da er sich die Mühe schon gemacht und alle fünf Punkte im Schlaf aufsagen konnte, vertrat er sie weiterhin, auch wenn er nur schraubte. »Du bist in der Lage, Schönes, gar Kunst mit dem Computer zu schaffen«, murmelte er mantraartig und veredelte damit das eigene Tun, bevor er sich das nächste Bier gönnte und eine kleine Tour auf dem Motorrad unternahm, oder sich eine *Dröhnung* gab, worunter er das laute Anhören von Thrash Metal verstand. Auch den hatte er aus Kalifornien mitgebracht, Mitte der achtziger Jahre. Die Bands der Bay Area mit ihren klingenden Namen, *Exodus*, *Death Angel* oder *Megadeth*, trafen Gerds Musiknerv an der Wurzel, ihnen blieb er treu, auch wenn sie seine Philosophie wahrscheinlich nicht teilten, egal, sie waren schnell, sie waren laut, sie waren nicht zimperlich, und all das war Gerd auch.

Der Leser wundert sich vielleicht, woher ich das alles weiß, mir geht es auch nicht anders, ich habe mich selten mit Gerd unterhalten und weiß doch eine Menge über ihn, wie ich gerade feststelle. Mein Mann hat es mir erzählt, so einfach ist das. Mein Mann war Gerd-Experte. Das Studium des Lebens sei für ihn als *Biograf* zentral, sagte er, wenn er sich die Schuhe band, um mit Gerd auszugehen, und Gerd sein bevorzugtes Forschungsgebiet, er arbeite da an was, sagte er beim Abschiedskuss, woraus ich die Erwartung ableitete, mein Mann, der übrigens Fabian Zumsteg hieß und, soweit ich weiß, heißt, schriebe ein Buch über Gerd. Ich will nicht sagen, dass er das nicht tat, mir ist es aber bis heute nicht untergekommen. Nun ja, womöglich publiziert er unter Pseudonym und alles, was ich hier schildere, kann in einem Gerd-Buch meines Mannes viel zutreffender und obendrein detaillierter nachgelesen werden, ich weiß es nicht, würde mich aber über einen Hinweis freuen, sollte es so sein.

Am liebsten trug Gerd schwere Stiefel, seine lederne Motorradhose und ärmellose Shirts. Was ihm fehlte, waren große, grob gestochene Tätowierungen am Oberkörper, das hätte seinen Typ unterstrichen, wie man damals sagte. Das hätte zu seinem Halsschmuck gepasst, zu seinen Kruzifixen und Raubtierzähnen. Seine Arme waren muskulös und bildeten einen schönen, aber deutlichen Kontrast zum Bauch, der vom Biertrinken dick geworden war. Wenn Gerd, ohne Helm versteht sich, dafür mit Sonnenbrille auf seinem Motorrad saß und die angegrauten Haare im Wind flatterten, sah er verwegen aus, das muss ich sagen. Aber *wilder Typ* nannten wir ihn trotzdem nur wenige Tage lang. Seit mein Mann abends mit Gerd wegging, nannte er ihn *Gerd*, und so alleine verlor ich auch den Spaß am *wilden Typen*.

»Gerd ist Gerd«, sagte mein Mann. »Gerd biedert sich nicht an, und er mutet sich zu.« *Mutet sich zu*, durchaus. »Er setzt sich der Welt aus und riskiert Gegenwehr.« Das, fand mein Mann, seien seltene und schöne Eigenschaften.

»Er ist ein Abenteurer«, sagte Agnes zärtlich. »Er probiert alles aus, alles, was ihm Spaß macht.« Ich wusste nicht, worauf sie anspielte, als sie das sagte.

Mir fielen Drogen und Sexualpraktiken ein, aber beides fand ich in meiner Vorstellung auf Gerd, und noch schlimmer auf Agnes und Gerd bezogen, abstoßend. Diese Bilder wollte ich nicht sehen, und so fragte ich nicht nach. Die paar Mal, die ich Zeugin der Zärtlichkeiten zwischen Agnes und Gerd gewesen war – und Gerd konnte sehr zärtlich zu Agnes sein – hatten in mir nicht den Wunsch geweckt, mehr davon zu sehen oder zu hören.

»Er lässt sich nicht vorschreiben, was gut und böse ist, was er darf und was nicht«, sagte Agnes, sie sagte es, als erschnuppere sie den betörenden Duft einer Moschusrose. Mir fiel *ich seh's dir an, da schlummert ein Vulkan* aus dem Anitalied ein, wenn Agnes so sprach, ich bekam eine Ahnung vom Vulkan, eine Ahnung davon und ein Kribbeln in der Leistengegend.

Aber Gerd inspirierte mich nicht, wir erinnern uns an den Castingversuch mit Gerd in der Badewanne, ich wollte oder konnte ihn mir einfach nicht in angenehme oder aufregende Bilder packen und ließ es auch bleiben.

»Wir lieben uns wie verrückt«, sagte Agnes.

Kapitel achtzehn

Nach und nach hatten sich so viele Betätigungsfelder in mein Leben geschlichen, dass vom Nichtstun nichts mehr übrig blieb.

Feld eins: Jeff. Die Frage, wie ich an Information über ihn kam, um sein Geheimnis zu ergründen.

Feld zwei: Agnes, um die ich mir Sorgen machte, seit ich sie beim Pillenschlucken erwischt hatte. Ich fragte mich dauernd, und es wuchs sich zu einer grimmigen Gewissheit aus, ob sie krank sei. Dieses Feld strengte zusätzlich durch seinen Ehrgeiz an, Jeff von Feld eins zu verdrängen, mit punktuellem Erfolg.

Feld drei: Conny und die Ausstellung. Wie ich Danilo unterstützen könnte, lag für mich nach wie vor gänzlich im Dunkeln. Dass ich einen Schritt tun musste, war mir klar, nur Himmelsrichtungen gab es auf einmal so viele.

Immerhin verordneten die *Keulen* und Agnes' Tee, den ich mir jeden Tag dreimal aufbraute, meiner vereiterten Backenzahnwurzel unter der fistelgespickten Zahnfleischschwellung anhaltende Schmerzpause.

Einen Gesprächspartner in der Angelegenheit *Jeff der Kofferkiller* zu finden, war nicht leicht, wie wir wissen. Und so beschloss ich, Frau Baumgartner einen Besuch abzustatten. Kurz nach Ladenschluss griff ich zu einem leeren Weckglas des Vormieters und klingelte bei der gestrengen Lehrerin, um sie um Mehl zu bitten. Ich hörte Schritte auf dem Parkett, dann hörte ich nichts mehr. Ich klingelte wieder, Stille. »Frau Baumgartner?«, fragte ich durch die Tür, Stille. Am nächsten Abend tat ich dasselbe mit derselben Wirkung. Am dritten Abend ließ ich nicht locker, ich klingelte siebenmal in regelmäßigen Abständen, mit ausreichend Reaktionszeit dazwischen. Dann sagte Frau Baumgartner mit sehr hoher und dünner Stimme von jenseits der Tür, Frau Baumgartner sei nicht da. »Und wer sind Sie«, fragte ich Frau Baumgartner durch die Tür. »Ich bin die Mutter.« Das war auch gut so, denn ich hatte vergessen mir zu überlegen, wofür ich das Mehl brauchte. Weitere Versuche unterließ ich.

Am vierten Abend besuchte ich Conny, und, ungeduldig durch den Misserfolg der vergangenen drei Tage, wollte ich mit diesem Besuch gleich alle Felder bearbeiten. »Nur kurz«, sagte ich, als sie die Tür öffnete. »Ich koche gerade«, sie drehte sich um und schwang ihre Hüfte im 4/4-Takt in die Küche zurück. Dass sie die Wohnungstür offen ließ, genügte mir als Aufforderung, einzutreten, worauf sie sich ungehalten umdrehte: »Was gibt's denn?« Ihre Heliumstimme klang harsch. Das soll ihr mal eine nachmachen, in solcher Höhe harsch klingen und dazu die Hüfte kubanisch schwingen. »Es ist wegen Agnes, also eigentlich Jeff, also eigentlich wollt ich mir mal deine Bilder anschauen.« Das war kein guter Einstieg, und ich nahm es Conny nicht übel, dass sie gar nichts sagte und lieber ein Stück Fleisch mit einer öligen Substanz einrieb und nicht zuließ, dass die Hüfte aus dem Takt kam. Dass sie dann aber auf jede weitere Frage nur »ja«, »nein«, »weiß ich nicht« oder »glaub ich nicht« antwortete, war nicht wirklich freundlich, wirklich nicht.

»Geht's Agnes gut?«: »Ja.«

»Hat Agnes keine Schmerzen?«: »Nein.«

»Ist sie nicht doch möglicherweise krank?«: »Glaub ich nicht.«

»Kennst du Jeff näher?«: »Nein.«

»Was macht er den ganzen Tag?«: »Weiß ich nicht.«

»Glaubst du, dass er Cellist ist?«: »Ja.«

»Kann ich deine Bilder sehen?«: »Nein.«

Aufgrund von Ratlosigkeit, derselben, die mich auch damals an dieser Stelle befiel, würde dieses Kapitel hier enden, wenn nicht Agnes plötzlich geklingelt hätte. Sie klingelte kurz und scharf und trat dann einfach ein, in Connys Wohnung! »Oh«, sagte sie, als sie mich sah, »stör ich?«

»Nein«, sagte Conny, und ihre Hüfte beschrieb auf vier Schläge eine perfekte Acht.

»Ich wollt nur kurz –« Agnes unterbrach sich, und ich dachte, dass mein erster Satz doch nicht so verkehrt gewesen war.

»Ich hol's einfach später, guten Appetit«, sagte sie und ging, wie sie gekommen war, schnell und unvermittelt.

»Ich komm dann auch ein andermal«, beeilte ich mich zu sagen. »Ja, guten Appetit«, rief ich noch zurück. Agnes wartete vor der Tür und sah mich fragend an. Dazu hätte ich eigentlich Grund gehabt, aber das fiel mir erst später ein. »Wegen der Ausstellung«, log ich.

»Aber das darf Conny doch gar nicht wissen.«

»Ich hab auch nichts gesagt.«

»Gut.« Agnes nahm meine Hand. »Ich nehm die Sache in die Hand«, sagte sie und lächelte. »Geht's dir gut«, fragte ich sanft. »Ja«, antwortete sie, »natürlich.«

Nun hatte ich kein Feld bearbeitet, immerhin Feld drei so gut wie abgegeben, dafür aber ein viertes dazugewonnen. Die alte, fast vergessene Frage: Was hatten Conny und Agnes miteinander zu schaffen?

Kapitel neunzehn

Es war an einem dieser drückenden Augusttage, die Luft war annähernd so heiß wie mein Badewasser, also über vierzig Grad, als Jeff mich bat, seine Katze zu füttern. Zum Nationalfeiertag fand ich an der Tür statt einer Post-it-Rüge einen Kartengruß von Frau Baumgartner vor, in ihrer feinen Handschrift, *Einen schönen ersten August wünscht Baumg* auf der Rückseite des Jungfraujochs. Sie wollte damit, leicht zu durchschauen, ihr schlechtes Gewissen beruhigen, weil sie sich für ihre eigene Mutter ausgegeben und mich nicht in ihre Wohnung gelassen hatte, aber ich hegte auch die Hoffnung, dass mit dieser Panoramakarte eine neue Zeit ohne Post-it-Zettel anbrach.

Drei Tage später ließ ich diese Hoffnung bereits wieder fahren. *Bitte Hausschuhe tragen, kann man überall kaufen, nicht teuer Baumg* stand auf dem gelben Zettel, den ich auf dem Weg zum Klo fand.

Gerd zündete zur Feier der Nation abends einige Raketen im Garten, im Lauf des Tages Hunderte von kleinen Knallern im Treppenhaus, die wir als Kinder *Frauenfürze* genannt hatten. »Wenn diese Frauen nur mal aufhören würden zu furzen«, rief Gerd durchs Treppenhaus und den Schwefeldampf und lachte Tränen. Wie Frau Baumgartner darauf reagierte, habe ich, und das ist schade, nie herausgefunden.

Es war jedenfalls nach diesem Feiertag, mir war es gerade gelungen, die Maus handzahm zu machen, sie fraß mir Brotkrumen aus der Hand und schien ihren Namen zu kennen (wenn ich *Maus* rief und mich mit der Krumenhand auf die Matratze setzte, kam sie angewetzt, ich schwör's), als Jeff mich bat, seine Katze zu füttern.

Er stand im dunklen Abendanzug vor der Tür. Es war mir unbegreiflich, wie er bei solchen Temperaturen Hemd und Anzug tragen konnte. Wo er doch auch noch so schwer an seinem Koffer zu tragen hatte! Er musste eine ungeheure Disziplin haben, wie alle Verbrechernaturen. Das hatte ich im Fernsehen gehört. Ein Psychiater, der Gerichtsgutachten über Straftäter erstellte, sagte in einer Talkshow: »Alle Verbrechernaturen zeichnen sich durch ungeheure Disziplin aus.« Er sagte das in anerkennendem Ton und nickte dann beeindruckt. Ich war auch beeindruckt, und ich wusste endlich, woher mein Mangel an Disziplin kam: Ich hatte einfach keine kriminelle Energie. Stimmt, sagte ich mir, nicht einmal das Mutterkindfoto beim Zahnarzt hatte ich mitgehen lassen, obwohl es mich so gejuckt hatte.

Ich wusste gar nicht, dass Jeff eine Katze hatte, ich hatte sie nie gesehen. Als er vor der Tür stand und fragte, ob ich seine Katze füttern könne, dachte ich zunächst, er habe den Verstand verloren. »Welche Katze«, fragte ich sanft, um ihn nicht zu reizen, ich wusste ja, wozu er in der Lage war. »Meine Kätze«, sagte Jeff. »Die kleine weiße Kätze«, sagte er ungeduldig.

Er verreise zwei Wochen nach Südamerika. Aha, Südamerika, dachte ich, er startet einen Fluchtversuch mit seiner Kofferleiche! »Konzertreise«, sagte Jeff, als hätte er meine Gedanken gehört.

Ich war begeistert von der Idee, seine Wohnung kennen zu lernen. Er gab mir Anweisungen, wie die Katze zu füttern sei, und händigte mir den Wohnungsschlüssel aus. Zwei Wochen lang könnte ich ungestört recherchieren, Jeffs Leben durchleuchten, seine Briefe lesen, mithilfe eines schlecht versteckten, schnell aufgespürten Tagebuchs in seinen Mörderkopf schlüpfen und seine Gedanken denken – ich konnte seine Abreise kaum erwarten.

Tatsächlich gab es in seiner Wohnungstür eine Katzenklappe, wie ich sah, sobald Jeff mit seinem Cellokoffer in ein Taxi gestiegen und weggefahren war. Von der Katze allerdings keine Spur. Mit einem flotten 200er-Puls schloss ich seine Wohnungstür auf, konnte kaum glauben, dass der Schlüssel passte und ich die Wohnung wirklich betrat.

Ich wollte mir zunächst einen groben Überblick verschaffen und dann ins Detail gehen. Aber ach, Jeff hatte vorgesorgt, die beiden Zimmer waren versperrt. Einzig das Wohnzimmer stand offen und enttäuschte durch seine Ausstattung. Ein Sofa, ein Fernseher und eine Stereoanlage, ein großer Spiegel mit Goldrahmen, ein dunkles Buffet und ein langer Esstisch, eine richtige Tafel für mindestens acht Gäste, das war's. Keine Papiere, keine Briefe oder Fotos, nicht einmal Bilder an den Wänden, keine Videokassetten, kein Adressbuch, keine Bücher. Nichts, sogar die sinfonischen Platten waren weggeräumt. Er hatte alles gründlich vor meinen Augen verschwinden lassen, *q.e.d.* dachte ich, Kraftnahrung für meine Fantasie. Hinter den verschlossenen Türen lag alles, all die Accessoires seines Mörderlebens, in seinem Schlafzimmer neben Bett und Kleiderschrank und in dem zweiten Raum, den er, keine Frage, als Gedankenkammer benutzte, wo er an einem Schreibtisch neben einer kleinen Bibliothek und einem Archiv des Grauens brütete und ausheckte. So musste es sein.

Auf dem Weg zur Küche stellte ich fest, dass er auch das Bad verschlossen hatte. Das ärgerte mich sehr. Ich hätte wenigstens gerne den Namen des Duftes erfahren, mit dem er die Frau betört hatte, bevor sie sich in den Koffer gelegt hatte.

Die Küche war offen, sonst hätte ich meiner Aufgabe als Katzenverpflegerin ja nicht nachkommen können. Die Küche lag über unserem Schlafzimmer, das hatte ich bereits kombiniert, denn Nacht für Nacht hörten wir Jeffs Waschmaschine schleudern, die in Altbauten üblicherweise in der Küche untergebracht wird, da die Bäder nachträglich eingebaut und sehr eng sind. Da stand sie, die ich vom Hören kannte, deren heftiges Schleudern seine Brucknersinfonien oder die CNN-News-Stimme aus dem Fernseher in den ersten Stunden jedes neuen Tages begleitete. Anscheinend liebte Jeff frisch gewaschene Wäsche. Oder er liebte einfach den Klang oder die Vibration der schleudernden Maschine.

Sie stand neben dem Kühlschrank, aus dem ich die angebrochene Dose mit Katzenfutter holte. Sogar den Kühlschrank hatte Jeff leer geräumt, außer dem Katzenfutter war nichts drin, nicht einmal eine Tube Senf. Ich öffnete den Küchenschrank. Dort waren ganze Batterien von Futterdosen gestapelt, dort fand ich neben Cornflakes und Haltbarmilch jede Menge Schokolade. Riegel, Tafeln, Kugeln, alle möglichen Formen. Damit versüßte Jeff sich sein Gewissen, damit spornte er seinen gehetzten Geist an, klar. Cornflakes zum Frühstück, eine solide Grundlage für jeden Leistungssportler, also auch ihn, Schokolade, um keinen Leistungsabfall zu erleben, denn sein Hirn arbeitete auf Hochtouren, rund um die Uhr, selbst im Schlaf, falls er welchen fand. Ich suchte mir einen Schokoladeriegel aus einer angebrochenen Familienpackung aus, schaufelte die von Jeff vorgeschriebene Menge Futter auf den kleinen weißen Katzenteller und füllte frisches Wasser in die Plexiglasschale. Dann wanderte ich durch den Flur zurück ins Wohnzimmer, setzte mich auf sein Sofa, verzehrte den Riegel und ließ den Raum auf mich wirken. So sahen Wohnzimmer auf den Fotos im Katalog eines Einrichtungshauses aus. Es sah nicht aus, als ob hier jemand wohnte, auch kein Frauenmörder. Der sichtbare Teil dieser Wohnung war mir keine Hilfe bei meinen Nachforschungen. Ich musste in die verschlossenen Zimmer gelangen, aber wie? Darauf konzentrierten sich all meine Gedanken, sodass die eigentlichen Nachforschungen sehr ins Stocken gerieten, bevor sie ins Laufen gekommen waren. Ich saß halbe Tage auf seinem Sofa, verzehrte nach und nach seinen Schokoladevorrat, trotz meiner eitrigen Wurzel, und dachte angestrengt nach. Die weiße Katze sah ich nie. Der einzige Hinweis auf ihre Existenz war der leere Teller, den ich jeden Tag vorfand. Schließlich kam mir eine Idee. Ich würde die beiden Türen aufbrechen, weil die Katze in einem der Zimmer eingesperrt wäre! Jeff hätte in der Aufregung seiner bevorstehenden Abreise aus Versehen die Katze eingesperrt, würde ich behaupten, ihr andauerndes herzerbarmendes Klagen hätte mich gezwungen, die Tür aufzubrechen, um sie zu befreien, denn sonst hätte meine Fütteraufgabe ja keinen Sinn gemacht, es wäre also meine Pflicht gewesen, die Türen aufzubrechen, genau. Aber warum gleich beide? Weil ich zuerst die Falsche aufgebrochen hätte, ganz einfach. Hurra! Jeff wäre nicht erfreut, davon musste ich ausgehen, aber er würde es schlucken müssen. Ich machte mich sogleich an die Arbeit und scheiterte sogleich. Diese Türen hatten solide Schlösser, das muss ich sagen. Ich scheiterte mit Hammer und Schraubenzieher, ich scheiterte sogar, als ich mich mit Entschiedenheit und Anlauf dagegenwarf. Meinen Mann konnte ich nicht um Rat oder Hilfe bitten, das stand fest.

Bald saß ich wieder auf dem Sofa und verdaute die Niederlage bei einem weiteren Stück Schokolade. Ich stellte mir den Abend vor, an dem es passiert war. Jeff hatte die Dame zum Aperitif auf das Sofa gebeten, er hatte Bruckners Nullte aufgelegt und eine Flasche Veuve Clicquot geöffnet. Der Partyservice hatte geklingelt und das Essen unter Silberglocken geliefert. Ein gemieteter livrierter Kellner hatte das Essen serviert, am Kopf- und Fußende der Riesentafel. Aus dem massiven Buffet hatte er Kerzenleuchter, Wasser- und Weinkaraffen geholt. Jeff und die Dame hatten sich hingesetzt und gegessen. Der Kellner hatte alles abgeräumt, die Rechnung aufs Buffet gelegt und sich verabschiedet. Bruckners Nullte lief zum dritten Mal, als Jeff der Dame das Du anbot. Vom Du ging er gleich zur Tat über. Er öffnete seinen Koffer, strich über den bordeauxroten Futtersamt und lobte dessen zarte Beschaffenheit. Er tat, als fiele ihm gerade auf, dass die Form des Koffers der Form seiner Dame glich. »Frappierend«, staunte er, »womöglich deckungsgleich!«

»Nein, nein«, kokettierte die Dame, »der Koffer ist doch viel schmaler als ich, gerade im Schulterbereich und in der Taille.«

»Wetten«, sagte Jeff, führte die Frau vor den Spiegel mit Goldrahmen und schenkte ihr schmeichelnde Blicke.

»Wetten«, sagte die Dame. Jeff hielt ihr beim Einsteigen die Hand, und rumms! Deckel zu!

Eines Tages, es muss nach einer Woche gewesen sein, traf ich den Katzenteller voll an. Ich ließ ihn so stehen, holte mir Schokolade und setze mich aufs Sofa. Jeden folgenden Tag fand ich den Teller unberührt vor. Nach drei Tagen roch das Katzenfutter faulig. Ich warf es in den Müll und löffelte Neues auf den Teller. Wo war sie denn nur? Ich sehnte mich nach der Katze, die ich noch nie gesehen hatte. Ich saß auf Jeffs Sofa und wartete, hoffte auf sie. »Komm doch zu mir, kleines liebes Kätzchen, komm doch nach Hause«, flehte ich. Dass sie nicht mehr fressen wollte, nahm ich persönlich, ich nahm es ihr übel, verletzt wie eine verlassene Liebhaberin. Über den Katzenkummer vergaß ich die geheimen Räume. Ich vergaß mir auszumalen, was Jeff alles vor meinem neugierigen Blick hatte verschwinden lassen. Ich vergaß, an einem neuen Plan zu arbeiten, wie ich seine Schlösser knacken könnte. Ich vergaß sogar, dass Jeff ein Mörder war. Meinem Mann sagte ich nichts von der verschwundenen Katze. Ich befürchtete, er würde mir einreden, ich hätte es heraufbeschworen. Ich befürchtete, er würde sagen: »Jetzt hast du ein Problem am Hals, geht's dir jetzt besser? Bist du nun zufrieden?«

Nachdem ich tagelang auf dem Sofa gewartet und gelockt, gefleht und geweint hatte, ging ich gar nicht mehr hin. Die letzten drei Tage betrat ich Jeffs Wohnung überhaupt nicht mehr. Am letzten Tag warf ich wie besprochen den Wohnungsschlüssel in seinen Briefkasten und hoffte, dass alles gut würde durch seine Rückkehr. Ich versuchte mir einzureden, die Katze sei nicht verschwunden. Sie hielt sich aus Liebeskummer versteckt und fastete. Sie hatte Kummer, weil ihr geliebter Jeff auf Reisen war. Die Katze würde schon wieder auftauchen, wenn nur Jeff erst wieder da wäre.

Am Tag seiner Rückkehr stand ich am Fenster und hielt nach ihm Ausschau. Gedämpft durch die doppelt verglasten Scheiben hörte ich das Anitalied. Wenn ich den Text nicht schon gekannt hätte, wäre er mir unverständlich gewesen, an jenem Tag.

Reite wie der Wind, bis die Nacht beginnt. Anita, Anita, Ich seh's dir an, da schlummert ein Vulkan. Du wartest auf die Liebe. Ich will sie wecken und alles entdecken, was keiner bisher sah.

Ohohoh

Ich sang ganz leise mit und wünschte mir, Agnes zu besuchen, ihr alles zu erzählen, alles, meine Koffermordfantasien, mein Sitzen und Nachdenken auf Jeffs Sofa, den Versuch, die Türen aufzubrechen, meinen Kummer mit der hungerstreikenden oder toten Katze, alles, auch, dass ich sie mochte.

Jeff kam spät. Es war längst dunkel, als ich glaubte, seinen Schatten und den seines Cellokoffers an Connys Vespa unten vor der Haustür vorbeihuschen zu sehen. Ich ging zur Wohnungstür und lauschte. Tatsächlich hörte ich jemanden die Holztreppe hochkommen. Schwere Schritte, langsame Schritte. Die Schritte kamen näher, ich duckte mich hinter der Tür. Die Schritte gingen neben mir vorbei und weiter die Treppe hoch. Ich verharrte an der Wohnungstür. Ich rechnete damit, dass Jeff jeden Moment schreiend wieder hinunterkam, um mich zur Rede zu stellen. Um mich seinen Schmerz über den Verlust der Katze spüren zu lassen. Um mich zu schlagen, fest und fester, um mich totzuschlagen.

Nichts dergleichen. Jeff hörte eine Sinfonie, ich erkannte sie nicht, jedenfalls war es nicht die Nullte; er ging in seiner Wohnung herum; irgendwann schleuderte die Waschmaschine; dann war es still.

»Was hast du getan?«, fragte mich mein Mann am nächsten Tag, als ich vom Einkaufen kam, entsetzt: »Was hat du getan?«

»Nichts«, antwortete ich schuldbewusst, »ich hab nichts gemacht.«

Jeff war da gewesen. Glücklicherweise hatte Jeff genau in der Zeit geklingelt, als ich im Supermarkt war.

»Jeff sagt, die Katze sei tot«, sagte mein Mann.

»Wieso tot«, sagte ich, »sie war doch nur verschwunden.«

Mein Mann sah mich finster an.

Jeff sprach nie wieder ein Wort mit uns.

Kapitel zwanzig

Ich führte kein Gespräch mit Agnes, wie ich es mir an jenem Abend von Jeffs Heimkehr gewünscht hatte. Ich erzählte ihr nichts von meinen Fantasien und nichts von der Katze; ich erzählte ihr auch nicht, dass ich sie mochte, ganz im Gegenteil. Einen kleinen Anlauf unternahm ich, das macht die Sache nicht besser, aber ich darf zumindest erwähnen, dass es einen Anlauf gab.

»Jeffs Koffer ist bestimmt schwer«, das war der Anlauf.

»Bestimmt, so ein Cello hat sein Gewicht«, antwortete Agnes.

»Wenn du dich da reinlegen würdest, was würde wohl passieren?«, das war immer noch der Anlauf.

Sie gluckste und lächelte. Das war's.

Die lächelnde, schweigende Agnes. Ihr brauchte ich nicht zu sagen, dass ich sie mochte, denn das war nichts Besonderes, jeder mochte sie. Sie würde müde lächeln und schweigen, wenn ich ihr sagte, »ich mag dich«, müde, diese immer gleichen Worte aus den Mündern aller Menschen, die sie kannte, zu vernehmen, aber liebenswert genug, dennoch zu lächeln. Alle, alle, alle mochten Agnes, da war ich in bester Gesellschaft, dafür verdiente ich zweifellos nur ein müdes Lächeln. Agnes' Wesen war derart anschmiegsam, dass keiner mit ihr zusammenprallen konnte, jeder hingegen ihre Nähe suchte, wie die eines Daunenkissens, das man sich zurechtformt, bis es den erschöpften oder traurigen oder mutlosen Kopf perfekt bettet, wunderweich und kuschelsamtig. Natürlich würde ihr Wesen in den Cellokoffer passen, Agnes würde mehr als jede andere Frau, wie zierlich und geigenförmig auch immer, ihr vollkommenes Bett darin finden, genauso wie in jeder anderen Kiste oder Schachtel, jedem Kasten oder Koffer, selbst quadratischen oder dreieckigen. Sogar in Connys Schneckenhäusern, Öl auf Leinwand, könnte sie sich einmieten und fände das perfekte Heim. »Geigenfeige«, zischte ich verächtlich, »wahllose, unzimperliche, schmerzfreie Geigenfeige!«

Ich wollte sie einmal wütend, laut, aufgebracht, unfreundlich oder bösartig erleben. Ich wollte ihren Vulkan erleben, der doch irgendwo schlummerte.

Es lag nicht an den Zahnschmerzen, denn die Wirkung der Keulen und des Zaubertees hielt an. Es lag auch nicht an der verschwundenen Katze oder Frau Baumgartners unfreundlichen Post-it-Nachrichten, mit denen sie mich wieder verstärkt drangsalierte, seit sie einen Moment Freundlichkeit bewiesen hatte auf der Jungfraujochkarte. Als ob sie den Gruß zurücknehmen wollte, schrieb sie mir in Folge:

Im Treppenhaus stinkt es, bitte Toilettenfenster stets offen halten! Baumg

Der üble Geruch breitet sich aus, bitte auf Hygiene achten! Baumg

Putzmittel sind nicht teuer! Baumg

Bezüglich des Kloakengeruchs verliere ich die Geduld, letzte Warnung, Baumg

Aber daran lag es nicht, dass ich Agnes provozierte.

»Du flötest immer so, das klingt unecht.« Agnes sah mich neugierig an. Ohne Vorwurf, ohne Empörung, einfach neugierig. Sie stand vom Sofa auf, gab mir einen flüchtigen Kuss auf die geschwollene Backe und ging in die Küche, um Kaffee zu machen. »Hast du gehört, was ich gesagt habe?«, rief ich ihr hinterher. Ich sprang auf und lief in die Küche. Sie hielt die Dose mit dem Kaffeepulver in der Hand. »**Agnes**! Hast du mich gehört?«, fauchte ich sie an. Sie drehte sich zu mir um, lächelte und schwieg. Sie häufte das Pulver in den Filter. »Eins, zwei, drei«, zählte sie leise. Ich hatte Lust, sie zu packen und zu schütteln, so lange, bis sie wütend würde und mich anschrie, ja, so lange, falls meine Kräfte ausreichten, denn das konnte dauern, das war mir bewusst. Heute habe ich Grund zur

Annahme, dass auch die Brachialmethode versagt hätte.

»Die liebenswürdige Agnes«, schrie ich, »die wunderbare, die bezaubernde! Unsere Fee! Alle lieben Agnes, denn Agnes muss man einfach lieben! Da hat man gar keine Wahl! Agnes lässt es nicht zu, dass irgendjemand sie nicht liebt, dafür sorgen schon die Agnesliebenswürdigkeit, die gute Agneslaune, die Agnesfröhlichkeit! Dafür sorgen das Agneslächeln und die Agnessanftheit! Alle lieben Agnes, denn Agnes liebt auch alle! Alle Geschöpfe, selbst der Regenwurm im Garten, werden von Agnes geliebt, von der liebevollen, lieben, lieben Agnes! Das weiß der Regenwurm auch und liebt die liebe, liebe Agnes auch ganz ganz fest zurück!«

Da stand sie und goss heißes Wasser in den Filter und beachtete mich nicht. Sie schien sich über meinen Anfall nicht einmal zu wundern. Ich glaube, ich wunderte mich selbst mehr als sie. Also schrie ich weiter.

»Agnes ist wie der liebe Gott, Agnes hat alle Schäfchen lieb, alle, alle, alle! Auch die Schwarzen und die Dummen und die Ignoranten und die Hässlichen und die Stinkenden und die Bösartigen! Auch die Besoffenen, die Verkommenen und die Verhurten! Die Verstümmelten und die Behinderten und die Blinden und Tauben und Stummen und Cerebralgelähmten! Die Türken, die Araber, die Amerikaner! Moslems und Juden! Selbst die Katholiken und die Gottlosen! Die Armen, die Reichen, die Fleißigen, die Faulen, die Reaktionären und die Anarchisten, die Sesselfurzer und die Triathleten! Die Glückspostleser! Arbeitslose, Workaholics, Studenten, Datatypistinnen! Analphabeten, Doctores, Hausmeisterinnen! Rentner, Babys! Überhaupt die Kinder, ja, jö, jö, die lieben Kleinen, Agnes liebt euch! Hyperaktive und chipssüchtige Verfettete, auch ihr kleinen Streber, ihr Arschlöcher und Nervensägen! Ihr werdet geliebt! Schwule, Magersüchtige, Junkies, Tierschützer und Abtreibungsgegner! Agnes ist bei euch! Sie ist auf eurer Seite! Autofahrer, Chemiefabrikanten, Hundebesitzer, Hobbygärtner! Agnes versteht euch! Aidskranke Afrikaner, Pipelinebesitzer, Soldaten, Soldatenmütter, Vergewaltigungsopfer! Hungerbäuche und Fettwänste! Allergiker, Bodybuilder, Vegetarier! Konsumopfer und Obdachlose! Iso-Häftlinge und Lehrer! Geschlagene Ehefrauen, Dumpfbacken, Psychotherapeuten, Zahnärzte und Autonome! Ihr seid nicht allein! Agnes ist bei euch! Sie liebt, liebt, liiiiiiiiiiiebt euch! Und ihr liiiiiiiiiiiiiiiiebt sie!«

Dann ging mir die Luft aus. »Hab ich was vergessen«, fragte ich leise. »Schwarz, süß und heiß«, sagte Agnes und trug die Kaffeetassen ins Wohnzimmer. Sie ließ mich in der Küche und mein Geschrei im Raum stehen. Ich war ins Leere gerannt und stand mit Mühe aufrecht da, wortlos, erschöpft. Die Pillenschachtel fiel mir ein, ich zog die Schublade auf und sah nach. Ein ganzer Haufen Schachteln lag da, ich versuchte mir die Namen der Medikamente zu merken, aber bis auf Valium waren sie mir entfallen, bevor ich die Küche verließ.

Agnes erwartete mich auf dem Sofa, lächelnd, was sonst. »Setz dich zu mir«, sie zog ihre Knie hoch und schob den Stoff des weißen Kleides bis zu den bloßen Füßen hinunter. Sie blickte mich an. Ich glotzte zurück. Ich schämte mich, ich schämte mich, wie ich mich noch nie geschämt hatte. Alles, was ich erreicht hatte, war dieses Schamgefühl und eine gewisse Erschöpfung. »Du bist noch jung«, sagte Agnes. Warum sagte sie das immer? »Sag es nicht, bitte nicht, bitte einmal nicht«, flehte ich.

»Aber es ist so, du hast alles noch vor dir, dein Leben«, sagte sie, als ich mich neben sie gesetzt hatte. Ich hatte mich nicht gesetzt, ich hatte mich aufs Sofa fallen lassen.

Mir kamen Tränen vor Wut oder Scham oder was weiß ich. Immerhin spürte ich etwas, wenn ich auch nicht wusste, was. Scham war auf jeden Fall dabei, hochdosiert. Ich verschluckte den Kaffee und schluchzte. Wenn Agnes Salz statt Zucker in meinen Kaffee getan hätte, wenn sie sich irgendwie rächen würde. Wenn sie mich wenigstens nicht anlächeln würde. Nicht einmal das. Sie machte sich einfach nie schuldig.

Das Sofa verschluckte mich fast, die klebrige Tropenluft drückte mich tief in die Kissen, alles war wie immer, ich beruhigte mich.

»Wusstest du, dass Jeff eine Katze hatte«, fragte ich nach einer Weile.

»Ernsthaft?« Sie war erfreut.

»Ich glaube schon«, sagte ich.

»Dann hat er die aber gut weggesperrt, ich habe hier noch nie eine Katze gesehen.«

»Er hat sogar eine Katzenklappe in der Tür.«

Agnes schüttelte ungläubig den Kopf. »Willst du noch Kaffee«, fragte sie dann und stand auf, um ihn zu machen, bevor ich »ja« gesagt hatte.

»Wieso **hatte** Jeff eine Katze? Wo ist sie?«, fragte sie aus der Küche. Ich lächelte und schwieg. Ich saß auf dem Sofa, schaute die Pflanzen an, die schon wieder gewachsen waren, und gab Agnes keine Antwort. Ich schwieg, wie sie es mir beigebracht hatte.

Kapitel einundzwanzig

Seit die Katze verschwunden war, breitete sich die Müdigkeit wieder über mich und meine Tage. Natürlich, sagte ich mir, waren die *Keulen* schuld, einzig und allein die *Keulen* – dabei hatte ich mich vor der Keulenzeit schon im engen Ärmel der Müdigkeit verheddert, wie wir wissen.

Meine Betätigungsfelder lagen unbestellt da, obwohl sie dringende Bewirtschaftung verlangten; ich hatte sie so sehr vernachlässigt, dass sie den Namen Betätigungsfelder abgeben mussten und nunmehr als Themenfelder ihr Dasein fristeten und auf bessere Zeiten warteten. Ihrer Dringlichkeit tat das keinen Abbruch, eigentlich, denn Feld eins (Was steckt in Jeffs Koffer?), genauso wie Feld zwei (Ist Agnes krank? Wenn ja, was fehlt ihr?), drei (Das Ausstellungsprojekt) und vier (Was läuft zwischen Agnes und Conny?) hielten Fragen bereit, an deren Beantwortung mir sehr gelegen war. Feld zwei hatte außerdem neue Dringlichkeit erreicht, seit ich die Tablettenlade geöffnet und Valium entdeckt hatte. Ich wollte wissen, was es damit auf sich hatte, aber mir fehlte die nötige Wachheit für diesbezügliche Nachforschungen. Ja, sogar auf Agnes' Sofa nickte ich ein paarmal kurz weg. »Die Keulen«, sagte ich, wenn sie mich mit einem leichten Schubs weckte.

Sie überreichte mir ein Geschenk, das grüngetupfte Papier erkannte ich sofort. »Ist es ein Tee«, fragte ich. »Ich habe eine ganze Rolle von dem Papier, die muss halt weg«, lächelte sie und nickte.

»Meerträubchen«, sagte sie, als ich ihn ausgepackt hatte, »das belebt.«

Bevor der neue Tee seine belebende Wirkung entfalten und ich mit seiner Hilfe Feld zwei bearbeiten konnte, fuhren Agnes und Gerd Ende September eine Woche in die Ferien. Agnes hatte das nicht angekündigt. Eines Tages sagte sie zum Abschied nicht: »Du kannst immer kommen.« Sie sagte: »Morgen fahren wir ja.« Mir blieb fast das Herz stehen. »Nur eine Woche«, sagte sie. Ich stellte keine weiteren Fragen. »Bis dann also«, sagte ich. Dass Agnes, die Hausfrau, jemals wegfahren könnte, hatte ich schlicht nicht für möglich gehalten, und ich glaubte es auch nach folgendem Gespräch mit meinem Mann noch nicht ganz.

»Agnes und Gerd fahren weg«, fragte ich mehr, als dass ich es sagte, abends, als wir unsere Brote im Stehen aßen.

»Ich weiß«, sagte mein Mann, »Italien.«

»Aha.« Mein Mann war informiert. Mein Mann wusste Bescheid. »Sie wollen Imola und Mugello machen«, sagte er zwischen zwei Bissen, »typischer Bikerurlaub halt.« Ich war überrascht, dass mein Mann wusste, was ein typischer Bikerurlaub war. Ich wusste nicht, wie man Imola und Mugello machte, aber ich war zu gekränkt, um nachzufragen. Mein Mann wusste mehr von Agnes als ich. Mein Mann wusste anscheinend vieles, von dem er mir nie erzählte. Er wusste zum Beispiel, wie man Imola und Mugello machte. Ich aß noch ein Brot und stellte mir Agnes in der Motorradkluft vor, Agnes als Bikerbraut. In meiner Vorstellung konnte sie das tragen, es stand ihr gut. Es war das Gegenprogramm zu ihren weißen Kleidern, aber sie sah gut aus in schwarzem Leder, in meiner Vorstellung zumindest. Mein Mann sah mir beim mühsamen einseitigen Kauen zu. »Ich habe extra weiches Brot gekauft«, sagte er. Das stimmte. Es gab immer amerikanisches Toastbrot, aus Rücksicht auf meinen verrottenden Backenzahn, wenn er einkaufen war. Seit einiger Zeit ging häufig er zum Supermarkt und kaufte ein. Vielleicht gefällt ihm eine der Kassenfrauen, dachte ich manchmal, vielleicht hat er auch so Fantasien wie ich, obwohl er nie badet. Aber diese Gedanken konnten mich nicht vom Thema abbringen, vom Thema Agnes fährt weg, Agnes macht Ferien, Agnes macht einen Bikerurlaub mit Gerd. Und vom Thema Mein Mann weiß vieles, ich hingegen so gut wie nichts, offenbar.

Mein Mann legte sein Brot weg. »Er erzählt dauernd vom Biken.« Er war Gerd. »Mit zwölf war er zum ersten Mal im Kino, und stell dir vor, so ein Pech, der erste Film seines Lebens war *The Wild One – Der Wilde* mit Marlon Brando. Wär's eine Komödie mit Heinz

Erhardt gewesen, hätte er ein netter, dusseliger Familienvater mit dicker Brille und Wasserscheu werden wollen, so aber war klar, dass er Motorradrocker würde. Dass wir ihn auf Anhieb *Wilder Typ* nannten, war schon irgendwie richtig«, mein Mann umarmte mich plötzlich, »aber als der böse Bube im Film, der wilde Johnny, der den armen Kleinstädtern mit seiner Bande das Leben sauer macht, die Kellnerin Kathie kennen lernt und sich verliebt, wandelt er sich gehörig.« Mein Mann gab mir einen Kuss.

Ich glaubte es erst, als sie weg war. Agnes. Sie fehlte mir so, dass ich trotz meiner Müdigkeit nicht einschlafen konnte. Ich kam zur Überzeugung, dass mein Mann mich müde machte. Gründe kann ich dafür keine nennen, konnte ich auch damals nicht, aber ich schlief in jener Woche morgens mit ihm aus, bis die Blase sich schmerzhaft meldete, und wenn ich endlich aufstand, gab ich ihm die Schuld an meiner Müdigkeit, die den ganzen Tag andauerte. Einmal sagte ich: »Ich bin müde vom Nichtstun.« »Das ist ja auch anstrengend«, grinste er, Ende des Gesprächs.

Abends ging ich dreimal zu Conny und sah ihr beim Malen zu, obwohl ich nicht willkommen war. Sie ließ es zu, ohne ihre Arbeit zu unterbrechen. »Setz dich«, schrillte sie nur, »Wein ist in der Küche.« Sie konzentrierte sich sehr beim Malen. Wenn sie den Pinsel führte, bekam sie sogar ein paar Falten auf der Stirn. Ich holte mir keinen Wein. Ich setzte mich auf den orthopädischen Kniestuhl und sah ihr zu, oder ich schielte nach den Fotos von Guy an den Wänden, wie bei meinem ersten Besuch, der mit Connys hasserfülltem Blick geendet hatte. Ich begann von mir aus kein Gespräch, ich wollte sie nicht stören. Connys Wohnzimmerfenster waren doppelt verglast wie unsere und ließen denselben Straßenlärm durch wie unsere, aber sie versuchte ihn mit ihrer Salsa erträglich zu machen. Übertönen konnte sie ihn nicht, also versuchte sie, ihn mit der Salsa schmackhaft anzurichten, denn Salsa bedeutet Sauce. Als ich ihr das sagte, war sie beleidigt. »Meine Musik ist keine Sauce«, sagte sie schnippisch.

Nach einem weiteren Glas Wein fing sie an, von Guy zu erzählen. Guy war gerade in Tokio; Guy würde unsterblich durch all seine bedeutenden Bauwerke; von Guy würde man in hundert Jahren noch sprechen; Guy war unvergleichlich. »In jeder Hinsicht«, sagte sie. Ich kannte Guy nicht, ich hätte nicht gewusst, mit wem ich ihn vergleichen sollte. Ich war überzeugt, dass es Guy gar nicht gab, aber ich hörte ihr gerne zu, wenn sie von ihm sprach. Ihre hohe Stimme verlor das Schrille und wurde nahezu feierlich, wenn es um Guy ging, das gefiel mir. Ich hoffe, dass mir nicht ins Gesicht geschrieben stand, dass ich ihren Guy für ein Phantom hielt, und ich gebe zu, dass er immer lebendiger wurde, je mehr sie von ihm erzählte, jedenfalls, solange ich neben ihr saß. Auf den Treppen zu unserer Wohnung hinauf verblasste er bereits, und oben angekommen, hatte er sich in Luft aufgelöst. Solange ich dort wohnte, habe ich Guy nie gesehen. Ich werde die Frage, ob es ihn jemals gab, in Connys Leben gab, nie beantworten können. Die Fotos, gut, die gab es. Aber ich hatte früher in meinen WG-Zimmern auch ein Foto von meinem Bruder hängen, und ich wurde oft von Besuchern gefragt, ob das mein Freund sei, »der da, der Hübsche, auf dem Foto.«

»Leider nicht«, hatte ich dann geantwortet.

Conny hatte den ganzen Tag kranke Kinder um sich. »Der wäre auch besser nie geboren«, sagte sie bisweilen über einen ihrer jungen Patienten, um zu schildern, mit welchen Belastungen ihr Beruf verbunden war. »Immer noch, oft kannst du gar nicht hinschauen.« In die Kategorie *Besser nicht geboren* fielen für sie vor allem Kinder, die aufgrund eines wie auch immer gearteten Krankheitsbildes nicht davon ausgehen konnten, ein Leben zu führen, das sie eines Tages kinderreich, auf ein reges Berufsleben und gesellschaftliche Anerkennung zurückblickend, *vollendeten*. Lange Jahre habe sie sich nicht vorstellen können, ein Kind zu haben. »Mit meinem Wissen und meiner Erfahrung – das Risiko ist beträchtlich«, sagte sie. Gemeint war das Risiko, ein Kind zu bekommen, das ihrer Kategorie *Besser nicht geboren* zuzuteilen sei. »Aber seit Guy ist alles anders«, sagte sie an einem jener Abende beim Malen, »wir freuen uns auf unsere Kinder, wir sind ganz angstfrei.« Ich habe wohl schon erwähnt, dass Conny gerade vierzig geworden war, daher war ich erstaunt zu hören, dass sie ans Kinderkriegen dachte, gleich ans mehrmalige, drei sollten es ihrer Ansicht nach schon sein, drei sei eine gute Kinderzahl, eine überschaubare, aber nicht verbissen kontrollierbare, denn das wolle sie nicht sein, eine Mutter, die jeden Atemzug ihrer Kinder beargwöhne. Ich rechnete mir aus, wie alt Conny bei der Geburt des dritten Kindes wäre, wenn sie die drei Geburten schnellstmöglich schaffte: 40 Jahre und vier Monate plus drei mal neun macht: 42 Jahre und sieben Monate. Das gab Grund zur Hoffnung, mit 42 konnte man noch Kinder bekommen, durchaus. Nur hätte sie, damit die Rechnung stimmte, sofort loslegen und ohne Zaudern und Zagen drei Schwangerschaften en suite durchlaufen müssen, und das stellte ich mir schwierig vor. Selbstverständlich machte ich keine Bemerkung darüber, ich ahnte, dass jeder meiner Gedanken, als Bemerkung vorgetragen, zum Beispiel »wie willst du denn schwanger werden, wenn ihr euch nie seht«, auf Ablehnung stoßen würde. »Ich sehe ihre kleinen Gesichtchen vor mir, weißt du, die Große kommt nach mir und die Mittlere hat Guys Nase, und der Kleine hat meine Nase, aber seine Augen, seine Stirn. Guy hat sich gründlich mit dem Schulwesen auseinandergesetzt, er hat bereits einen Kindergarten gefunden, der uns zusagt, und sieht sich nach passenden Schulen um. Die Kinder sollen lernen dürfen, das vor allem ungestört und frei, da ist das Umfeld wichtig, eine gute Förderung ist wichtig, aber auch das Erziehen zur Selbstständigkeit.« In Erziehungsfragen verträten sie beide genau dieselben Ansichten, das sei gottlob längst besprochen, da sei mit keinen bösen Überraschungen zu rechnen. Einzig die Frage, ob sie heirateten, sei ungeklärt. Guys Meinung ändere in diesem Punkt fast täglich, er wiege Vor- und Nachteile gründlich ab, während sie keine Hochzeit brauche, um glücklich zu sein.

Wenn ich an diesen Abenden bei Conny saß, zählte ich die Gläser Wein, die sie trank. Wenn ich bei vier angekommen war, verabschiedete ich mich. Ich wollte nicht dabei sein, wenn sie heulte und schluchzte und unglücklich war wie damals, am Ende ihrer Geburtstagsparty. Ich war sicher, dass Conny so lange malte und trank, bis sie weinte. Bis sie weinen konnte. Auf den Holzstufen in den zweiten Stock hinauf, während Guy verblasste, nahm ich mir jedes Mal vor, am nächsten Tag Danilo anzurufen, *um das Projekt voranzutreiben*, das Ausstellungsprojekt. Um ihm zu sagen, dass Agnes sich der Sache annehmen wolle, mit meiner vollen Unterstützung.

Nach meinem dritten abendlichen Besuch bei Conny, zwei Tage vor dem zu erwartenden Ende des Italienurlaubes, fiel mir im Treppenhaus jedoch etwas anderes ein, das mich umkehren und die Stufen hinunterrasen ließ: Wer kümmerte sich eigentlich um Agnes' Pflanzen? Warum war mir das nicht früher eingefallen, zum Teufel mit der Müdigkeit.

Conny sah mich misstrauisch an, die Tür einen Spalt breit offen: »Hast du was vergessen?«

»Allerdings! Agnes' Pflanzen!«

»Die hab ich jeden Tag gegossen.«

»Dann hast du also einen Schlüssel zu ihrer Wohnung?«

»Muss ich wohl.«

Conny konnte sich stundenlang in Agnes' Wohnung umsehen, sämtliche Tablettenladen untersuchen, sich die genauen Namen der Medikamente in Ruhe notieren, Blicke in ihr Schlafzimmer werfen, ihren Kleiderschrank inspizieren!!! Warum hatte ich mich nicht um diesen Job beworben? Verteufelte, verdammenswürdige, abartige Müdigkeit!

»Wenn du ... möchtest, kann ich ... dir das ... morgen ab...nehmen«, stammelte ich.

»Ich weiß nicht, ob Agnes das recht wäre. Gute Nacht.« Conny schloss die Tür.

Ich stand mit rotem Kopf vor ihrer Wohnung. Sie weiß nicht, ob es Agnes recht wäre, unverschämt, aber du bist ihr recht, oder was, sauf doch, bis du an deinen Tränen erstickst, wütete ich tonlos.

Kapitel zweiundzwanzig

Die abendlichen Besuche bei Conny waren riskant, denn seit der verschwundenen Katze musste ich darauf achten, Jeff nicht mehr zu begegnen. Die Vorstellung, ihm gegenüberzustehen, mich nach seinem Befinden zu erkundigen, allein schon »hallo Jeff« zu sagen, waren nicht minder furchtbar als alle Mörderfantasien zusammen. Auch er schien keinen Wert auf unsere Gesellschaft mehr zu legen, er klingelte nie mehr, um eine seiner Fragen zu stellen (was ich auch wieder bedauerlich fand, denn seine Fragen waren stets überraschend gewesen und hatten für Gesprächsstoff, mitunter gar Heiterkeit gesorgt), dennoch war ich auf der Hut vor ihm. Ich kannte seinen Tagesablauf gut genug, um zu wissen, dass es gefährlich war, mich einerseits um die Mittagszeit, andererseits um Mitternacht herum im Treppenhaus aufzuhalten. Ich hielt mich daran. Ich umging die kritischen Zeiträume großzügig. Mittags zwischen elf und eins lag ich in der Badewanne, abends achtete ich darauf, um elf heimzukehren und nicht mehr auszugehen, auch nicht aufs Klo. Es war zwar riskant, Conny zu besuchen, aber erstens war sie immer kurz nach zehn beim vierten Glas angekommen, zweitens lag ihre Wohnung neben der Haustür, und weder der Straßenlärm noch Connys Salsa vertuschten ihr hohles Ächzen, wenn sie geöffnet wurde.

In jener Woche, als Agnes und Gerd in Italien waren, ging der Sommer zu Ende. Ich merkte es beim Einkaufen. Ich sah es der Kleidung der Menschen an, die ihre Arme und Beine Tag für Tag mehr verhüllte. In unserer Wohnung und im Supermarkt hätte ich es nicht gemerkt, genauso wenig bei Agnes, wenn sie da gewesen wäre, denn bei ihr in den Tropen herrschte ewiger Sommer. Im Supermarkt gab es gar keine Jahreszeit, und bei uns zuhause blieben Sonne, Regen und Jahreszeiten doppelt verglast ausgesperrt. Auch mein Mann spürte nichts von der nachlassenden Hitze, immer noch wachte er nachts auf und lehnte sich japsend aus dem Fenster, bis er zu Atem kam. An der Hitze allein können seine Anfälle nicht gelegen haben, andere Ursachen konnte ich aber nicht ausfindig machen, und dass er krank sei, wies er weit von sich. »Hör auf mit dem Mist und schlaf weiter«, sagte er.

Am Tag, nachdem ich zum dritten Mal bei Conny gewesen war und zum krönenden Abschluss herausgefunden hatte, dass ich zu wenig Initiative ergriff im Leben, wie sonst war es möglich, dass nicht ich, sondern Conny den Auftrag erhalten hatte, sich um Agnes' Pflanzen zu kümmern, schritt ich zur Tat. Da ich Jeff nicht begegnen wollte, Agnes nicht da war, die Studenten nebenan gemieden wurden und ich mit Conny genug zu tun gehabt hatte im Lauf jener Woche, blieben als Adressaten nur mein Mann oder Frau Baumgartner. Von meinem Mann hätte ich für eine Tat, egal welcher Art, keine Anerkennung bekommen, und so entschied ich mich für Frau Baumgartner. Es war an der Zeit, auf ihre Post-it-Zettel zu reagieren, fand ich.

»Das ist wahrscheinlich ihr Initiationsritual für neue Mieter«, hatte mein Mann geglaubt, nachdem wir eingezogen waren und die ersten gelben Post-it-Zettel an der Tür hingen, »das hört irgendwann auf.« Da hatte er sich geirrt. Frau Baumgartner dachte gar nicht daran, mit ihren Rügen und Hinweisen, in sauberer Handschrift verfasst, aufzuhören. Sie wurde nicht müde, die beiden Treppen mit den insgesamt sechzehn Stufen zu uns hochzugehen, um den Boten zu spielen.

Frau Baumgartner nahm ihren Lehrerberuf sehr ernst, daran bestand kein Zweifel. Sie kannte keinen Feierabend. Was war ihr die schönste Freizeit wert, im Vergleich zu einem guten Werk, das sie verrichten konnte? Sich nach getanem Botendienst hinzusetzen und kurz zu verschnaufen, waren ihr mit Sicherheit köstliche Momente, auf die sie verzichtet hätte – und das wusste sie, denn sie lebte mit der schönen Gewissheit, immer gebraucht zu werden –, wenn sie untätig herumgesessen und darauf gewartet hätte, dass die Schulglocke zum Dienst schrillte.

Einmal träumte ich, Frau Baumgartner sei meine Lateinlehrerin und prüfe mich. Im Traum sprach sie französisch, warum auch immer. »Répétition permanente«, rief sie mir grollend zu, »allez, répondez à la question.« Ich konnte mich an die Frage nicht erinnern. »Quelle question«, hauchte ich kleinlaut. Ihre Pupillen hinter der Männerbrille bohrten sich in meine. »Idiote«, herrschte sie mich an, »ignorante, indisciplinée et idiote.« Immer wieder hatte ich diese Worte im Ohr, Tage, Wochen später noch, *Ignorante! Idiote!*

Die Pinnwand in der Küche war übersät mit Post-it-Zetteln. Mein Mann fand die Botschaften witzig, ich nicht. Ich wusste, dass sie für mich bestimmt waren, für mich allein. Frau Baumgartner hatte in mir ein verirrtes Schäfchen entdeckt und wollte mein Leithammel sein, der mir den rechten Weg wies. Sie wollte aus mir ein gutes und nützliches Glied in der prächtigen Gesellschaftskette machen. Auf mich allein hatte sie es abgesehen, denn mein Mann war gegen ihre Bemühungen immun. Obwohl: Lebten wir nicht auch deshalb so streitfrei, harmonisch und kleinlaut, weil Frau Baumgartners Botschaften still und unbemerkt ihre giftige Wirkung getan hatten? Dieser Verdacht kam meinem Mann nicht, er zeigte sich unbeeindruckt und unangreifbar, und das nahm ich ihm übel. Aber jetzt würde ich zur Tat schreiten.

Wir lebten möglichst sparsam und machten überhaupt keine Anschaffungen, aber ich sah ein, dass dieser Kauf nötig war. Überlebensnotwendig, denn darauf hatten wir uns geeinigt, mein Mann und ich, gekauft wurde nur Überlebensnotwendiges, um möglichst lange von seiner Erbschaft und meinem Ersparten nichts tun zu können. Wir bezahlten die Miete, kauften Milch, Brot und Käse, das war's. Zahnpasta und Seife. Sonst nichts. Wir hatten keine Versicherungsprämien zu bezahlen, die Telefonrechnungen waren identisch mit den Anschlussgebühren, wir gingen nicht aus, für die abendlichen Männerbiertouren kam Gerd auf, wir fuhren nirgendwo hin, und wenn, dann schwarz.

Aber diese Anschaffung musste sein, der Preis war hoch, kam mir vor, aber es musste sein, und so kaufte ich ihn, den **Block mit Post-it-Zetteln**.

Danke für die Hinweise schrieb ich auf den ersten Zettel. Ich ging die beiden Treppen hinunter und klebte ihn an Frau Baumgartners Tür.

Einen Tag lang wartete ich auf eine Antwort.

Bitte um weitere Hinweise schrieb ich auf den zweiten Zettel und klebte ihn an Frau Baumgartners Tür.

Ich wartete ein paar Stunden, dann schrieb ich gleich sieben Zettel:

Bitte bitte weitere Hinweise!

Bitte nicht aufhören!

Ich brauche Hilfe!

Ich glaube daran, dass der Mensch lernfähig ist, also auch ich!

Weg mit diesem Fehlverhalten!

Ich trenne den Müll nicht, das geht doch nicht! Bitte um Rüge!

Ich kann ohne Ihre Ratschläge nicht mehr leben!

Frau Baumgartner war nicht dumm. Sie schrieb mir nicht zurück. Vorerst.

Kapitel dreiundzwanzig

»Gerd und Agnes laden uns ein, bei einem Glas Lambrusco ihre Italienfotos anzuschauen«, sagte mein Mann und stellte die Einkaufstüte ab.

»Ach, sie sind zurück.« Ich stieg aus der Wanne.

»Ja, heut Nacht, gegen vier.« Er hatte Gerd soeben im Treppenhaus getroffen. Ich hätte Agnes gerne bei ihrer Ankunft in der Lederkluft gesehen, bei Tageslicht, dachte ich beim Abtrocknen. Mein Bedauern über die verpasste Kluft wich jedoch sanfter Heiterkeit, und ich machte mich sogleich daran, einen belebenden Meerträubchentee aufzugießen. Sie war also wieder da. Mein Mann räumte das Toastbrot in den Kasten. »Und, wie war's«, fragte ich. Mein Mann sah mich kopfschüttelnd an: »Weiß ich doch nicht.«

»Klar, woher sollst du's wissen«, sagte ich, lächelte blöd und nahm einen Schluck Meerträubchentee.

Die Fotopräsentation fand im Garten statt, obwohl es abends kühl wurde. Davon merkten Agnes und Gerd nichts. »Wir haben Hitze mitgebracht«, sagte Gerd, als er den Rotwein, den sie außer der Hitze mitgebracht hatten, in die Gläser füllte. Conny könne, wie traurig, nicht rauskommen, sie habe wohl ein Frauenleiden oder so, sagte Gerd, schob die Sonnenbrille übers Nasenbein und zwinkerte.

Was sollte das heißen? Hatte sie zu viel geheult am Abend zuvor? Hatte sie an diesem frühen Abend schon ihr viertes Glas getrunken und saß jetzt heulend vor der Staffelei? Oder, ein hoffnungsvoller Gedanke beschlich mich, hatte sie sich mit Agnes gestritten? Hatte Conny die Pflanzen nicht ordentlich versorgt und war von Agnes gerügt worden? Das war unvorstellbar, Agnes würde ihre Freundlichkeit wahrscheinlich nicht einmal verlieren, wenn Conny ihren Dschungel kahlgeschlagen hätte, und das hatte sie mit großer Wahrscheinlichkeit nicht getan, was also war es? Hatte Gerd ihr wieder einmal auf den Hintern gehauen, Moment, war Conny etwa schwanger???

Ich blickte verstört zu Agnes hinüber, die aussah wie immer, von der schwarzen Kluft kein Überbleibsel, barfuß im dünnen weißen Kleid stand sie auf dem feucht gewordenen Rasen und machte eindeutig nicht den Eindruck, zu frieren. Mit geschürzten Lippen, geschlossenen Augen und einem bedächtigen Kopfnicken bedeutete sie mir, dass alles in Ordnung sei mit Conny. Schade.

Gerd kostete den Wein und schmatzte zufrieden.

Wenigstens konnte dieser Abend kein abruptes Ende durch einen schnauzenden Gerd im Fenster finden, und so setzte ich mich hin und nahm ein Weinglas aus seiner Hand entgegen. »Morgen Abend geht's los, hä«, zwinkerte Gerd, wieder mit kurz verrückter Sonnenbrille, meinem Mann zu, der verschwörerisch zurückgrinste und nickte. Sie hatten ihr nächstes Bierdate. »Auf die schönen Dinge im Leben«, eröffnete Gerd und nickte Agnes zu, bevor er den ersten großen Schluck nahm. Agnes verstand das Nicken und zog die Fotos aus dem Umschlag, fertig entwickelt und abgezogen. Gerd und Agnes hatten ihre Woche in Italien gut genutzt. »Die da sind: Frauen, Motorräder, Motorräder, Frauen, ein bisschen Musik und Motorräder, die Liebe und Motorräder, Motorräder und Freiheit, Bier, Wein und Motorräder, Motorradtrips und andere Trips, Imola, Mugello und Motorräder!«, vollendete Gerd sein Prosit und lachte, bis er weinte. Er nahm die Sonnenbrille ab und wischte sich die Augen. Mein Mann amüsierte sich auch, das war deutlich zu sehen, und Agnes glänzte ihren Mann an.

Die Fotos machten die Runde, von Gerds erklärenden Worten begleitet. Bis ein Foto bei mir anlangte, erklärte Gerd jeweils bereits ein nächstes, sodass ich aufhören konnte, ihm zuzuhören. Auf den Fotos war Gerd zu sehen. Gerd, seine Sonnenbrille und sein Motorrad, eine Honda Silver Wing. Die BMW R27 hatte er 1975 gegen seine erste Honda, eine Gold Wing, eingetauscht. 1980 wurde aus der Gold Wing eine CX 500-C, wieder fünf Jahre später die Silver Wing, die wir auf den Fotos bewunderten, wie Gerd uns berichtete. Motorradfahrer schätzten an einer Honda Sportlichkeit, Dynamik und Zuverlässigkeit, wusste er. Da ist doch was hängen geblieben von Gerds Vortrag, wie ich feststelle. Ich weiß sogar noch, dass er seine Silver Wing einen komfortablen Dampfer nannte, aber das ist im Vergleich zur CX 500-C auch einfach.

Fotos 1–12:

- Gerd mit Sonnenbrille beim Betanken der Silver Wing
- Gerd mit Sonnenbrille beim Besteigen der Silver Wing
- Rittlings auf der Silver Wing mit Bierflasche (und Sonnenbrille)
- Gerd mit Sonnenbrille beim Biertrinken in einer Gartenwirtschaft (im Hintergrund die Silver Wing)
- Gerd mit Sonnenbrille beim Nudelessen in einer anderen Gartenwirtschaft (im Hintergrund die Silver Wing)
- Gerd mit Sonnenbrille auf dem Campingplatz (die Silver Wing parkt neben dem Zelt)
- Gerd mit Sonnenbrille im Schlafsack, auf dem Zelt der Schatten der Silver Wing
- Gerd mit Sonnenbrille beim Zähneputzen, keine Silver Wing in Sicht
- Gerd mit Sonnenbrille beim Schrauben an der Silver Wing
- Gerd von hinten (bei einer Pinkelpause am Straßenrand neben der Silver Wing, die Sonnenbrille ist nicht zu sehen)
- Gerd mit Sonnenbrille auf der Silver Wing neben dem Schild *Autodromo Enzo e Dino Ferrari*
- Gerd mit Sonnenbrille auf der Silver Wing neben dem Schild *L'Autodromo Internazionale*

Und, wenig überraschend: 79 Fotos von Gerd, seiner Sonnenbrille und seiner Silver Wing auf den Rennstrecken von Imola und Mugello. »Insgesamt musst du als Fahrer neun Rechts- und sechs Linkskurven meistern«, erklärte Gerd, während er immer längere Pausen zwischen dem Weiterreichen der Fotos machte, »in Mugello. Und das auf nur fünf Kilometern«, rief er, noch gebannt von seinen ungeheuerlichen Erlebnissen. »Die Zuschauer sitzen hautnah dran am Geschehen, sieht man ja hier auf den Fotos.« Agnes nickte. »Und Imola, ein Wahnsinn. Da brauchst du Bremsen. Idyllisch gelegen, ein Wahnsinn. Kriegst du als Fahrer aber nicht mit, hast andere Sorgen.« Ein paar Mal musste sich Gerd bei seinen Erläuterungen korrigieren, das lag an der Sonnenbrille und der zunehmenden Dunkelheit, es war nicht einfach für ihn, die Fotos einwandfrei zu erkennen und zuzuordnen.

Währenddessen suchte ich Agnes' Blick, immer wieder, aber sie wich mir aus. Sie starrte auf die Fotos, unverwandt. Mit unwirklich glänzenden Augen. Sie tat, als spürte sie meinen Blick nicht. Ich wusste, dass sie nur so tat. Ich trank das Glas leer und wartete auf ein Ende der Präsentation. Meinem Mann konnte ich nicht ansehen, was in ihm vorging. Ich hätte mich über ein gemeinsames Lächeln gefreut. »Der Wein ist gut«, sagte er anerkennend zu Gerd. »Ja, war nicht einfach, der Transport«, lachte Gerd und nahm Agnes in den Arm, um sie zu wärmen. Mir war kalt. »Gibt's von dir auch Fotos«, fragte ich dazwischen. Agnes schüttelte den Kopf. »Doch, hier!« Gerd reichte mir ein Foto, ein einziges, auf dem tatsächlich beide zu sehen waren: Gerd und Agnes beim Picknick auf dem Campingplatz. Agnes in Jeans und T-Shirt, keine Lederkluft. Fremd sah sie aus, fremd und geheimnislos, ich reichte das Foto schnell weiter. »Hat unser Zeltnachbar gemacht«, sagte Gerd.

»Das wär nichts für mich«, sagte mein Mann, als ich mich zu ihm auf die Matratze legte. Er schlug sein Buch zu, schubste es von der Matratze und sah mich an. Natürlich nicht, dachte ich. »Mm«, sagte ich. »Und **was** wär was für dich«, fragte ich nach einer Pause. »Meine Frau ist übellaunig«, sagte er, schlug sein Buch wieder auf und las ein paar Sätze. »Das ist so einfach«, sagte er dann. »Gerd daneben zu finden, meine Güte, das ist furchtbar banal. Da bist du auf der sicheren Seite. Frag mal rum, du wirst nur Leute finden, die Gerd ablehnen, gratuliere. Dir hätte ich mehr zugetraut. Aber nein, Gerd ist Persona ingrata in deinen emanzipierten, kultivierten Gutfräuleinaugen, hm?! Du lässt dich von dem bisschen Pose derart verängstigen, du kleines, süßes Mäusefräuleinchen, ach, das tut mir aber leid. Hat es sehr wehgetan? Ist es arg schlimm? Der böse Onkel, also wirklich, das geht doch nicht.« Er richtete sich auf. »Hör mal zu«, sprach er auf mich hinab, »mach, was du willst, aber mir ist dieser *Proll* angenehme und lohnende Gesellschaft. Wenn du dich einer Schicht zugehörig fühlen musst, wenn du dich in einem Kreis bewegen möchtest, der sich von *den anderen und dem anderen* abgrenzt, kann ich das nicht verhindern, aber dann heuchle nicht rum, dann fang doch gleich mit einem Psychologie- oder, noch besser, Lehramtsstudium an! Dann weißt du jeden Tag, wohin du dich bewegst, da lernst du lauter solche Leute kennen und kannst einen wunderbaren, sauberen, perfekten kleinen Kreis ziehen! Ich versteh unter Leben etwas anderes, und das weißt du, und ich bin ein Idiot und es leid, solche Dummheiten erörtern zu müssen, gute Nacht.«

Er machte das Licht aus und legte sich neben mich.

Ich sagte kein Wort. Irgendwann machte ich das Licht wieder an und wartete, bis er mich ansah. Ich wartete vergeblich. »Dann eben nicht«, sagte ich und machte das Licht wieder aus. Wir atmeten nebeneinander im Dunkeln. Dann hörte ich, wie er sich zu mir drehte, und im nächsten Augenblick lag er auf mir. Als wir fertig waren, lag ich wach und dachte an Agnes. »Bis morgen«, hatte sie zum Abschied gesagt. Das war eigentlich alles, was sie den ganzen Abend über zu mir gesagt hatte. Morgen, immer morgen, immer alles morgen. »Schläf güt«, sagte mein Mann auf Jeffisch. Ich zuckte zusammen und erwiderte: »Schläf güt.«

Kapitel vierundzwanzig

Ich habe von Agnes' Stimme noch nicht berichtet, obwohl sie für ihre Verhältnisse schon viel gesprochen hat, und das ist ein großes Versäumnis, denn ihre Stimme – nein. Quark. *Großes Versäumnis*, großer Quark. Ich könnte jetzt schreiben, dass ihre Stimme dunkel und satt plätscherte wie ein Gebirgsbrunnen nach der Schneeschmelze – uh. Oder dass sie rau perlte wie syrischer Couscous beim Abfüllen in papierene Kilosäcke – ah. Oder bunte Klangfunken schlug, bunt und strahlend wie das Erstaugustfeuerwerk über dem Seebecken – uuh, aah, brrr!

Ich habe ihre Stimme im Ohr, immer noch, dort wohnt sie. Wenn sie sich ins innerste Ohr zurückgezogen hat und schläft, kann ich sie meist mit Pablo Casals' Cello wecken. Ich lege die CD mit den Cellosuiten von Bach auf und wähle eine Suite in Dur, am liebsten die letzte, Nummer sechs. Spätestens beim zweiten Satz wacht sie in aller Regel auf, Agnes' Stimme, beim dritten, lebhaften Satz ruft sie mir, Pablo und Johann Sebastian bereits »gemach!, nicht so ungeduldig!« zu, während des vierten Satzes steht sie auf und putzt sich die Zähne, bei den letzten zwei Sätzen ist sie zum Gespräch bereit. Pablos Cello scheint ihre Schwester zu sein, und so beschreibe ich Agnes' Stimme gar nicht, sondern fordere den werten Leser auf, sich dieselbe CD zu kaufen wie ich, sollte er an einem Eindruck von ihrer Stimme interessiert sein, was mich freuen würde: J. S. Bach, Cello Suites, Nos. 1–6, Pablo Casals, Naxos Historical 8.110915-16.

Ich habe es nicht forciert, aber das Thema *Cello* hängt jetzt über dieser Seite, und obwohl ich kein Bedürfnis verspüre, stelle ich mir unlustig die Frage, die sich aufdrängt: Wie hätte Jeffs Cello geklungen, hätte ich ihn je spielen gehört. Wie hätte es geklungen, vorausgesetzt, Jeff war Cellist. Ich habe mir andere Interpreten angehört und muss sagen, dass deren Celli nur in ausgewählten Momenten an Agnes' Stimme erinnern, einzig Pablos Instrument ähnelt ihr sogar auf der C-Saite gespielt, wo brunnentiefe Töne seinen geschwungenen Schalllöchern entkommen, zu denen Agnes' Stimme niemals in der Lage gewesen wäre. Und Jeff? Ja, mich packt der Neid bei der Vorstellung, er könne auf seinem Cello tagtäglich und so oft er Lust habe mit Agnes plaudern, zwei verwandte Stimmen. Und genau aus diesem Grund werde ich mich in diese Vorstellung nicht vertiefen.

* *

Ich hatte die halbe Nacht wachgelegen und mir den Besuch ausgemalt, den ich Agnes am nächsten Tag abstatten wollte. Sie sollte mir von Italien erzählen, in erster Linie aber nahm ich mir vor, meine Themenfelder zu bestellen und endlich Antworten auf die Fragen zu bekommen, die sie bereithielten, vor allem Feld zwei und Feld vier. Seit meiner Post-it-Tat war ich überzeugt, dass forsches Vorgehen grundsätzlich richtig und gut sei, und genauso würde ich Agnes tags darauf begegnen: freundlich, aber forsch. Schnörkellos und unverzagt würde ich meine Fragen stellen und Klärung einfordern:

(Feld zwei) Was hatte es mit dieser Küchenschublade voller Tabletten, zum Beispiel Valium, auf sich; nahm Agnes regelmäßig Tabletten ein; litt sie also an irgendeiner Krankheit, wenn ja, an welcher.

(Feld vier) Welcher Art war die Verbindung von Agnes und Conny; wie oft sahen sie sich; was teilten sie.

Gleich bei der Begrüßung musste ich einen Plan im Kopf und die Eröffnungsfrage auf den Lippen haben, damit dieser Besuch keine Chance hatte, so abzulaufen wie alle seine Vorgänger, bei denen nicht nur keine Fragen beantwortet, sondern neue aufgeworfen wurden. Gut, dazu lag ich ja wach, das ließ sich im Voraus erarbeiten; dann aber durfte ich mich, und das war der heiklere Teil, wie ich von den Vorgängerbesuchen allzu gut wusste, keinesfalls von der Marschroute abbringen lassen, was auch immer sie tat oder sagte, was auch immer sie nicht sagte und nicht tat.

Aber halt, ihr beim Türöffnen statt der Begrüßung eine Frage entgegenzubellen, schien mir auch nicht optimal ... Nein, ich würde ihr vorschlagen, Bikutsi aufzulegen, das würde sie freudig annehmen und käme, sobald die Musik lief, ganz ohne mein Zutun auf Kamerun zu sprechen. Sie würde von dem Kinderdorf erzählen, in dem sie einige Monate gearbeitet hatte. »Ich habe dort so viel Liebe erfahren, in Kamerun«, an diese ihre eigenen Worte würde ich sie erinnern, um dann zu fragen, von wem und in welcher Form ihr diese Liebe denn entgegengebracht worden sei – und damit wären wir elegant und freundlich mitten im Liebesthema gelandet, das wir dann auch nicht wieder verließen, nein, die kamerunsche Liebe würde uns direkt zur schweizerischen führen. Zunächst wäre von Gerd die Rede, das würde ich aussitzen, aber dann wäre Conny dran: Die Conny-Agnes-Frage würde im Detail erörtert und beantwortet werden. Und von da gäbe es sowieso kein Zurück mehr, wir wären ja schon so persönlich geworden, dass der Wechsel zum Valiumthema ein fast zwingendes, leichtes Schrittchen darstellte. Gut. Hier würde ich klarstellen, dass ich ohne befriedigende Antworten die Tropen nicht verließe, egal, wie lange ich warten müsste, egal, ob Gerd nach Hause käme, egal, ich würde warten und Antworten bekommen. Ungefähr hier muss ich eingeschlummert sein.

Morgens nach dem Kaffee, der *Keule*, dem Zaubertee und einer heißen Wanne, in der ich meinen Plan noch einmal durchgegangen war, brühte ich, um mir Schwung für den bevorstehenden Besuch zu holen, eine Tasse Meerträubchentee auf, als Danilo an die Tür klopfte. »Wir müssen reden.« War zu erwarten, früher oder später, er hatte lange genug auf meinen Anruf gewartet. Er sei kurz im Haus und habe nach Conny gesehen, es gehe ihr nicht so gut, sie sei heute zuhause geblieben. »Was trinkst du da?« »Meerträubchentee.«

»Gott, wie umständlich, besser sind Tabletten, du hast doch keinen Bluthochdruck, oder? Ich gebe dir Kapseln, aber diese Ausstellung müssen wir jetzt in Angriff nehmen.«

»Was fehlt Conny denn?« Ich dachte an den Abend davor, an Gerds »Conny hat wohl ein Frauenleiden« – zwinkerzwinker, und an die Gedanken, die ich mir gemacht hatte.

»Darf sie sich nicht auch einmal einen Tag ausruhen, sie arbeitet hart genug!«

Weiß ich, ist ja gut (gedacht, nicht ausgesprochen).

»Also, was ist jetzt mit der Ausstellung, was hast du dir überlegt?« Genauso würde ich es gleich bei Agnes machen, dachte ich, überrascht von Danilos Hartnäckigkeit. Er war sonst eher wehleidig als direkt, aus gigantischem Verständnis heraus mitfühlend bis zur Wehleidigkeit. Wenn sogar er so reden konnte, blieb mir keine Ausrede, gab es kein Vertun und kein Versagen, Agnes, ich komme!

Er sah mich ungeduldig an, die Pause dauerte ihm

zu lange. »Ich hab mir überlegt, dass Agnes das in die Hand nehmen könnte, also, sie hat von sich aus angeboten, es, ja eben, in die Hand zu nehmen.«

Er klopfte mit dem Zeigefinger auf die Klapptischplatte, obwohl sie mindestens so dreckig wie bei seinem ersten Besuch war: »Wann und wo findet die Ausstellung statt?« Er war aber wirklich hartnäckig.

»Im November bei uns im Garten«, sagte ich zu meiner eigenen Verwunderung.

»Gut. Gar nicht schlecht. Draußen, gar nicht schlecht, im November – war das Agnes' Idee?«

»Wir melden uns bei dir, wenn wir Hilfe brauchen«, sagte ich und führte ihn zur Tür. Hui! Dieser Tee wirkte Wunder! »Feld drei ist in Arbeit«, murmelte ich, »zwei und vier, ihr seid dran!«

Sie hat doch gesagt, bis morgen, dachte ich, alle Munterkeit war weg, und ich wollte schon wieder gehen, als die Tür doch noch geöffnet wurde, ein Stückchen weit. »Ja?«, hörte ich Agnes' Stimme. Sie klang schwach, als wäre sie müde oder krank oder vom Weinen erschöpft. »Agnes?« Sie öffnete die Tür, in einem weißen Bademantel, und sah mich verwirrt an. »Ich habe geschlafen, entschuldige«, sagte sie, »ich hab Kopfschmerzen.« Nur ein bisschen Kopfschmerzen, dachte ich, das hatte sie auch gesagt, als ich sie in der Küche beim Pillenschlucken erwischt hatte.

Ich saß auf der Sofakante und schaute sie an. Sie hatte eine Decke bis zur Nase hochgezogen, nur ihre Augen glänzten mich an. Ich hatte angeboten, ein andermal zu kommen, aber sie hatte mich leicht am Arm in die

Wohnung gezogen und war vorausgegangen, ins Tropenwohnzimmer.

Sie zog die Decke zum Kinn hinunter. »Vom Lärm hier bekomme ich manchmal Kopfschmerzen. Nach der Ruhe in Italien erst recht«, sagte sie und lächelte dabei so ekelhaft tapfer, wie ich es aus Filmen kannte, wenn todkranke Heldinnen Besuch von ihren Ehemännern bekommen, denen sie keine Last sein und Tränen ersparen wollen.

»Soso«, sagte ich angriffslustig, »und Conny, hat die auch Kopfschmerzen?«

Nein, Conny sei nur ein bisschen *down* (ein bisschen Kopfschmerzen, ein bisschen down!), ich solle mir keine Sorgen machen, »Danilo war da und hat ihr was gegeben.« Als ob ich mir um Conny Sorgen machte. Und dieser tapfere Ton und dieses rücksichtsvolle Gerede machten mich ganz kribbelig. Als sei sie Connys große Schwester, dabei war Conny sieben Jahre älter – gut, dafür auch siebzehn Zentimeter kleiner –, zugegeben, Conny taugte einfach nicht zur großen Schwester, für niemanden. Aber Agnes musste sofort mit diesem großschwesterlichen Gebaren aufhören! Ich hatte schon begriffen, dass Conny immer einen Vorsprung behalten würde, sie war vor mir da, ich war die Neue, ich hatte begriffen, dass ihre Wohnung unverrückbar direkt gegenüber von Agnes lag, Conny hatte diesen gigantischen Standortvorteil, und ich würde vom zweiten Stock aus niemals überwachen können, was im Erdgeschoß vor sich ging, ja, ja, ja, und jetzt wollte ich nichts mehr von Conny hören, und meine nächtlichen Pläne waren vergessen und Geschichte, aber die Sorge um Agnes blieb.

Agnes, sag es mir, bist du krank? Ich brachte diesen Satz einfach nicht heraus. Sie lächelte mich an. »Es ist nichts, glaub mir. Kalt ist mir«, sagte sie.

Kalt? Hier drin? Bei diesen tropischen Temperaturen? Ah, der Abend zuvor, dachte ich, barfuß auf dem feuchten Rasen, du Geigenfeige mit dem unproblematischen, anpassungsfähigen Wesen, du weißt doch, Zugluft und kalte Füße sind ungefähr das Einzige, was einer Geigenfeige was anhaben kann. »Du hast dich gestern Abend im Garten erkältet, Geigenfeige«, schlug ich vor, froh über diese harmlose Möglichkeit. »Kann sein, oder auf dem Motorrad«, sagte sie, und endlich hatte dieser tapfere Ton aufgehört.

»Erzähl«, sagte ich. Ihre Augen glänzten. Dann zuckte sie unter der Decke mit den Schultern und sagte: »Die Emilia ist schon wunderschön.«

Wenn Agnes *Emilia* sagte, *Emilia Romagna*, klang das wie der Name einer Frau, einer wunderschönen Frau. Sie sprach von Emilias Schönheit; von der Reise, den Fahrten auf dem Motorrad, dem Campingplatz und den Rennstrecken sagte sie kein Wort.

»Erzähl weiter«, sagte ich.

»Mir ist nicht gut«, sagte sie, und plötzlich: »Ich war auf einer Klosterschule, wusstest du das?« Ihre Augen glänzten. »Nein«, sagte ich.

»Ja, aber das war nicht prägend. Für mich. Glaub ich nicht.« Sie lachte. Dann schaute sie mich an. »Das Gefühl war einfach da«, sagte sie, »es war egal, das Umfeld, das Kloster, es war egal, wo ich gewesen wäre, glaub ich, es war einfach da, das Gefühl ist einfach da«, sie stockte. »Welches Gefühl«, fragte ich. »Ein andermal«, sagte sie dann, »entschuldige, mir ist gar nicht gut, ein andermal, ja?«

»Klar, Paradiesnessel«, sagte ich und stand auf und nannte auf dem Weg zur Tür alle Pflanzennamen, die sie mir beigebracht hatte, weil mir nichts anderes einfiel und weil es das erste Mal war, dass sie mich wegschickte, und weil sie nicht sagte: »Du kannst immer kommen.«

Und als ich vor ihrer Tür stand, fiel mir doch etwas ein, und ich öffnete sie noch einmal und rief: »Übrigens, Connys Ausstellung, Danilo und ich haben beschlossen, dass sie im November hier im Garten stattfindet.« Peng. Das war die Tür, denn eine Antwort wartete ich nicht ab.

Kapitel fünfundzwanzig

Aus unserem Haus war ein Krankenhaus geworden. Dass ich Zahnschmerzen hatte, war nichts Neues, aber nun lag Agnes mit Kopfschmerzen? einer Erkältung? oder doch mit einer schlimmen Krankheit? im Bademantel auf dem Sofa, Conny war *down*, und mein Mann hatte Verstopfung. Es lag vielleicht am Toastbrot, das wir aus Rücksicht auf meinen maroden Zahn neben Weichkäse über Wochen in großen Mengen verzehrt hatten (wobei es meiner Verdauung gut ging, aber ich aß auch nur die Hälfte von dem, was mein Mann sich täglich unter Hinweis auf seinen guten Appetit einverleibte), jedenfalls litt er unter an- und ausdauernder Verstopfung.

Am Anfang lachte ich, wenn er übelgelaunt mit dem Desinfektionsspray vom Klo kam und sagte: »Auf diesem widerlichen Klo kann ich nicht scheißen. Dieses Klo ist selbst meiner Kacke zu widerlich, da bleibt sie lieber drin.«

Nach drei Tagen, das war am Tag nach der Fotopräsentation, als ich von Agnes zurückkam, konnte er nicht mehr sitzen. Wenn er nicht gerade widerwillig auf dem Klo sein Glück versuchte, lag er auf der Matratze. Sogar das geplante Biertrinken mit Gerd sagte er ab. Er las nicht mehr, er schien nicht nachzudenken oder seine Theorie weiterzuentwickeln (denn dabei sah er anders aus, dazu musste er im Schneidersitz auf dem Wohnzimmerboden sitzen und geradeaus schauen), und lachen konnte er nur noch über die Simpsons, die aber nur einmal täglich nachmittags für zwanzig Minuten durch den Fernseher vorbeischauten.

Er mochte es nicht, wenn ich mich ihm näherte und fragte, ob er irgendetwas brauche, einen Tee, Agnes habe wunderbare Tees; ob er nicht Danilo um Hilfe bitten wolle, »der weiß bestimmt ein Medikament.«

Er wollte mit mir nicht über seinen Stuhl sprechen. Er wollte auch nicht, dass ich mich bei Danilo oder in der Apotheke für ihn nach einem Heilmittel erkundigte. »Lass mich in Ruhe«, sagte er, wenn ich ihm getrocknete Feigen oder Haferkleie aus dem Supermarkt ans Bett brachte (ja, ich kaufte Feigen und Kleie, weil ich sie für *überlebensnotwendig* hielt). »Lass mich in Ruhe«, sagte er, wenn ich über mögliche Ursachen oder Heilmethoden sprechen wollte, sogar, wenn ich ihn dabei auf Jeffisch ansprach: »Isch denke, es künnte än mängelnder Flüssischkeitszüführ liegen.« »Lass mich in Ruhe«, sagte er, wenn ich vorschlug, mit den Studenten nebenan ein ernsthaftes Wort zu wechseln, damit sie ihn ungestört ließen, wenn er stundenlang das Klo besetzt hielt und Werbeprospekte durchsah. Den Trick mit den Werbeprospekten hatte er von mir abgeschaut. Allerdings half der Trick bei ihm nicht, oder nicht mehr.

Ich hätte ihn schon in Ruhe gelassen, wenn seine Verdauungsprobleme nicht allmählich mein ganzes Denken beherrscht hätten. Denn als Schülerin hatte ich einmal in einem Wartezimmer aufgeschnappt, dass man nach einer gewissen Zeit ohne Darmentleerung zwangsläufig stirbt. Zwei ältere Damen unterhielten sich über ihren Bekannten, der an permanenter Verstopfung gestorben war, während ich darauf wartete, von meinem Hausarzt eine Krankschreibung zu bekommen, um ein paar Tage lang keinen Lehrer sehen zu müssen und von keinem gesehen und aufgerufen zu werden.

Ich hatte Angst um meinen Mann. Ich wollte es mir verkneifen, aber jedes Mal, wenn er vom Klo kam und die Werbeprospekte auf den Küchentisch schleuderte, musste ich einfach fragen: »Und?« Er schüttelte den Kopf, und meine Angst wuchs. Ich hatte ihm bei unserer Liebe geschworen, niemanden um Rat zu fragen, überhaupt mit niemandem über das Thema Verstopfung zu sprechen. Das sei ganz allein seine Sache, sagte er. Aber ich hielt es kaum aus. Ich saß in der Küche und wartete. Es gab nichts, was ich mir in diesen Tagen sehnlicher gewünscht hätte, als dass er befreit vom Klo zurückkäme. Ich wusste nicht viel über Verstopfungsleiden. Ich wusste auch nicht, nach wie vielen Tagen so eine Verstopfung zum Tod führte. Das hatten die Damen im Wartezimmer nicht so genau erörtert. Sie sprachen mehr über den tödlichen Ausgang als über die Krankheit selbst. Sie sprachen über die Beerdigung ihres Bekannten und über seine arme Frau, deren Witwenrente so kümmerlich war.

Ich saß den ganzen Tag in der Küche und wartete auf die Erlösung, auf die sich lösende Losung. Anfangs dachte ich wenigstens hin und wieder an etwas anderes, ich empfand zum Beispiel ein wenig Stolz über meine Idee, Connys Ausstellung im Garten stattfinden zu lassen, obwohl es ja eine schlagartige Eingebung von was weiß ich woher gewesen war, nicht etwa die Frucht angestrengten Nachdenkens, egal: Der Garten war doch wohl der Ort, an den Connys Schneckenhäuser gehörten! Und im November, herrlich, in der herbstlichen Grauzone, bei anhaltendem Niederschlag im Garten, der sich auf den Winterschlaf vorbereitete, das faulende Laub am Boden ein wunderbarer Kontrast zu den geruchsfreien, monochromen Schneckenbildern! Ich entwarf eine Einladungskarte: *Cornelia von Studnitz – »Schwungvolles« – Open Air Galerie am Fluss, bei jeder Witterung, täglich von zehn bis zehn, Eintritt frei.* Oder ich übte Frau Baumgartners Handschrift, bis ich mit dem Ergebnis so weit zufrieden war, dass ich es anzuwenden wagte. *Bitte keine Sisters of Mercy mehr, danke Baumg* schrieb ich auf einen Zettel und klebte ihn den Studenten an die Tür. *Toilettenbenutzung bitte einschränken, Baumg* schrieb ich auf einen zweiten Zettel. Die Studenten ließen die beiden Zettel einfach an ihrer Tür hängen, irgendwann entfernte ich sie selber, weil ich befürchtete, Frau Baumgartner könnte sie beim Austragen ihrer Nachrichten an mich entdecken. Aber auch diese Beschäftigungen traten in den Hintergrund, wie alles andere auch, sogar die Sorge um Agnes und die Frage, *welches Gefühl bei ihr einfach da war.* Meinen Themenfeldern konnte ich mich ganz und gar nicht widmen, und meine Zahnschmerzen hatte ich völlig vergessen. In unserer Beziehung waren sie schon lange kein Thema mehr, seit ich mich über meine Jeff-Fantasien ausschwieg. Mein Mann hielt mich für geheilt oder wollte keine schlafenden Hunde wecken, aus Angst, eine Erkundigung nach meinen Zahnschmerzen hätte eine krankhafte Fantasie über Jeff zur Folge, wer weiß. Einzig die Maus leistete mir hin und wieder Gesellschaft, sie ließ sich kurz in der Küche blicken und holte sich ein paar Krumen aus meiner Hand ab. Toastbrotkrumen, versteht sich. »Nicht so gierig«, ermahnte ich die Maus, »sonst passiert mit dir dasselbe wie mit meinem Mann, jetzt reicht es, dumme Maus.«

Spätabends legte ich mich neben meinen Mann auf die Matratze. »Mach nicht so ein Gesicht«, sagte er und drehte sich weg.

Das Licht ließ er die ganze Nacht brennen. Er suchte meine Nähe nicht mehr, er legte sich nicht mehr auf mich, unsere Leiber hatten sich nichts zu sagen.

Einmal, als ich gerade an die Worte meines Mannes, »der Kotspeicher Dickdarm«, dachte (sie stammten aus der Zeit, als er mir seine Theorie des Nichtstuns durch den Vergleich mit dem Verdauungsvorgang schmackhaft zu machen versuchte), den »Kotspeicher Dickdarm« erwähnte mein Mann, um mich auf die Gefahren der Sammel- und Vorratshaltung im Leben aufmerksam zu machen, die schädlich sei, weil sie zu Verkrustungen und Verstockungen führe, im Dickdarm eben zu schlimmen Verstopfungen, klopfte Danilo an die Tür. Er habe nach Conny und Agnes gesehen und bringe mir bei dieser Gelegenheit die versprochenen Kapseln, die den belebenden Meerträubchentee ersetzen würden. Der sei grundsätzlich gut, aber viel zu schwach, »hier, die können was, probier's ruhig aus.« *Ephedrin hydrochlorid*, las ich auf der Schachtel und machte wohl kein glückliches Gesicht, denn Danilo sagte, in gewohnt verständnisvollem Ton: »Die Pharmazeutik ist eine Wissenschaft für den Menschen, nicht gegen ihn! Aber das bleibt unter uns, ja?« Er klopfte auf die Schachtel in meiner Hand. Er sei schwer im Einsatz in unserem Haus, lachte er. Leider alles Patientinnen, zwinkerte er, kein Mann in Sicht, der seine Hilfe brauche, und ich biss mir die innere Unterlippe blutig, um über das Leiden meines Mannes Stillschweigen zu bewahren.

Am fünften Verstopfungstag rief ich beim Hausarzt an, heimlich, als mein Mann auf dem Klo war. Er könne keine Ferndiagnose stellen, sagte der Arzt und bat mich eindringlich, meinem Mann auszurichten, er solle sich unverzüglich in seine Praxis begeben. »Un-ver-züg-lich«, sagte der Arzt.

»Das wird er nicht tun«, sagte ich, »ich kenne ihn.«

»Dann kann ich ihm nicht helfen«, sagte der Arzt.

»Die entscheidende Frage ist, ob er Wind hat«, sagte er, als ich mich verzagt verabschiedete. Diese Frage konnte ich nicht beantworten. Ich nahm mir vor, es herauszufinden.

Ich hätte das nicht tun sollen, hinter seinem Rücken. Ich hatte versprochen, ich hatte geschworen, nichts zu unternehmen, mit niemandem darüber zu sprechen. Es würde nie mehr so sein wie früher. Es würde nie mehr so sein wie vor dem Anruf beim Arzt.

Ich konnte nicht herausfinden, ob mein Mann *Wind* hatte. Ich lauschte auf einen Furz, wenn ich neben ihm lag, abends, vor dem Einschlafen. Aber da war nichts zu hören und nichts zu riechen. Und ich traute mich nicht, ihn danach zu fragen.

Ich hätte mich nicht so für sein Leiden interessieren dürfen. Ich hätte meine lächerlichen Ängste verdrängen müssen. Ich hätte ihn mit seinem Problem allein lassen sollen, wie er es sich gewünscht hatte. Ich hatte ihn verraten. **Es würde nie mehr so sein wie früher**.

Vorspiel, mittendrin erzählt

Als ich meinen Mann zum ersten Mal sah, wurde mir schlecht.

Er saß im Flur einer dieser Wohnungen, in denen samstags Partys gegeben wurden, und rauchte. Ich kannte die Gastgeberin. Sie kam täglich ins Café, in dem ich arbeitete, um mein WG-Zimmer zu finanzieren. Sie hieß Caro.

Caro bestellte jeden Tag einen marokkanischen Minztee, »einen Marokkaner, bitte.«

Wenn wenig Betrieb war, unterhielten wir uns über Bob Dylan. Es gehörte nicht zum guten Ton, Bob zu mögen. Wir mochten ihn aber beide, wie sich herausstellte.

Sie sagte: »Es gibt ein Lied über eine Frau, der du ähnlich siehst.«

»Aha«, staunte ich.

»Ja«, sagte sie, »Isis.«

»Isis? Ich kenn nur Isis von« – ich zögerte – »äh, Bob Dylan«, sagte ich.

»Eben.«

Ich war verblüfft: »Und woher weißt du, dass ich der ähnlich sehe?«

»Stell ich mir halt so vor«, sagte sie und bot mir eine indische Gewürzzigarette an, eine *Beedie*. Diese Zigaretten galten als genauso angestaubt wie Bob Dylan. Ich langte nach der Beedie und fühlte mich geschmeichelt. »Isis, oh Isis, you mystical child ...«, sang ich lautlos.

Es lag an der Beedie, dass ich mich ihr anvertraute.

»Desire ist überhaupt meine Lieblingsplatte«, sagte ich.

Sie nickte und zog an ihrer Beedie.

Seit diesem Tag unterhielten wir uns über Bob, wenn wenig Betrieb war, über *Bobs Mädels*, wie wir sie nannten; wir studierten zuhause die Songtexte und diskutierten im Café die Stellen, die uns gefielen:

Angelina (*If you can read my mind, why must I speak?*),

Denise (*I'm looking deep in your eyes, babe, and all I can see is myself*);

Rita May (*You got your body in the way*),

Alberta (*Let your hair hang low*);

Wir untersuchten alle Dylandamen, auch Sara, Sweet Marie, Corrina, Little Sadie, Hattie Carroll, Hazel, Peggy Day, Queen Jane, Geraldine und Ramona.

It grieves my heart, love, to see you trying to be a part of a world that just don't exist, a vacuum, a scheme, babe, that sucks you into feeling like this, sang Bob über Ramona. »Da hat er echt was kapiert über uns«, sagte Caro, »über uns Frauen.«

Caro nannte mich Isis. Selbstverständlich nur, wenn uns niemand hörte. Sie hätte niemals durchs Lokal gerufen: »Hey, Isis, bring mir noch 'n Marokkaner.« Nein, Caro sagte »Isis«, wenn ich bei ihr stand oder neben ihr saß, auf der roten Polsterbank, und eine Beedie rauchte, die sie aus ihrer Tasche zog.

»Isis«, sagte sie, gab mir Feuer und schaute mir dabei in die Augen.

»Das ist doch so eine ägyptische Göttin, oder«, fragte ich.

»Ja, das passt«, sagte Caro.

Sie nannte mich Isis und wollte Rita May genannt werden. »*You got your body in your way*, das passt«, sagte sie. »Wie ich. Mein Körper ist mir im Weg.«

»Nimm doch lieber Gypsy Lou«, erwiderte ich, »da singt Bob: *She's a ramblin' woman with a ramblin' mind.*«

»Was heißt ramblin'«, fragte caro.

»Ich glaub, das heißt ruhelos«, sagte ich. »Gypsy Lou ist eine, die sich nicht festhalten lässt. Gypsy Lou ist frei, das passt doch zu dir, Caro.«

»Nein, ich bin Rita May«, sagte sie trotzig. Also nannte ich sie Rita May. Selbstverständlich nur, wenn uns niemand hörte.

Ich ging in die Bibliothek und holte mir zwei Bücher über Isis. Im ersten Buch stand ein Satz, den Isis höchstpersönlich vor circa 2800 Jahren gesagt hatte (wie gut, dass da einer mitgeschrieben hat):

Ich bin das All, das gewesen ist, das noch ist und das sein wird, und meinen Mantel hat noch kein Sterblicher aufgedeckt. Unter diesem Satz stand freundlicherweise folgende Erläuterung des Herausgebers: *Isis ist die Jungfrau, die alles aus sich selbst heraus hervorbringt.* Das gefiel mir. Das passte zu mir. Ich hatte noch nie mit einem Mann geschlafen. Ich konnte es mir nämlich nicht vorstellen. Ich wusste, anatomisch und so weiter, was man landläufig darunter verstand, und ich wusste auch, dass es nachts in einem Bett stattfand – und genau da war der Haken. Vor anderen Menschen konnte ich nicht einschlafen, das wusste ich aus den Schullagern, bei denen ich bis zum Morgengrauen wachgelegen hatte. Und da mit jemandem schlafen in meiner Vorstellung bedeutete, dass es Nacht war, dass man gemeinsam in einem Bett lag und nach der Tat nebeneinander einschlief, konnte ich mir die ganze Angelegenheit eben nicht vorstellen. Als ich noch zuhause wohnte, war ich froh, meinen Eltern nicht sagen zu müssen: »Heute nacht schläft Philipp, Daniel, Patrick hier«, oder wie sie alle hießen, die Jungs in meinem Alter. Ich war froh, mit meinen Eltern geschlechtliche Themen nicht einmal zu streifen. Das gelang mir auch, bis ich auszog.

Ich wohnte aber schon gute zwei Jahre nicht mehr bei meinen Eltern, und immer noch war nichts passiert. Wenn es darum ging, sich mit einem männlichen Wesen nach Einbruch der Dunkelheit in ein Zimmer zu begeben, verabschiedete ich mich unter Hinweis auf die Migräne, die mich urplötzlich ereilte.

Und nun erkannte ich, dass meine Jungfräulichkeit aus Vorsehung bestehen geblieben war. *Die Jungfrau, die alles aus sich selbst hervorbringt.* Das war meine Bestimmung. Ich war Isis. Ich würde mein Leben lang jungfräulich bleiben und eine Göttin sein. Im einen Moment fühlte ich mich in meinem Wesen bestärkt, im nächsten haderte ich mit meinem Schicksal, im übernächsten war ich ruhig und stolz, dann wieder erschrak ich.

Caro erzählte ich nichts von meinem neu erworbenen Wissen über mich selbst. Obwohl es mich juckte, mich ihr zu offenbaren. Sie war ja die eigentliche Entdeckerin meiner Isis-Natur. Aber noch schien es mir zu früh. Zuerst wollte ich mich mit meinem göttlichen Dasein anfreunden.

Isis ist die Schwester und Gattin des Osiris, las ich in meinem Buch und stutzte. Schwester und Gattin? Wieso Gattin? Ich suchte und fand eine Erklärung: Wenn sie Osiris' Schwester war, konnte sie nicht seine Gattin sein. Sie konnte mit ihm leben, anstatt einer Ehefrau, aber sie konnte sich nicht von ihm begatten lassen, das ist ja wohl klar, als Schwester vom Bruder, das konnte ja wohl nicht sein. Sie wurde nur Osiris' *Gattin* **genannt**, weil sie seine Lebensgefährtin war! Ein Beweis für meine Theorie war die Tatsache, dass in meinem Buch über Isis' Empfängnis stand: *Isis wurde schwanger, nachdem Osiris tot war. Sie setzte sich rittlings auf den Sarkophag, in dem der zerstückelte Osiris lag, und schlug mit ihren Falkenflügeln.* Na also. Sie hat sich selber geschwängert. Dann hat sie den Sonnengott Horus geboren, wie ein Marmorkrebs, aus sich selbst heraus. Ich war zufrieden mit Isis und mir, mit uns, mit mir.

Das zweite Buch hätte ich nie aufschlagen dürfen. *Isis ist die Begründerin der Ehe*, stand da. *Sie ist die Gattin von Osiris und die Mutter von Horus. Oft wird sie säugend dargestellt. Oder als Vogel, der seine Flügel schützend über Osiris ausbreitet. Sie ist die Beschützerin der Ehe, des Mannes und aller Kinder. Isis ist die Urmutter. Sie brachte den Menschen die Kunst des Webens und des Getreidebaus bei.* Wie furchtbar, das passte ja überhaupt nicht! Und schon gar nicht zu mir! Begründerin und Beschützerin der Ehe? Treuliebende, ewigsäugende Mama!? Dann die Brut und den Gatten beschützen, eine an sich schon nicht zu bewältigende Vollzeitbeschäftigung, aber daneben noch den Acker bestellen und weben?

Ich geriet in eine Isis-Krise. War ich nun Isis, und wenn ja, welche? Ich brachte die Bücher pünktlich vor Ablauf der Ausleihfrist zurück und beschloss, abzuwarten. War ich Isis, war mein Weg vorgezeichnet. Ich würde ihn einfach gehen, ohne Widerstand zu leisten. Und eines Tages käme ich durch meine Erfahrungen auf diesem Weg zu einer Antwort; wer ich sei und wer Isis sei, die eine oder die andere oder gar keine.

Mit Caro sprach ich nie über Isis, solange ich in dem Café arbeitete und sie Rita May nannte.

Ich interessierte mich nur noch für die Stellen in Bobs Liedern, die ich mit Isis verbinden konnte. *My love she's like some raven at my window with a broken wing* war so eine Stelle. Nur müsste Bob *Falcon* statt *Raven* singen, aber vielleicht kennt Mister Dylan die Namen der schwarzen Vögel nicht so genau. Vielleicht hat er ja *Falcon* gemeint. Dann würde diese Stelle nämlich sehr gut auf Isis passen, die mit ihren Falkenflügeln das göttliche Licht der Sonne einfängt, wie ich aus dem ersten Buch wusste. Warum sie sich dabei allerdings einen Flügel brechen sollte, beim Einfangen des Sonnenlichts, verstehe ich jetzt nicht mehr, aber damals fand ich diese Stelle schön und passend.

»Ab acht«, hatte Caro gesagt, »bei mir.« Sie gab mir ihre Adresse, ich versprach zu kommen.

Die Partys, auf die ich eingeladen wurde, fanden immer in Wohnungen statt. Es gab nie genug Platz, nie genug Stühle, nie genug Bier. Aber man ging trotzdem hin. Getanzt wurde nie, dazu war kein Platz vorhanden, trotzdem wurde die Musik laut aufgedreht.

Wenn man jemanden kannte, setzte man sich zusammen in eine Ecke oder auf den Boden und brüllte ein paar Worte oder auch nicht. Wenn man niemanden kannte, überlegte man sich, wie man schnell und unauffällig wieder gehen konnte. Ich kannte immerhin die Gastgeberin, das gab mir ein gutes Gefühl, als ich mich auf den Weg machte. Und wie ich sie kannte. Wem außer mir bot Caro ihre Beedies an? Wen außer mir nannte sie Isis? Wer außer mir unterhielt sich heimlich mit ihr über Bobs Mädels? Niemand. Wer außer mir hatte überhaupt ein Geheimnis mit ihr? Kaum jemand, sagte ich mir.

Ich ging um zehn hin. Ich wollte nicht die Erste sein. Es ist immer besser, vermisst zu werden, bevor man auftaucht.

Die Wohnungstür ließ sich nur einen Spaltbreit öffnen, weil die Gäste bis zur Tür am Boden hockten. Ich zwängte mich hinein und suchte einen Ort, an dem ich meine dicke Jacke ablegen konnte. Ich stolperte über Beine und Bierflaschen und gelangte in die Küche, dem Herzen jeder Party. Ich wunderte mich über die Musik, die Caro für ihre Party gewählt hatte. Es war die Musik, die ich auf jeder Samstagsparty hörte, die Musik, die man eben hörte. Ich hatte wohl erwartet, Bob Dylan zu hören, wie dumm von mir. Caro stand in der Küche und rauchte eine Zigarette. Ich hatte erwartet, sie mit einer Beedie zwischen Zeige- und Mittelfinger anzutreffen, dumm aber auch. Sie erzählte gerade etwas Lustiges. Sie rief die Worte in den Raum, damit ihre Zuhörer sie verstehen konnten. Gut ein Dutzend Zuhörer schauten ihr dabei zu, wie sie ihre Worte über die Musik rief, und lauerten strahlend auf die nächste Pointe. Ich stand in meiner gefütterten Jacke im Türrahmen und wartete, dass Caro mich bemerkte. Sie sah mich an, ich sah ihr an, dass sie mich gesehen hatte. Aber sie begrüßte mich nicht, sie fuhr fort, Worte und Sätze zu rufen und ihre Gäste zu erfreuen. Ich wartete auf die finale Pointe. Ich wartete auf das Gelächter der Zuhörer. Ich zog meine Jacke aus, hielt sie stumpfsinnig wie einen riesigen, weichen Teddybären im Arm und wartete. Rita May passt überhaupt nicht, dachte ich, während ich Caro beim Rufen zusah. Schallendes Gelächter. Das war's, dachte ich und drängte mich in die Küche, Caro entgegen. »Hallo«, sagte ich. »Hallo«, sagte sie. Sie nahm mir die Jacke ab und schmiss sie auf einen mächtigen Haufen aus Daunen und Fellimitat und Leder und Loden neben der Waschmaschine. »Die Garderobe«, sagte sie und lachte. Sie reichte mir eine Flasche Bier, und ich fühlte mich wohl. Ich setzte mich auf einen gerade frei gewordenen Stuhl und hörte einem Jungen zu, der nun dran war. Auch er erzählte rufend etwas Lustiges. Es ging um den Kopf einer Brunnenfigur, den er mit seinem Freund geklaut hatte. Nachts, natürlich, und natürlich wurden sie nicht erwischt, obwohl es natürlich knapp war. Und natürlich war die Verfolgungsjagd der Höhepunkt seiner Geschichte. Ich lachte mit den anderen und war froh, dass ich mir nicht überlegte, wie ich unauffällig und schnell verschwinden könnte. Caro rauchte Zigaretten, ich trank ein paar Flaschen Bier, dann musste ich pinkeln. Ich zögerte den Gang zur Toilette hinaus, weil ich meinen Sitzplatz nicht aufgeben wollte. Und weil ich nicht wusste, wo das Klo war. Schließlich ging es nicht mehr. Ich stand auf und machte mich auf den Weg. »Rechts«, rief Caro mir nach. Ich drehte mich um und lächelte sie an. Zwischen Beinen und Bierflaschen suchte ich nach Zwischenräumen, in die ich meine Schritte setzen konnte. Ich sah nur einmal vom Boden auf, und da sah ich ihn. Er schaute mich an, und mir wurde schlecht.

Er zog die Beine an, um mich durchzulassen, gleichzeitig zog er an seiner Zigarette. Das sah gut aus. Zwischen die Beine hatte er eine Bierflasche geklemmt. Als er die Beine anzog, stieß er die Flasche um. Er fing sie mit der linken Hand auf und lächelte. Mit der rechten nahm er einen weiteren Zug von seiner Zigarette. Ich ging an ihm vorbei und stieß eine Tür auf. Zum Glück die richtige. Ich schloss mich auf dem Klo ein und erleichterte mich. Dann befühlte ich die Übelkeit, die mir in den Kniekehlen und Armbeugen hockte. Ich versuchte tief durchzuatmen, blieb eine Weile sitzen und atmete, wie ich es im Blockflötengrundlagenunterricht gelernt hatte. Ein Klangbrei aus Musik, Worten und Gelächter drang durch die Klotür. Hoffentlich sitzt er da noch, dachte ich und beeilte mich plötzlich.

Und da saß er. Wieder machten seine Beine mir Platz. »Danke«, sagte ich und ging weiter Richtung Küche. »Bringst du mir ein Bier mit«, rief er mir nach.

Als ich auf seiner Einmannmatratze in seiner Einzimmerwohnung lag und er anfing, mich zu berühren, zitterte ich so heftig, dass er damit aufhörte. »Was ist los«, fragte er. »Weiß nicht«, sagte ich, und das stimmte. »Soll ich aufhören«, fragte er. »Nein«, sagte ich. Mir war schlecht, immer noch, seit ich ihn erblickt hatte, den ganzen weiteren Abend über und auch jetzt noch, als ich auf seiner Matratze lag. Er berührte mich wieder und mein Zittern wurde immer heftiger und er atmete schneller und fragte: »Soll ich?«, und ich sagte: »Ja«, und sagte ihm nicht, dass es das erste Mal war, und er merkte es nicht.

Es fand nachts und in einem Bett statt, wusst ich's doch. Danach war mir nicht mehr so schlecht. Ich dachte darüber nach, wie ich mich fühlte. Ich wusste es nicht. Ich horchte in mich hinein, aber ich hörte nichts. Ich lag wach und hörte ihn wachliegen und irgendwann kam der Morgen.

Seit der ersten Nacht mit meinem Mann verbrachte ich jede weitere mit ihm. Tatsächlich konnte ich neben ihm nicht einschlafen, in seinem Einmannbett sowieso nicht, auf 90 Zentimetern, aber auch bei mir nicht, auf meiner großen Matratze. Nach mehreren Tagen schlief ich vor Erschöpfung dann doch ein, und damit war der Damm gebrochen.

Am nächsten Morgen sagte ich: »Als ich dich sah, wurde mir schlecht.« Er antwortete: »Bei mir war's auch Liebe auf den ersten Blick.« Damit hatte er definiert, was zwischen uns war, Liebe nämlich, Erstblicksliebe. Dann fing er an, mich mit seiner Theorie vertraut zu machen, die er seit der Matura aufgrund der Tatsache, dass er es irgendwie geschafft hatte, Militär **und** Zivildienst zu entkommen, und durch die tote Oma, um die ich ihn beneidete, in der Praxis testen konnte. Dem Nichtstun hatte ich nicht viel entgegenzuhalten, ich arbeitete zwar seit der Matura im Café, aber einzig und allein, um für meinen Lebensunterhalt aufzukommen. Außer dass ich Geld verdiente, tat auch ich nichts. Ich wollte erst einmal zu leben beginnen, der Rest würde sich ergeben.

Solange ich zuhause wohnte, hatte ich nicht das Gefühl, ein Leben zu haben. Nachdem ich weg von meinen rotweintrinkenden Eltern in die erste WG gezogen war, sah ich ein, dass es nicht an meinen Eltern, sondern an der Schule lag. Mein Leben würde beginnen, sobald ich die Schule hinter mir hätte.

Kurz vor Schulabschluss ging ein Formular in der Klasse herum. Jeder musste hinter seinen vorgedruckten Namen seine Zukunftspläne schreiben. *Informatik*, *Medizin*, *Lehramt* stand hinter den Namen meiner Klassenkameraden. *Leben* schrieb ich hinter meinen Namen. *Und atmen* präzisierte ich. Ich weiß, dass der Klassenlehrer das nicht witzig fand. Die paar Mitschüler, die es sahen, übrigens auch nicht. »Peinlich«, sagten sie und verdrehten die Augen.

Die Liste mit den Zukunftsplänen sollte auf der Zeugnisfeier veröffentlicht werden. Wurde sie auch, sie hing auf DIN A2 vergrößert an der Tür zur Aula. Hinter meinem Namen stand gar nichts. Eine Leerstelle. Sie hatten *Leben und atmen* getilgt.

Als ich auf dem Formular meine Zukunftspläne eintragen sollte, hatte ich wirklich keine anderen, als endlich zu leben. Mein Leben zu leben. Wenn ich nur endlich spürte, dass ich am Leben war.

Und das war ich seit der ersten Nacht mit meinem Mann. Das Zittern bei seiner Berührung hatte sich gelegt, es war einem Zucken gewichen, das ich für das Hallosagen des Lebensnervs hielt.

Mit ihm spürte ich mich. Mehr als bei der ersten Schlittenfahrt mit vier, mehr als beim Schreiben des ersten Liebesbriefes mit acht, mehr als beim ersten Sprung vom Dreimeterturm mit zwölf, mehr als beim ersten Joint und der ersten durchwachten Nacht mit fünfzehn. Mehr als beim Analysieren von Bobs Songtexten, mehr als in der Isis-Zeit.

Nach einer Weile war es nicht mehr wichtig, meinem Mann die Geschichte meiner verlorenen Unschuld zu erzählen. Mir schien, ich hätte meine Jungfräulichkeit weit hinter mir in meinem alten Dasein gelassen. Nein, ich war nicht Isis, nicht die jungfräuliche Isis, die alles aus sich selbst hervorbringt. Aus mir selbst hatte ich nichts hervorgebracht. Ein Leben hatte ich aus mir selbst jedenfalls nicht hervorgebracht.

Caro kam weiterhin jeden Tag und trank ihren Marokkaner. Ihre Beedies mochte ich nicht mehr. Bald bot sie mir auch keine mehr an. Sie rauchte Filterzigaretten wie auf ihrer Party. Caro wusste, dass ich meinen Mann auf ihrer Party kennen gelernt hatte, »aber es macht mich nicht stolz«, sagte sie. »Ich hätte nie gedacht, dass ihr zusammenfindet«, sagte sie. Mehr sagte sie nicht.

Nach drei Wochen, es war der 20. Februar, das werde ich immer wissen, hatte mein Mann mich überzeugt. Nicht so sehr von seiner Theorie als von der Vorstellung, nicht arbeiten zu müssen, nur zu tun, worauf man Lust hatte, sich dem Leben zu überlassen. Ich arbeitete zwei Schichten am Stück, von acht Uhr früh bis Mitternacht, sechs Tage die Woche, um auf die Freiheit zu sparen. Ich bediente die Gäste so, dass sie mir Trinkgeld gaben. Ich vergrößerte meinen Verdienst, indem ich Getränke verkaufte, aber nicht in die Kasse eingab. An Spitzentagen tippte ich nur jedes zweite Getränk in die riesige Kasse aus den sechziger Jahren ein, die unter Klingeln einen weißen Coupon ausspuckte.

Wir gingen samstags auf keine Wohnungspartys mehr. Samstag war der Tag, an dem ich am meisten verdiente, weil ich am meisten unterschlug.

Nach Feierabend holte mein Mann mich ab, und wir gingen zu mir, in mein WG-Zimmer. »Was hast du heut gemacht«, fragte ich manchmal auf dem Nachhauseweg. »Nichts«, sagte mein Mann und grinste. Und ich grinste zurück.

Ich hörte nie mehr Bob Dylan, aber das sagte ich Caro nicht. Mein Mann fand diesen »katzenjammernden Stricklieslbarden« zum Kotzen. Ich stritt gerne mit ihm und ließ keine Gelegenheit aus. Manchmal begann ich sogar zu heulen, dann schrieen wir uns an, und am Ende gab es eine Versöhnung. »Du hast ja keine Ahnung«, fing ich an, »Jammerkatze, du spinnst wohl.« Er drauf: »Ich hab katzenjammernd gesagt, du kannst ja nicht mal zuhören.« Ich: »Bob hat Gesang, Musik überhaupt neu definiert, du Ignorant …« So ging es dahin, bis ich heulte, dann kam die Versöhnung. Er litte unter Bobs Stimme, schwor er. »Und die Message, das ist ja wohl auch vorbei.«

Er könnte recht haben, dachte ich. Obwohl ich sie

nicht gefunden hatte, die *Message*, die eine, die einzige *Message*. Ich hatte danach gesucht, aber gefunden hatte ich sie nicht. Mein Mann hingegen schien Bobs *Message* zu kennen. Das erstaunte mich. »Das ist doch so simpel«, sagte er, als ich ihn danach fragte. »Du willst da zu viel sehen, das ganze Hippiezeug, das ist vorbei, das ist naive Nostalgiekacke«, sagte er. Ich räumte die CDs und Songbücher weg. Lieber Bob, the times they are a-changin', wie du weißt, gib Ruhe jetzt.

Caro rezitierte weiterhin aus seinen Songtexten.

»You fake just like a woman, you make love just like a woman, but you break just like a little girl.« Das war einer ihrer neuen Lieblingssätze. Sie sagte ihn mir in die Augen, in eindringlichem Ton. Sie wollte mir damit etwas sagen, das hatte ich schon begriffen. Aber ich verstand nicht, was es war.

Ein anderer Satz war: »Can you search for what's not lost?« Darüber dachte ich nach. Ich glaube schon, beantwortete ich mir die Frage im Stillen, ich glaube schon, dass man etwas suchen kann, das einem nie verloren ging, etwas, das man gar nie besaß. Ein eigenes Leben zum Beispiel.

Die WGs waren nicht meine Welt, das hatte ich schon lange gemerkt. Irgendwann kam es in jeder WG zu folgendem Satz, vom WG-Vorsteher vorgetragen: »Entweder du hältst dich an minimale Regeln, an die Putzordnung zum Beispiel, oder wir müssen dich bitten, dir etwas anderes zu suchen.« Beim Rausschmiss aus meiner ersten WG hatte ich geheult. Inzwischen war ich abgehärtet. Ich wunderte mich eher, dass sie mich in der aktuellen WG noch nicht zur Rede gestellt hatten. Unstreitig eine Frage der Zeit. Nur kam ich dem WG-Vorsteher zuvor. Dienstags hatte ich frei. Dienstags besichtigte ich Wohnungen. Am achten Dienstag nach dem 20. Februar besichtigte ich unsere gemeinsame Wohnung. Ich hatte genug Geld beiseite geschafft, um nichts zu tun, eine Zeitlang. Wir kannten uns drei Monate, mein Mann und ich, als wir die Kisten für den Umzug packten. Ich wusste aus Erfahrung (sieben WG-Wechsel in knapp zwei Jahren), dass Umzüge schlecht fürs Gemüt sind. Obwohl wir oft stritten, hatten wir noch keine annähernd unangenehme Situation meistern müssen. Beim Kistenpacken wurde mir flau, aber wenn ich den WG-Vorsteher ansah, packte mich blanke Euphorie.

Ich teilte dem Besitzer des Cafés mit, dass ich eine Weltreise machte, er wünschte mir Glück und zahlte mich aus.

An meinem letzten Arbeitstag sah ich Caro zum letzten Mal. Ich sagte ihr nicht, dass ich aufhörte. Ich brachte ihr ihren Marokkaner, blieb an ihrem Tisch stehen und wartete auf einen Satz von Bob, wie immer, wie jeden Tag. »Too weary to talk and too tired to sing«, sagte sie und schüttelte den Kopf.

Sie zog an ihrer Filterzigarette, es sah aus, als wolle sie die Zigarette in sich hineinsaugen und verschwinden lassen. Beim Ausatmen des Rauchs, der gerade noch in ihrer Lunge war, wie ich seltsamerweise dachte, dieser Rauch hat gerade Caros Lunge gesehen, sagte sie leise, ohne mich anzusehen:

»And you say to yourself: just what am I doing, why

am I walking, where am I running, what am I saying, what am I knowing.« Mir fiel keine Antwort ein. In unseren guten Zeiten hätte ich sofort mit Bob geantwortet, etwa: »Who's not busy being born is busy dying.« Aber das fiel mir nicht ein. Das fiel mir erst ein, als ich nach diesem letzten Arbeitstag nach Hause ging, alleine, weil mein Mann keine Lust hatte, mich abzuholen. Ich ging vor mich hin und pfiff vor mich hin, erst pfiff ich, dann kam der Text, Bobs Text, und der Satz fiel mir ein. »Kümmere dich um ein Leben, sonst kümmerst du dich um deinen Tod.« So ungefähr würde ich mir das übersetzen. Ja, dieser Satz wäre die perfekte Antwort gewesen, zu spät.

Caro trank ihren Marokkaner aus und ging. Das letzte, was sie zu mir sagte, als sie aufstand und ihre Tasche schulterte, war: »Are birds free from the chains of the skyway?«

Ende des Vorspiels.

Kapitel sechsundzwanzig

Manchmal fiel mir Caros Satz ein. Ich hatte nie nachgesehen, aus welchem Dylanlied er stammt. Aber ich hatte ihn auf einen Zettel geschrieben und an die Pinnwand in der Küche gehängt. »Was heißt das«, fragte ich meinen Mann. Er zog seinen Dictionary von der Bücherwand, er stellte sich dazu auf einen Stuhl auf einem Tisch, seinem kleinen Schreibtisch. »Skyway heißt Luftroute«, rief er von seinem Hochstand. »Und was soll das sein, eine Luftroute«, rief ich zurück.

»Na, die Wege, die Flugzeuge zurücklegen!«

»Und was heißt dann der ganze Satz?«

Er überlegte und lachte, dass der Stuhl unter ihm bebte (er lachte! Das war noch vor Beginn seiner Verstopfung): »Der Satz fragt, ob Vögel Linienflugzeuge sind.« Er stieg vom Stuhl auf den Tisch und sprang vom Tisch zu Boden. »Woher hast du denn das?«

»Hab ich mal irgendwo gehört«, sagte ich.

Are birds free from the chains of the skyway übersetzte ich mir immer wieder, ich versuchte es immer wieder zu deuten, aber eine befriedigende Version fand ich nicht. Sind Vögel frei von den Ketten der Luftrouten? Hä? Himmelsgleise haben Ketten, können sich Vögel davon befreien? Häääää? Warum haben die *Skyways* denn *Chains*? Ketten gehorchen der Schwerkraft, ich habe am Himmel noch keine Ketten entdecken können, Ketten gehören auf die Erde, an den Boden. Auch wenn *Chain* Fessel statt Kette bedeutete, was tat die Fessel im Himmel? Ich hätte Bob einen Brief geschrieben und ihn gefragt, wenn ich seine Adresse gehabt hätte. Er hätte zurückgeschrieben, dass es sich um Poesie handle und daher im übertragenen Sinne zu verstehen sei. Dass er außerdem eine Frage gestellt, nicht etwa einen Satz von sich gegeben habe, dass der Künstler dazu da sei, Fragen aufzuwerfen, nicht zu beantworten. Aber das wären die gängigen Ausflüchte gewesen, die mich im Falle von Bob Dylan wahrscheinlich traurig gemacht hätten. Wie gut, dass ich seine Adresse nicht hatte.

Obwohl ich mich mit Dylan als Poet und Verfasser der Vogel-Luftrouten-Ketten-Frage beschäftigte, hörte ich seine Musik zuhause nie wieder. Nicht einmal, um meinen Mann zu ärgern. Auch nicht in den streitarmen Zeiten, als Zankzündung. Ich hörte sie auch nicht, wenn mein Mann abends mit Gerd unterwegs und ich alleine war. Seit ich Bobs CDs verräumt hatte, zusammen mit den beiden Songbüchern, in eine Stiefelschachtel, hörte ich gar keine Musik mehr. Die Stiefelschachtel wurde mit umgezogen, aber nie wieder ausgepackt.

In der Küche stand ein kleines Radio, auf dem ich kurz nach dem Umzug einen französischsprachigen Sender gefunden und eingestellt hatte, den ich gerne hörte, weil ich nicht jedes Wort verstand, aber aus Rücksicht auf meinen Mann hatte ich mir abgewöhnt, das Radio in der Früh einzuschalten. Und so hörte ich gar nichts. Ich hörte eine Menge. Ich hörte auf die Geräusche in der Wohnung. Auf das Brummen des Kühlschranks und das Rauschen der Wasserleitungen. Ich hörte auf alles, was von außen hereindrang. Auf Jeffs schwingende Waschmaschine, die CNN-Stimme und die *himmlische Musik*, die übrigens seit dem Verschwinden der Katze leiser geworden war, oder aber andere Geräusche waren lauter geworden, das Töpfekratzen der Studenten, ihre Sisters of Mercy-Musik, die Telefonstimme des dicken Mädchens, ja, vor allem in den Tagen der Verstopfung meines Mannes waren diese studentisch verursachten Geräusche angeschwollen. Jeffs himmlische Musik war leiser geworden, aber die Schritte im Treppenhaus lauter. Und alle klangen wie Jeffs Schritte. Und alle klangen bedrohlich. Ich hörte auf den Lärm der Laster, das Zirpen des Elektrizitätswerks, das Grollen der U-Bahn, die Musik aus der Karaoke-Bar. Die Texte der Karaoke-Hits kannte ich längst auswendig. Sie ließen sich leicht merken.

Musikanten herbei, spielt ein Lied für uns zwei.

Denn nur bei dir allein will ich immer sein (Anita, Anita).

Ich bau für uns ein Nest, wo sich leben lässt.

Nun gehörst du mir, ohohoh. Natürlich könnte man drüber nachdenken, warum in der letzten Zeile der Reim fehlt, denn *ohohoh* reimt sich beim besten Willen nicht auf *mir*, vielleicht liegt darin eine versteckte Botschaft, aber selbst unter Beachtung dieses kleinen Widerhakens kam ich bei *Anita* in keine nennenswerten Deutungsschwierigkeiten. Nicht wie bei einer gewissen Zeile eines amerikanischen Königsbarden, in der es um Vögel, Luftrouten und Ketten geht.

Ich selber machte keinen Lärm und gab kaum Geräusche von mir. Frau Baumgartner hatte sogar erreicht, dass ich in der Wohnung ohne Schuhe ging, und seit ich herausgefunden hatte, welche Dielen knarrten, umging ich sie. Ich saß in der Wohnung und hörte auf die Geräusche der anderen. Mein Mann saß in der Regel ebenso lautlos im Schneidersitz auf dem Wohnzimmerboden, und so war es immer fremder Lärm, es waren immer die Geräusche der anderen.

Wenn ich alleine zuhause war und auf jedes Geräusch hörte, wenn ich am Schlafzimmerfenster stand und auf die Straße und den geöffneten, plärrenden Schlund der Karaoke-Bar direkt gegenüber sah, stellte ich mir Agnes vor, stellte mir vor, was sie zur selben Zeit hörte, genauso allein in ihrer Wohnung zwei Stockwerke tiefer. War ich allein, war Agnes allein, denn allein war ich, wenn mein Mann mit Gerd unterwegs war. Ich stellte mir Agnes beim Zuhören vor. Manchmal ging ich hinunter, stellte mich vor ihre Wohnungstür und horchte. Meistens war aus ihrer Wohnung nichts zu hören, und wenn, war es Bikutsi. Ob Agnes Frau Baumgartner, die ja auch alleine in ihrer Wohnung war, über sich herumgehen hörte? Und schon stellte ich mir Frau Baumgartner vor, wie sie in ihrer Wohnung saß und lauschte und litt, weil sie die Stille liebte.

Als Frau Baumgartner nach ihrer Zettelpause endlich wieder schrieb, worüber ich fast erleichtert war, schrieb sie in einem merkwürdig milden Ton, der mich beleidigte. Wir haben ja den Ton vom August noch im Ohr, nicht wahr, als sie sich auf den Geruch versteift hatte, der unserem Gemeinschaftsklo entweiche. Zur Erinnerung: *Bezüglich des Kloakengeruchs verliere ich die Geduld, letzte Warnung, Baumg.* Mindestens mit diesem Augustton hatte ich gerechnet, mindestens in diesem Ton hätte sie auf mein Angebot schon eingehen können, fand ich, auf meine Aufforderung, mich bitte weiterhin mit gelben Zetteln an der Tür zu beschenken, mit weiteren Vorschlägen, wie ich ordentlich zu leben und mich zu verhalten habe.

Aber nein, Milde, nichts als Milde hing an der Tür, beleidigende Milde. Außerdem war sie an einem Dialog nicht interessiert, sie ging überhaupt nicht auf das ein, was ich ihr geschrieben hatte. *Bitte dem Postboten öffnen, wenn er klingelt, danke Baumg* war die erste schlaffe Nachricht nach meiner wiederholten Bitte um Rüge. *Ich kann ohne Ihre Ratschläge nicht mehr leben!* hatte ich ihr geschrieben, wie wir wissen.

Unter Missachtung aller Dialogregeln entspann sich trotzdem ein Briefwechsel zwischen uns, Wechsel deshalb, weil er nach dem Prinzip sie-ich-sie-ich vonstatten ging.

Verkaufen Sie mir Ihre Disziplin im Tausch gegen eine Packung Stille?

Bitte die Tür zum Garten verschließen, der Wind weht Laub in den Flur, Baumg

Also gut, zwei Packungen!

Bitte vor Benutzung des Treppenhauses die Schuhe unten an der Matte abstreifen, danke Baumg

Ich biete zehn Packungen und 100 Franken in bar!

Bitte abends kein Bad mehr einlaufen lassen, danke Baumg

Da schlug ich härter zu: *Are birds free from the chains of the skyway?* schrieb ich in ihrer Schrift, Frau Baumgartner sollte Post von sich selbst bekommen, und hängte ihn an ihre Tür. Sie antwortete nicht. *Selbst Vögel fliegen in geordneten Bahnen, nicht wahr?* schrieb ich einige Tage später, wieder in ihrer eigenen Schrift, sicher, eine Deutung in Frau Baumgartners Sinne gefunden zu haben. Ich weiß nicht, warum ich das tat. Frau Baumgartner wusste es wahrscheinlich auch nicht.

Kapitel siebenundzwanzig

Im Widerstreit mit den betäubenden *Keulen* zeigten die neuen »Das bleibt unter uns«-Kapseln von Danilo bei mir keine belebende Wirkung. Aufgeputscht fühlte ich mich einzig von der Angst um meinen verstopften Mann, und gleichzeitig wie erschlagen.

Ich verließ die Wohnung nur im Notfall. Ich hielt es kaum aus, meinem Mann nicht beizustehen, wenn er auch keinen Beistand wünschte. Ich konnte nicht anders, erst recht nicht, seit mir, angeregt durch sein Darmleiden, aufgefallen war, dass er niemanden außer mir hatte (was mich angenehm berührte). Mit seinen Eltern verkehrte er nicht, der Bruder hatte sich seit jenem Abend im Garten und dem überstürzten Aufbruch nach Gerds Intervention nicht mehr gemeldet, die Oma war tot, Freunde hatte er mir nie vorgestellt, außer Gerd traf er niemanden (und das Wesen dieser Beziehung war mir unbekannt), selbst Caro, auf deren Party wir uns begegnet waren, kannte er »irgendwie«, wie er sagte, »von irgendwo, nicht näher.«

Im Notfall hieß, um Kleie oder Feigen im Supermarkt zu holen, einmal auch, um mich in der Apotheke nach Medikamenten zu erkundigen. Es gab eine Vielzahl von abführenden Mitteln, wie ich erfuhr, als ich mich selbst als Betroffene vorstellte. Wirkungsvoll seien Zäpfchen, belehrte mich die Apothekerin freundlich, bis sie einsah, dass ich nichts kaufen würde. Ihr eine Broschüre über eben diese Zäpfchen abzuluchsen, war harte Arbeit. *Schluss mit Verstopfung, hartleibigem Stuhl und Ziegenkot*, las ich, *Stuhlprobleme – hausgemacht?* war die Überschrift eines Kapitels. Ich lernte den Unterschied zwischen *akuter* und *chronischer Verstopfung*, las über *unbegründete Ängste vor Selbstvergiftung bei Verstopfung* und ließ mich auf die Gefahren einer ungelösten Verstopfung aufmerksam machen: *Hämorrhoiden und Schleimhautrisse sind nur harmlose Beispiele.* Von tödlichem Ausgang war in der Broschüre zwar nicht die Rede, aber ich wusste: aus reiner Rücksicht auf die Patienten.

Auf diesen Abstechern zum Supermarkt und zur Apotheke hörte ich jedes Mal lauten Thrash Metal aus Agnes' und Gerds Wohnung. Entweder war Agnes wohlauf, so wohl, dass sie diese Musik ertragen konnte, oder Gerd versuchte, ihr damit das Leiden auszutreiben. Ich würde Agnes über das therapeutische Potenzial des Thrash Metal befragen, sobald die dramatische Situation in unserer Wohnung sich entspannt hätte, nahm ich mir vor.

Einmal, als mein Mann auf dem Klo saß, ihm hinterherzugehen hatte ich mir unter Totaleinsatz der Kiefermuskulatur gerade noch verkneifen können, und ich mir sicher war, den Verstand zu verlieren, wenn ich mich nicht augenblicklich ablenkte, rief ich die nationale Auskunft an und ließ mir die Nummer des Valiumherstellers in der anderen annähernd groß zu nennenden Stadt des Landes geben. Ich wollte mich über Anwendungsgebiete, Eigenschaften, Neben- und Wechselwirkungen informieren. »Es ist uns nicht möglich, Fragen über persönliche medizinische Angelegenheiten zu beantworten«, teilte mir der Herr, der das Telefon des Valiumherstellers bediente, mit. »Es ist aber ganz unpersönlich, es geht nicht um mich«, beteuerte ich. »Dennoch scheinen Sie ein Interesse daran zu haben, das ich persönlich nennen würde, wenden Sie sich bitte an Ihren zuständigen Arzt. Er ist in der Lage, zu beurteilen, ob das Medikament für Sie in Frage kommt. Er wird Sie auch über Neben- und Wechselwirkungen informieren und Ihnen gegebenenfalls ein Rezept ausstellen.« »Hören Sie«, schrie ich mit der ganzen Verzweiflung, die eigentlich meinem verstopften Mann galt, »meine Mutter pfeift sich die Dinger schachtelweise rein, wenn ich Sie richtig verstehe, brauche ich mir da keine Sorgen zu machen?« »Ja, äh, nein«, sagte er, »das Medikament ist verschreibungspflichtig. Sie wird doch ärztlich betreut?« »Nein«, jammerte ich, »das ist es ja.« Und dann gelang es mir doch, ihm zu entlocken, was ich wissen wollte, weil ich als minderjährige Tochter einer valium- und alkoholabhängigen Mutter sein sauberes Herz bewegt hatte. »Deine Mutter braucht dringend Hilfe«, sagte er und war sogar bereit, mir die Nummer der städtischen Suchtpräventionsstelle herauszusuchen, bis er merkte, dass ich aus der anderen Stadt anrief, deren Telefonbuch er nicht vorliegen hatte.

Als ich auflegte, wusste ich das Wichtigste: Agnes konnte nicht unheilbar krank sein. Dann kam mein Mann vom Klo zurück und ich vergaß den Anruf augenblicklich.

Das Licht brannte die ganze Nacht, ich wachte neben ihm und wartete auf den nächsten Erstickungsanfall, denn in diesen Nächten wurde mein Mann doppelt gebeutelt. Was die Anfälle alleine nicht geschafft hatten, gelang dieser fiesen Kombination: Ich hatte Todesangst um ihn. Viel mehr als damals bei der ersten Begegnung mit der Maus. Und so groß meine Angst, so groß war meine Liebe zu ihm, also unermesslich. *Ich lie-be dich, ich lie-be dich*, klopfte ein rastloser Specht gegen meine Schädeldecke und Herzwände. Der Specht verursachte mir Liebesschwindel. Aber der Specht hatte einen Bruder, der klopfte genauso emsig *Ver-rä-te-rin, Ver-rä-te-rin, Ver-rä-ter-in.*

Irgendwann konnte mein Mann kacken, und ich fing vor Erleichterung zu weinen an. Irgendwann war übrigens nach einer ganzen, geschlagenen Woche. Er kam vom Klo zurück, legte die Werbeprospekte auf den Küchentisch und sagte: »Endlich.« Mir kamen Tränen.

Direkt nach der Frohbotschaft des erfolgten Stuhlganges, die Tränensäcke noch geschwollen, die Nase triefend, zog ich los, um einzukaufen. Zur Feier des Tages sollte ich Eier, Speck und, mein Mann wünschte es sich, Toastbrot holen. Ich donnerte die Treppen hinunter und geradewegs in Jeff hinein. Ich blieb stocksteif stehen und wollte die Arme zum Schutz über den Kopf reißen, aber sie gehorchten mir nicht. Ich schaute ihm gebannt in die Augen, dabei fiel mir ein, dass Jeff um diese Uhrzeit im Treppenhaus nichts zu suchen hatte, es war früher Nachmittag. »Was machst du denn hier«, fragte ich entgeistert. »Ich wohne hier«, antwortete er auf Jeffisch, »würdest du mich bitte durchlassen?« Und er holte mit der Rechten aus und stieß mir seine Elle in die Seite, dass ich aufschrie. Nicht vor Schmerz, sondern aus Angst. Er wälzte sich mit seinem Koffer an mir vorbei, die Treppen hoch. Als ich ihn nicht mehr hörte, heulte ich wieder los, leise, und ging mit meinem Einkaufsnetz langsam die Treppen hinunter. Vor der Haustür blieb ich stehen, die Tränen stockten. Ich hatte endlich etwas gegen ihn in der Hand! »Wart's ab, ich werde der Welt dein wahres Gesicht zeigen, wart's bloß ab.«

Nun würde ich Jeff zur Strecke bringen. Wie gut, dass die Leidenszeit meines Mannes vorbei war. Wie gut, dass ich mich wieder meinen Themenfeldern widmen konnte. Wie gut, und was für ein schöner Tag.

Ich wusste ja, es würde nie mehr so sein wie früher. Mein Mann erholte sich nie ganz von seiner Verstopfung. Sie kam und ging, blieb und ging, kam wieder. Wir schliefen nur noch selten miteinander. Und wir sprachen kaum noch jeffisch. Ich seit der verschwundenen Katze nicht, und seit der Begegnung im Treppenhaus schon überhaupt nicht mehr. Aber auch mein Mann bot es immer seltener an, und wenn, zuckte ich zusammen und überlegte lange, bevor ich darauf einstieg.

Nachdem diese erste und schlimmste Verstopfung weg war, zeigte ich die Broschüre meinem Mann. Er las sie durch, aber die Zäpfchen kaufte er nicht, »unnötig, zu teuer.« Dennoch schien die Broschüre zu helfen. Es kam jedenfalls nie mehr zu einer so sturen, so langwierigen Verstopfung.

Ich las die Broschüre immer wieder, ich las sie gerne, statt der Werbeprospekte, wenn ich mich auf den Klogang vorbereitete. Ich konnte mich mit dem Leiden meines Mannes beschäftigen, ohne ihn mit Fragen oder Gesprächen darüber zu traktieren. Ich fühlte mich ihm nah, wenn ich die Broschüre las. Wenn ich über den *Slalom des Stuhls durch den Verdauungstrakt* las, über *die so genannte Welle, die den Nahrungsbrei vor sich her schiebt*, begab ich mich in ihn hinein. Als Kind habe ich einen Film gesehen, in dem einem Mann ein winziges U-Boot injiziert wurde. Das U-Boot fuhr mit seiner Besatzung durch die Blutbahnen des Mannes, um irgendetwas auszukundschaften, ein Krankheitserreger womöglich. Zweifelsohne waren in dem U-Boot richtige Menschen, die durch einen Superkniff der Technik winzigklein gemacht wurden. So fühlte ich mich. Ich fuhr durch den Verdauungstrakt meines Mannes, im Slalom, auf der *Welle*, und hielt nach harten Stuhlbrocken Ausschau. Ich untersuchte das Bewegungsvermögen seines Darms, die *Motilität*, sorgte dafür, dass die Körperzellen im Streit um die Flüssigkeit dem Darm nicht zu viel wegnahmen, und forderte den Darm auf, nur ja nicht träge zu werden. Wenn ich weichen, gleitfähigen Stuhl antraf, war ich zufrieden, wenn nicht, drohte ich mit dem Zäpfchen.

Kapitel achtundzwanzig

Fünfmal ging ich hinunter, fünfmal hörte ich Thrash Metal und drehte wieder um, bis ich bei Agnes klingelte. Natürlich klingelte ich in die Stille hinein. Eine Woche war vergangen, und wieder öffnete sie im Bademantel, ihre elffarbigen Locken wirkten einfach nur schwarz, fettig klebten sie an der Kopfhaut. »Ich wollte gerade ins Bad«, sagte sie, nachdem sie mich zur Begrüßung gefragt hatte, wie es mir denn ginge. »**Mir** geht's blendend«, hatte ich geantwortet, um sie zu erinnern, wer die Kranke von uns beiden war.

Als sie nach zwei Minuten aus dem Badezimmer kam, waren ihre Augen schwarz umrahmt und die Locken gebürstet, das Fett war gleichmäßig verteilt.

In den Tropen war es feucht und heiß wie eh, in den zwei unbeobachteten Minuten hatte ich den Pflanzen beim Wuchern zusehen können. »Wenn ihr noch näher kommt, zieh ich die Machete«, hatte ich ihnen drohen müssen.

Ich knöpfte meine Strickjacke auf, Agnes schnürte ihren Bademantel enger. »Ich weiß gar nicht, was mit mir los ist«, sagte sie, »ich friere immer noch.«

»Gleich wird dir warm«, sagte ich, »Jeff hat mich geschlagen.«

Ich hatte mir die Wirkung dieser Bombe anders vorgestellt.

»Möchtest du Musik hören«, fragte sie.

»Nein! Jeff ist brutal! Ich halte ihn zu allem fähig!« Nachdem ich ihr den Zwischenfall im Treppenhaus geschildert hatte, legte sie mir die Hand auf den Oberschenkel und tätschelte mich wie einen hysterischen Pekinesen, »ist gut, ist doch guuuut.«

»Deine glänzenden Augen, das kommt vom Valium, ich weiß es, Agnes, ich weiß jetzt alles«, schnaubte ich, ohne sie anzusehen. Die Hand ruhte auf meinem Oberschenkel.

Stille.

Stille.

Stille. Die Hand ruhte auf meinem Schenkel.

Die Sprengsätze meiner Bomben mussten in diesem tropischen Klima feucht geworden sein, sie zündeten nicht.

Stille!

Gar nichts wusste ich. Der Telefonherr des Valiumherstellers konnte mir diese Frage (»Es macht doch so unheimlich glänzende Augen, nicht wahr?«) nicht beantworten. Er wusste, wann und wie Valium angewandt wird, er nannte Wechselwirkungen, erwähnte als Nebenwirkung Schläfrigkeit, mehr nicht. »Valium ist das beste Beruhigungsmittel überhaupt, aber ich selbst habe es noch nie eingenommen«, hatte er mir gestanden.

Stille.

Als ich endlich zu Agnes hinüberschielte, sah ich, dass sie lächelte. Und der Leser mag es unbegreiflich finden, aber ich lächelte auch. Und fragte, auch das ist schwer nachzuvollziehen, nach Conny. »Ist sie noch *down*?« »Schon«, antwortete Agnes. »Die Ausstellung im Garten ist eine Königsidee, das machen wir«, fügte sie hinzu, und dann lächelten wir uns an.

Und als ich wusste, dass keine von uns noch etwas sagen würde, hörte ich Agnes' Stimme, aber ihr Mund schien sich nicht zu bewegen, ihr Mund lächelte entspannt. »Ich hatte nie Vorbilder«, sagte ihre Stimme, »erwachsene schon gleich gar nicht.« Ich sagte nichts. Ich schaute ihr auf den lächelnden Mund. »Mit elf hat es angefangen, glaub ich«, sagte sie, und da sah ich, dass ihr Mund sich doch bewegte, »seit ich elf bin, fühle ich mich zu Frauen hingezogen, ja.« Als hätten sich meine Augen an ihrem Mund verbrannt, sah ich sie jäh an, aber sie hatte den Blick auf einen Punkt im Regenwald geheftet und sprach sehr schnell und leise. »Das Gefühl wollte irgendwo hin. Ich hab angefangen, für das Gefühl Träume zu bauen. So Nester.« Dann schaute sie mich plötzlich an und schien zu überlegen. »Es ist nicht so, ich meine, ich weiß ja gar nicht.« Sie schüttelte den Kopf und lächelte. »Es ist anders, es ist, was red ich denn. Ich. Entschuldige.«

»Gute Besserung«, sagte ich zum Abschied, weil mir nichts Besseres einfiel. »Du kannst immer kommen«, sagte sie und es klang hohl. Sie sagt es, weil sie es immer sagt, dachte ich.

»Bis morgen?«, sagte sie dann, weil ich nichts sagte. Ich nickte zackig und ging. Im Treppenhaus hatte ich Ohrenschmerzen, mein Kopf glühte, die Ohren summten wie ein Bienenschwarm, quälend laut und nah, und spannten, als wollten sie explodieren. Sie macht sich über mich lustig, ich setzte einen schweren Fuß vor den nächsten über die rutschigen Stufen, sie machte sich über mich lustig, oder Valium wirkt nicht nur einschläfernd, sondern auch bewusstseinstrübend bis zum Wahn. Am Steißbein schien mich ein Drahtseil nach unten zu ziehen, bis vor ihre Haustür, ich sah mich die Tür aufreißen und sie zur Rede stellen, während meine Schritte sich immer schwerer bergan kämpften. Irgendwann stand ich in unserer Wohnung und freute mich, meinen Mann zu sehen. Ich setzte mich neben ihn vor den Fernseher, schaute mit ihm die *Simpsons* und lachte mit ihm.

Ich wollte nicht mehr bei Agnes klingeln. »Bis morgen?«, hatte sie gesagt. Sie ging davon aus, dass ich wiederkam. Komm du doch, dachte ich. Bei uns war noch nie jemand zu Besuch gewesen, niemand außer dem schwulen Danilo. Es kam nie jemand, und es fragte nie jemand, ob er oder sie kommen könnte. Als sei es einfach klar, dass man zu uns nicht kommt. *Ich bau für uns ein Nest, wo sich's leben lässt* – bei uns ließ es sich anscheinend nicht leben, und das spürte jeder, und doch saß ich mit meinem Mann vor dem Fernseher und lachte. Du kannst immer kommen – du auch! Komm du doch, blöde Kuh. Und mein Mann lachte. Über die Simpsons. Und ich sah ihn an.

Man merkt es angeblich sofort, so steht es beschrieben, in unzähligen Büchern. Man merkt es sofort, an den Pupillen, am Verhalten. Ich merkte es nicht. Er hatte sich verändert, ja, aber seine Theorie des Nichtstuns schloss auch das Recht auf Veränderung ein, wenn es eine Veränderung in Richtung persönliche Freiheit war, und so hatte ich keinen Verdacht in keine Richtung, weil er beispielsweise seit einiger Zeit abends schwer einschlief, auch wenn er mit Gerd Bier getrunken hatte. Und dass er dafür den ganzen Tag verschlief, schien mir logisch. Er hatte diese Erstickungsanfälle, ja, und Verstopfung, ja, aber das konnte tausend Ursachen haben. Ich hatte gemerkt, dass wir nur noch selten miteinander schliefen, und dass wir nicht mehr jeffisch sprachen, aber das hatte in meinen Augen eigene Gründe und war außerdem allmählich vonstatten gegangen, unterwegs hatte ich nichts gemerkt, und etwas anderes merkte ich erst recht nicht. Doch, er sah immer häufiger fern, aber das war ein weit verbreiteter Zeitvertreib, wie ich wusste, und diente ihm wunderbar zum Studium des Lebens und der Menschen, schwärmte er einmal. Mehr. Merkte. Ich. Nicht.

Ich blieb nach den Simpsons vor dem Fernseher sitzen. Ich zog mich nicht in die Küche zurück. Ihm fiel das auf, bevor es mir auffiel. Ich fragte ihn, ob er abends verabredet sei. Ihm fiel das auf, mir nicht. Ich hätte noch nie gefragt, ob er verabredet sei, sagte er. Das stimmte, er hatte sich die Schuhe gebunden und war gegangen, oder eben nicht. »Lose«, sagte er. »Soll ich nicht«, fragte er. Ich zuckte mit den Schultern. Er nahm mich in den Arm. Ich schluchzte auf. Er fragte nicht, warum ich weinte, und darüber war ich froh. Er gab mir fantastische Namen und Küsse. Und dann gab er mir eine Pille. »Tut gut«, sagte er, »komm, auf ex, beide«, öffnete seinen Mund und warf eine weiße Pille hinein. Ich hielt ihm meine flache Hand hin. »Was ist das«, fragte ich. »Speed«, sagte er. Ich fragte ihn nicht, woher er es hatte, denn allmählich merkte sogar ich etwas. Ich merkte so viel, dass ich für den Moment keine weiteren Fragen, aber einiges zu verarbeiten hatte. Eine einzige Frage stellte ich, aber ich stellte sie mir selber: ob denn dieses ganze verbrunzte

Haus auf Drogen sei. »Ist nicht einfach, mit dir Spaß zu haben«, sagte mein Mann, band sich die Schuhe und ging. Die Pille ließ er gütigerweise auf meiner Handfläche liegen. Ich öffnete das Fenster und warf sie einem Laster vor die Reifen.

Ich bereute die Tat nicht, aber als ich das Fenster wieder schloss, sah ich ein, dass es an der Zeit war, ein ernsthaftes Gespräch mit mir zu führen.

»Dass Gerd Pillen mag, weißt du ja eigentlich. Du hast dich mit dem Gedanken nur nie weiter beschäftigt, dein Fehler«, sagte ich zu mir, »dein Mann hat dir von Gerds Werdegang kalifornischer Prägung berichtet, und den Satz ›LSD ist gut für den Kopf‹ hast du noch im Ohr.«

»Ja, aber *Speed* und LSD haben doch nichts miteinander zu tun«, protestierte ich.

»Wer sich einmal an die mundgerechten Drops gewöhnt hat und so *openminded* wie Gerd ist, probiert sie in allen Geschmacksrichtungen und sämtlichen Farben jeder Herkunft und Zusammensetzung aus«, erklärte ich mir.

»Ich wäre trotzdem nie auf den Gedanken gekommen, die abendlichen Biertouren würden auch zum Schnabulieren von Pillen benutzt, das ist doch eine Zweckentfremdung!«, wandte ich ein.

»Da du nie gefragt hast, was sie abends treiben, und also Sinn und Zweck ihrer Verabredungen nicht kennst, steht dir dieses Urteil gar nicht zu«, antwortete ich mir, »und dass dein Mann bei seinem Studium des Lebens und seiner Verachtung für gesellschaftliche Tabus alles ausprobiert, was ihm unterwegs angeboten wird, ist auch nicht verwunderlich. Schließlich ist er selbst sein erstes und wichtigstes Studienobjekt, und sich selbst unter Drogeneinfluss wahrzunehmen, widerspricht seiner Theorie des Nichtstuns in keiner Weise.«

»Du hast recht«, sagte ich zu mir, »und ich sehe ein: Dass er mir seine Pille anbot, ist als Vertrauensbeweis zu sehen und als Versuch, seine Erfahrungen mit mir zu teilen.«

So weit, so gut und alles wieder zurechtgerückt. Fast alles, denn zum Schluss des Gesprächs rügte ich mich: »Und mit dir Spaß zu haben, ist, da muss ich ihm recht geben, nicht leicht, merk dir das.« Das konnte ich nicht auf mir sitzen und so nicht stehen lassen. »Das stimmt«, sagte ich zu mir, »aber wie soll ich Spaß haben, wenn sich die Welt erstens nicht für Jeffs wahres Gesicht interessiert, zweitens nicht mit mir über Valiummissbrauch redet und mich drittens verhöhnt: ›Ich fühle mich zu Frauen hingezogen‹, ha! Das **macht** keinen Spaß!«

»Du sagst die Welt und meinst Agnes, red bitte deutlich«, ermahnte ich mich.

»Gut, ich meine Agnes, ja, das Valiumwrack aus dem Erdgeschoß. Was heißt Valium, sie hat die Schublade voll von Tablettenschachteln, über alles andere schweige ich nur aus Unkenntnis!«

»Und du mit deinen *Keulen* und deinen *Kapseln*, hm?! Du bist keinen Deut besser!«

»Bei mir ist das was anderes, ich habe sie von Danilo quasi verschrieben bekommen, bei mir ist das medizinisch.«

»Das würde Agnes über ihr Valium auch sagen, wenn sie darüber etwas sagen würde«, entgegnete ich mir bitter, »sie würde sagen: ›Oh, die sind gegen meine Angstzustände oder epileptischen Anfälle‹, du weißt doch, was der Valiumherstellertelefondiensthabende gesagt hat, ›Anwendungsgebiete: bei Spannungs-, Erregungs- und Angstzuständen, zur Behandlung und Vermeidung epileptischer Anfälle, sowie vor chirurgischen und diagnostischen Eingriffen.‹«

»Oh, Gott, du meinst, sie ist Epileptikerin? Und da soll ich Spaß haben?«

»Ich tätschle dich auch gleich wie einen hysterischen Pekinesen, ist sie nicht, hör auf mit dem Unfug.«

»Woher weißt du das denn auf einmal so genau?«

Tja, darauf wusste ich keine Antwort.

»Themawechsel, mir fällt gerade ein weiteres Mitglied im Drogenklub ein: Conny! Die ist ja neuerdings *down*, und was, glaubst du, bekommt sie da? Agnes hat doch gesagt: ›Danilo war da und hat ihr **was** gegeben‹, na? Psychopillen, logisch, Antidepressiva, irgend so ein übles Zeug!«

Und hier, endlich, endete das Gespräch, weil die Schuppen fielen und ich den Satz verstand, Gerds Satz zu Danilo auf der Geburtstagsparty: »Was ist denn da los, Conny sagt, die Leitungen sind blockiert.« Wenn die Leitungen nicht blockiert waren, flossen Pillen! Danilo war der Dealer! Unser aller Dealer! Er versorgte nicht nur mich und Conny und wahrscheinlich Agnes, sondern auch Gerd! Und via Gerd meinen Mann!

Ich starrte das Telefon lange an, bevor ich ihn anrief.

Sein gut trainierter Florist hob ab und meldete sich mit »hier ist Olli bei Danilo.«

Das sei aber schön, dass ich anriefe, sagte er, der Gute (wie viel er wohl von den Drogengeschäften seines Geliebten wusste, fragte ich mich), und versicherte mir, wie entzückt er über die Idee der Gartenausstellung sei, Gärten seien ja sein Metier, und »warte, ich geb dir Danilo.«

»Du Liebe, wie schön«, sagte Danilo zur Begrüßung. »Wie weit seid Ihr mit der Ausstellung?«

»Ich wollte mit dir einen Termin festlegen«, log ich. »Ich denke, die Eröffnung sollte Anfang November sein, bevor es zu kalt ist.«

Danilo ließ Olli seinen Kalender holen, blätterte intensiv und schlug den 5. November, einen Samstag, vor. »Perfekt, dann läuft sie einen Monat und endet pünktlich zum ersten Advent.« Was daran perfekt war, entzog sich meinem Verstand, aber ich wollte sowieso auf etwas anderes hinaus, daher fragte ich nicht nach. »Olli möchte die Ausstellung gerne gestalten, er kann das. Dann bleibt für euch eigentlich nicht mehr schrecklich viel Arbeit, das ist doch wunderbar«, schwärmte Danilo. »Ihr könnt über die Einladungskarten nachdenken, ihr betreut die Ausstellung, gell, und ein Buffet zur Vernissage wäre schön. Das kann Agnes ja toll.«

Als ich ihm meinen Einladungsentwurf vorschlug, sagte er: »›Schwungvolles‹, ich weiß nicht, das ist eher platt. Olli hat da sicher eine gute Idee, er ist ja sehr kreativ.« Und aus Sorge, mich gekränkt zu haben, sagte er: »›Schwungvolles‹ passt von deiner Seite aus sehr, sehr gut, denn mit dieser Ausstellung gibst du Conny den nötigen Schwung, du Liebe. Sie trinkt einfach zu viel.« Er seufzte und jammerte: »Sie muss damit aufhören.«

Das war zu viel für mich. Der Chefdealer beschwerte sich über den Alkoholkonsum seiner Busenfreundin. »Bis dann«, sagte ich, solange ich noch Luft hatte. »Bis da-hann«, jubilierte er, »und wenn du was brauchst, gibst du Bescheid.«

Da begriff ich. Danilo löhnte in Naturalien. In Drogen. Und wenn ich meine Sache ordentlich machte, durfte ich mir »pünktlich zum ersten Advent« eine halbe Apothekeninventurliste wünschen (da hätte ich ja dann ein prima Weihnachtsgeschenk für meinen Mann). Ich begriff. So wurden alle seine Angestellten entlöhnt. So war auch Agnes für das Geburtstagsbuffet im Garten bezahlt worden.

Ich vergaß, die *Nachtkeule* zu nehmen, legte mich hin und schlief mit einem Körpergewicht von mehreren hundert Kilo sofort ein.

Kapitel neunundzwanzig

Ich schlief die Nacht auch ohne *Keule* durch, hörte meinen Mann nicht nach Hause kommen, hörte ihn nicht neben mir wachliegen und sich wälzen, und als ich früh um sechs aufsprang, war ich seltsam heiter, obwohl ich durchaus wusste, wer ich war und was tags zuvor das Licht meines Bewusstseins erblickt hatte. Ich hatte nicht die geringsten Zahnschmerzen. Auch beim Betasten des Zahnes spürte ich nichts. Im Spiegel sah ich, dass das Zahnfleisch geschwollen war und die Fisteln mit weißen Köpfen blitzten, wie immer, aber es herrschten Ruhe und Frieden im vormaligen Krisengebiet. Ich verzichtete auf die Frühstückskeule und wartete.

Natürlich kam Agnes nicht. Natürlich kam sie nicht und klingelte bei mir. Natürlich stand sie nicht barfuß im weißen Kleid vor der Tür, lächelte und hielt eine ebenso einleuchtende wie erleichternde Erklärung bereit, die ihr Vortagsverhalten rundum rechtfertigte. Es war elf Uhr, als ich die Vergeblichkeit meiner stillen Hoffnung einsah. Bis dreizehn Uhr war ich sowieso bewegungsunfähig, wegen Jeff. Aber auch nach dreizehn Uhr würde ich nicht hinuntergehen. Ich klingelte nicht bei ihr, nein, unter keinen Umständen. Es war sechzehn Uhr, mein Mann schlief noch, als ich den Zahn ein zweites Mal im Spiegel untersuchte. Schön sah er nicht aus, karieszerfräst und alles andere als elfenbeinfarben. Aber er verhielt sich still wie ein Grab. Kein Pochen, kein Zucken, nichts. »Guten Morgen«, wünschte mein Mann in Shorts, »ich dusch mal.« Er stieg in die Wanne.

»Ich liebe dich, weißt du«, sagte er, als er Kaffee machte, und ich lächelte ihn an. Dann zog er sich in sein Wohnzimmer zurück.

Um achtzehn Uhr klebte ich einen Post-it-Zettel an Agnes' Tür. Immerhin hatten wir geschäftlich miteinander zu tun, und meine Partnerin musste auf den aktuellen Stand gebracht werden. *Königsidee startet am 5.11.* hatte ich draufgeschrieben, in Geheimsprache, damit Conny, sollte sie den Zettel an der Nachbarstür sehen, nicht wissen konnte, worum es ging.

Um neunzehn Uhr begriff ich, dass der Zahn tot war. Durch Selbststrangulation der Blutversorgung des Zahnnervs unter den Keulen leise abgestorben. Wie lange schon? Wahrscheinlich hatte ich die Keulen die längste Zeit grundlos eingenommen.

Bevor ich ins Bett ging, schrieb ich einen weiteren gelben Zettel: *Betreuung und Verpflegung unser Job*, den ich am nächsten Tag austragen wollte, und warf den Rest der Zaubertrankmischung und des Meerträubchentees in den Mülleimer. Von den Keulen und Kapseln konnte ich mich nicht trennen.

Außer dem Zahn gab es zwei weitere Todesfälle zu verzeichnen.

Die Zimmerlinde, deren Todeskampf fünf Monate gedauert hatte, lag, aus ihrem Erdbett gekippt, schwarz und dürr auf dem Rand ihres Tontopfs. Meinen Mann schien das schräge Gerippe in seinem Wohnzimmer nicht zu stören. Es wurde nicht entsorgt. Wie ein Memento mori grüßte es ihn, wenn er im Schneidersitz auf dem Boden saß, vielleicht half ihm das bei seinen Überlegungen, aber das sind Mutmaßungen.

Und ich fand die Maus tot in der Schlafzimmerecke. Ich rechnete schon fast damit, denn sie reagierte nicht mehr auf ihren Namen und die Krümel, die ich ihr in Aussicht stellte, wenn sie artig wäre. Anders als die Zimmerlinde wurde sie zur Ruhe gebettet, im Mülleimer. Ich bat meinen Mann, die Bestattung vorzunehmen, und er erledigte es unverzüglich mit ernstem Gesicht, ohne die leiseste Spur von Ekel um die Mundwinkel. Das rechne ich ihm hoch an, heute noch.

Nach einigen Tagen, und nachdem ich Agnes auf insgesamt sieben Zetteln mitgeteilt hatte, was wir für die Ausstellung vorzubereiten hätten, in Geheimsprache, versteht sich, bekam ich einen Brief. Er lag im Briefkasten, mein Mann brachte ihn zusammen mit den Werbeprospekten hoch. Mein Name stand auf dem Umschlag, und die schwungvolle Handschrift kannte ich, es war dieselbe wie auf dem Pflegehinweis für die Zimmerlinde, für den es endgültig zu spät war, es war Agnes' Schrift.

Liebe,

danke für die kleinen Nachrichten, ich deute sie wohl richtig, wenn ich für den 5. November vor allem Getränke bereithalte, Wein, Saft, Wasser. Zu essen reichen Kleinigkeiten, es geht ja um Connys Bilder, essen lenkt die meisten Menschen ab, bedauerlicherweise. Ich habe mir überlegt, ein Hinweisschild an der Haustür zu befestigen, sonst finden die Leute den Weg in den Garten nicht. Obwohl die meisten auf Connys Geburtstagsfest waren, nicht? Aber so ein Schild hat einen offiziellen Charakter, das ist nicht schlecht. Gut, wenn Danilo und Olli sich um die Einladungen kümmern. Olli hat eine geschickte Hand, er wird die Bilder wunderbar arrangieren, du wirst sehen. Ich habe Gerd gebeten, ein Gästebuch zu besorgen, damit die Besucher ihre Eindrücke und Komplimente hinterlassen können. Wann weihen wir Conny ein? Wär's nicht schön, sie bekäme eine Einladungskarte per Post? Stell dir ihr Gesicht beim Leeren des Briefkastens vor!

Ich umarme dich, Agnes

PS: Mir geht's wieder besser, die Erkältung ist fast weg. Wegen Jeff hast du dich bestimmt getäuscht, er ist ein sehr liebevoller Mensch.

Kein: Warum kommst du denn nicht mehr?

Kein: Du kannst immer kommen!

Kein: Es tut mir leid für die Bemerkung mit den Frauen und dem Hingezogenfühlen!

Keine Erklärung!

Keine Antworten!

Und die *Erkältung* weg!

Und Jeff *liebevoll*!

Offizieller Charakter, jawohl, das traf zu. Ich dachte nicht daran, auf ihren Brief zu reagieren, nicht einmal, den Erhalt zu bestätigen, die Post-it-Zettel waren teuer genug gewesen.

Danilo und Olli klopften an der Tür. Sie hatten die Einladungen im Postkartenformat dabei. »Tausend Stück haben wir drucken lassen«, jauchzte Olli. Auf der Vorderseite war eins von Connys Schneckenhäusern in blau zu sehen. *Cornelia von Studnitz* stand über dem Schneckenhaus, sonst nichts. Auf der Rückseite, neben einer Leerfläche für Adresse und Briefmarke:

Gardengallery präsentiert:

Cornelia von Studnitz' jüngste Arbeiten im Dialog mit der Natur.

Von Studnitz kreist in ihrem Werk um die großen Fragen von Werden und Vergehen, Lieben und Lösen, Schaffen und Scheitern.

Danilo sah mich stolz an. »Gardengallery?«, fragte ich. »Ja, mit Verlaub, deine Openair-Galerie, das klingt nach Woodstock, modernden Wiesen und ungewaschenen Kiffern«, antwortete er gereizt. »Und Ihr wollt 1000 Stück verschicken?«, fragte ich. »Du bist lustig,«, seufzte er, »nein, hier ist die Adressliste, wenn du so lieb wärst, und wir dachten, du könntest den Rest in Cafés und Bars verteilen.« Beide sahen mich an. Das war meine Chance. Eine Frage vor der Zusage. »Ich kreise auch um eine große Frage, kann ich dich kurz sprechen?«, wandte ich mich an Danilo. »Nur zu«, sagte er. Na gut, dachte ich, du glaubst, ich ließe mich von deinem muskulösen, kreativen Floristen mit der geschickten Hand einschüchtern. »Wozu nimmt Agnes Valium?« Danilo sah mich betreten an. »Hat sie Epilepsie?« »Nein«, lächelte er mitleidig, »wirklich nicht. Valium ist ein hervorragendes *Sedativ*. Sie ist vielleicht manchmal ein bisschen angespannt?« Er tat, als frage er. »Gib her«, sagte ich und nahm den Karton mit den Einladungen aus Ollis starkem Arm.

Kapitel dreißig

»Liebe Anwesende, liebe Freunde, liebe Kunstfreunde,

als ich Cornelia von Studnitz vor fünfzehn Jahren kennen lernte, studierte sie Medizin – für jeden anderen ein Fulltimejob, für sie reine Nebensache. Dass aus ihr die höchst fähige und angesehene Kinderärztin würde, die viele von uns kennen und schätzen, war damals in keiner Weise abzusehen, die Künstlerin jedoch stand schon bei der ersten Begegnung in der Unimensa vor mir. ›Ich kenne dich vom Sehen, wir besuchen dieselben Vorlesungen‹, sprach sie mich an, ›ich würde dich gerne porträtieren.‹ Ehrlich gesagt hatte ich sie nie zur Kenntnis genommen, sie war damals schon wunderhübsch, ich, na ja« (Lacher, dabei sah Danilo gut aus, das muss jetzt einmal gesagt werden, Danilo war ein ansehnlicher Mann mit markanter Nase und hoher Stirn), »ich hatte eher Augen für meine Mitstudenten und einige Professoren« (zwinkerzwinker, großer Lacher). »Dass ich, das Modell von damals, heute diese eröffnenden Worte sprechen darf, habe ich nicht verdient, denn das Portrait blieb unvollendet, weil ich nicht länger als zehn Sekunden den Mund halten und stillsitzen konnte.« (Pause, Lacher blieb aus.) »Dass Cornelia von Studnitz sich in ihren Arbeiten stets den großen Fragen stellt, ist augenscheinlich. Aber die Bedeutung der ausgestellten Bilder können die Kenner unter Ihnen besser ermessen, als ich je in der Lage wäre, zu beschreiben. Bleibt mir nur, Ihnen allen einen anregenden Spaziergang durch diese einzigartige Galerie zu wünschen, und dass Sie sich auf den spannenden Dialog zwischen Natur und Kunst freudig einlassen. Einige Bilder sind bereits reserviert, Sie erkennen es am grünen Punkt, also entscheiden Sie sich rasch zum Kauf, bevor Sie es bereuen.« Johlender, anhaltender Beifall. »Wer hat ihm denn die Rede geschrieben?«, raunte mein Mann.

Danilo verbeugte sich elegant, dann verbeugte sich

Conny, so tief, dass sie in ihren steilen Schühchen fast vornüberkippte und nur mit Danilos Hilfe wieder ins Stehen kam.

Während der Rede hatte ich Gelegenheit, die Besucher zu zählen (38) und sie als denselben Ärztehaufen mit Anhang zu identifizieren, der Connys Geburtstagsgesellschaft gebildet hatte. Außerdem beobachtete ich Agnes beim Bemühen, den Weißwein geräuschlos in die Gläser zu füllen.

In der Nacht vor der Ausstellung hatte ich gar nicht geschlafen. Der Gedanke, Agnes wiederzusehen, hielt mich wach. Ich malte mir unsere Begegnung aus, die Begrüßung, Worte, die ich sagte, die sie sagte. Was würde sie tragen? Rot oder weiß? Das rote Kleid von Connys Geburtstag oder ein echtes weißes Agneskleid? Und Schuhe?

Als ich sie in einem weißen Kleid und barfuß erblickte, wollte ich sie küssen. Das Kleid war undurchsichtig, und das fand ich im Hinblick auf den Ärztehaufen richtig. Ich küsste sie nicht, weil ich bei ihrem Anblick rot wurde und mich abwenden musste. »Ist dir nicht kalt?«, fragte ich später. »Neun Grad, das geht«, lächelte sie und ging auf ihren nackten Sohlen mit dem Tablett voller Weißweingläser weiter.

Conny nahm ihr ein Glas ab. Sie trank Wein, obwohl sie gar nicht *down* war, im Gegenteil, sie giggelte und stakste beschwingt über den Rasen, um hier und dort Fragen zu beantworten oder Lächeleien entgegenzunehmen. Die Weinkönigin, dachte ich, Danilo hatte es einmal gesagt: »Wein und weinen, als hätte Conny dem Saft den Namen gegeben!«

Mein Mann fand Connys Bilder und die ganze Veranstaltung zum Heulen peinlich. »Mir kommen Tränen vor Fremdscham«, sagte er. »Schau dir das an, alle Bilder haben grüne Punkte! Wie dreist!«

Auch ich konnte mir keinen Käufer und keinen passenden Raum für ein Schneckenhaus vorstellen, obwohl Olli jedes einzelne so einfallsreich angerichtet hatte, auf Baumstümpfen, eingerahmt von echten Schneckenhäusern, mit Erde, Gräsern und Blättern. Bei meinem Zahnarzt, ja, da wäre es neben der bereits vorhandenen *Kunst* nicht störend aufgefallen, aber mein Zahnarzt gehörte zum Glück nicht zum eingeladenen Ärztehaufen. Hätte ich seinen Namen auf der Adressliste gefunden, hätte ich ihn ausstreichen müssen. Fünfzig Einladungen hatte ich adressiert und verschickt, das Geld für die Briefmarken hatte Danilo neben die Postkarten in den Karton gesteckt. Die restlichen 950 Karten hatte ich nicht verteilt, sondern im Schlafzimmer versteckt, für den Fall, Danilo klopfte wieder einmal.

Conny erzählte einer Arztgattin, Guy habe nicht kommen können, sie selbst habe ja sehr kurzfristig von ihrer eigenen Ausstellung erfahren, zu kurzfristig für Guy, betrüblich aber verständlich, er plane Monate voraus, als Frau Baumgartner den Garten betrat, entschuldigung, die Gardengallery, den Wein zugunsten eines Glases Mineralwasser ablehnte und mit strengem Blick die Schneckenhäuser untersuchte. Einigen näherte sich ihre Männerbrille bis auf wenige Millimeter. »Das da«, sagte sie, und ihr Ton duldete keine Widerrede. Olli stieß mich mit seinem imposanten Arm aufgeregt an: »Wo sind die roten Punkte?«

Ich überklebte den grünen Punkt mit einem roten, Danilo beglückwünschte Frau Baumgartner zum Kauf, mein Mann schüttelte fassungslos den Kopf.

Frau Baumgartner lächelte verschämt. »Ein Weihnachtsgeschenk an mich«, sagte sie. Und wie nach einem stummen Startschuss kauften alle plötzlich Weihnachtsgeschenke. Der Arzt, der sich auf Connys Party Sorgen um die Kinder oder den Babysitter gemacht hatte, kaufte gleich drei. (Wahrscheinlich hatte er drei Kinder, die sich heute noch über das gelungene Weihnachtsgeschenk von damals freuen.)

Große Geschäftigkeit entstand, rote Punkte schwirrten nach allen Seiten und landeten auf Leinwänden, wer nicht kaufte, beriet, wer kaufte, plante.

Danilo umarmte Conny, gemeinsam taumelten sie den Siegestanz. »Und was ist heut für ein Tag«, fragte Danilo verschmitzt. »Ein wunderbarer«, antwortete Conny. »Heute ist der 5. November, und warum habe ich den 5. November ausgesucht? Weil heute Guys Tag ist! Heute wird in ganz England, und auch hier, Guy gefeiert!« (Am *Bonfire Day* wird der schurkenhafte Terrorist Guy Hawkes Jahr für Jahr nicht gefeiert, sondern verbrannt, millionenfach von braven Bürgern, als Reverenz an ihre Königin, aber egal, gefeiert oder verbrannt, der 5. November ist Guys Tag, da hatte Danilo irgendwie recht). »Wenn Guy schon nicht kommen kann, ist er doch ein bisschen da, wir feiern ihn mit«, sagte er. »Prost«, sagte Conny und leerte ein Glas auf Guy.

Und bei all dem und immer folgte mein Blick Agnes. Ihr weißes Kleid bewegte sich unablässig, bauschte sich und fiel zu immer neuen Formen, ließ ihren Steiß erahnen, die Schenkel, die Knie. Aufrecht ging sie, mit sicherem, leichtem Schritt, lächelte und glänzte.

Gerd hatte gute Laune, der Wein schmeckte ihm, er hob Conny über den Kopf und ließ sie kreisen, zur Belustigung der Ärzte, die vor Freude jauchzten.

Mein Puls klopfte seit Stunden hart und schnell gegen den Hals, denn ich hatte nach der schlaflosen Nacht eine belebende *Kapsel* einnehmen müssen. Als ich Jeff sah, der in der Gartentür auftauchte, wie immer in Abendrobe und cellobepackt, griff mein Herz zum Metallhammer und erhöhte das Tempo noch. »Ah, da kommt er ja, der Herr mit dem entschlossenen Arm!«, hörte ich mich sagen, »na Jeff, heute schon geprügelt?« Jeff drehte sich auf dem Absatz um und ging. Einige Ärzte sahen kurz zu mir her, mein Mann zeigte mir den Vogel, mehr geschah nicht. Conny war mit ihrem Erfolg beschäftigt, Agnes mit dem Auffüllen und Gerd mit dem Leeren der Gläser. Ich hatte Jeff die Maske entrissen und keiner sah hin. Ich bat Conny, ihr Klo benützen zu dürfen, stand vor dem Waschbecken und wich meinem Blick im Spiegel aus.

Als ich wieder in den Garten trat, erklärte Conny einer Gruppe von Ärzten, zu der sich auch der gut gelaunte Gerd gesellt hatte, wen sie herzenstief bewundere. Ich dachte, gleich sagt sie Niki de Saint Phalle oder Louise Bourgeois, aber nein, sie sagte: »Agnes.«

»Seit wir uns kennen gelernt haben, von Anfang an, habe ich diese Frau da bewundert«, rief Conny und zeigte mit dem Weinglas auf Agnes, »denn sie, sie lebt und liebt wirklich. Wirklich.«

»Genau.« Gerd applaudierte und hob sein Glas auf Agnes, und Conny schrillte: »Danke, Agnes!«

Agnes ging mit einem Weinglas umher und vertiefte sich in die rotgepunkteten Schneckenhäuser, als gäbe es da unendlich viel zu sehen. Immer wieder nippte sie an ihrem Glas. Ich wusste seit dem Anruf beim Valiumhersteller, dass Alkohol die Wirkung von Valium verstärkt, und wartete darauf, dass Agnes im Stehen einschlief oder plötzlich in sich zusammensackte. Aber sie stand aufrecht und konzentriert da.

Ich ging auf sie zu und blieb dicht hinter ihr stehen.

Du machst das alles nur, damit du deine Pillen und Tabletten bekommst, dachte ich, das Buffet auf der Party, die Bewirtung heute ...

Agnes drehte sich um und umarmte mich ansatzlos, und mein Puls war Klöppel, mein Herz ein Gong.

Kapitel einunddreißig

Einen Monat dauerte unser Ausstellungsdienst, von der Vernissage bis zum ersten Advent, aber es kamen keine Besucher mehr. Conny hatte bei der Vernissage alle Bilder verkauft, sie waren auch bereits von den neuen Besitzern abtransportiert worden, um sie vor Wind und Wetter zu bewahren. Nun malte Conny wie im Fieber und produzierte Nachschub. Nach Feierabend verzichtete sie auf ein Abendessen und ging sofort ans Werk. Zwanzig neue Schneckenhäuser entstanden innerhalb der Monatsfrist, aber es klingelte kein Interessent.

Agnes und ich hatten verabredet, uns im Dienst täglich abzuwechseln, und so war ich jeden zweiten Tag in Bereitschaft. Über der Klingelleiste neben der Haustür hatte Agnes ein Kartonschild mit beweglichem Pfeil, einer Parkscheibe nachempfunden, befestigt. *Liebe Kunstfreunde, herzlich willkommen in der Gardengallery, bitte klingeln Sie hier*: Es folgte der dicke Pfeil, den wir täglich zwischen Agnes' und Gerds Klingel und unserer hin- und herschoben. Es war Aufgabe der Diensthabenden, den Pfeil morgens zu verschieben, und ich kam ihr zuverlässig jeden zweiten Morgen nach. Anschließend verteilte ich die neuen Bilder, die Conny neben ihrem Schuhregal im Hausflur deponierte, im Garten auf die von Olli gestalteten Plätze und deckte sie mit einer Regenplane zu. Dann ging ich wieder hinauf, trank Kaffee, badete, wartete und dachte über eine Begegnung mit Agnes nach, zu der es nie kam. Nach zwei Wochen tauschten wir uns kurz über die Dienste aus: »Bei mir keiner, bei dir?« »Auch nicht.« Mehr nicht, mehr sprachen wir nicht, einen Monat lang. Agnes hatte den ersten und den letzten Dienst. Da sie sich am Abend des ersten Advents nicht bei mir meldete (natürlich nicht, sie hatte sich noch nie bei mir gemeldet), ging ich um zehn Uhr hinunter und klingelte, obwohl ich Thrash Metal hörte. Gerd öffnete. »Ah«, sagte er, wandte den Kopf und rief: »Agnes!« Sie erschien im weißen Kleid, lächelte mich an und forderte mich nicht auf, einzutreten. »Jetzt ist es ja vorbei«, sagte ich, kurz bevor die Pause eine Stille wurde. »Ja, ich habe das Schild vorhin entfernt«, antwortete sie. »Und?«, fragte ich. Sie schüttelte die Locken. »Schade«, sagte ich, auch wenn es mir überhaupt nicht leidtat, dass Connys Kundenschar identisch mit ihrem Bekanntenkreis geblieben war. Die Pause dauerte schon wieder zu lange, Agnes sagte nichts und sah auch nicht aus, als ob sie nach Worten suchte. »Gute Nacht«, sagte ich deshalb. »Gute Nacht«, und damit schloss sie sanft die Tür.

Zweimal hatte ich Agnes bei den Briefkästen mit Jeff gesehen und war die Treppe rückwärts wieder hochgegangen. Zweimal, und zu ungewöhnlichen Zeiten. Jeffs Tagesablauf war scheinbar völlig aus der Ordnung geraten, denn er unterhielt sich einmal morgens um neun, einmal am späten Nachmittag mit Agnes. Was sie sprachen, weiß ich nicht, ich war mit geräuschlosem Rückzug beschäftigt, und dabei belauscht man schlecht. Aber sie sprachen leise, und das erweckt schnell den Eindruck von Vertrautheit, ein Eindruck, den ich verabscheute. Und der völlig falsch war, wie ich mir sagte, Agnes dämpfte die Stimme gewiss nur, um Jeff nicht zu erschrecken, denn obwohl sie in ihrem Brief behauptet hatte, Jeff sei ein liebevoller Mensch, wusste sie es ohne Frage besser, durch mich, und wollte ihn keinesfalls reizen. Sollte der Leser bereits ungeduldig geworden sein, weil ich Jeffs Alter bisher beharrlich verschwiegen habe, schreibe ich an dieser Stelle endlich, dass ich es nicht erwähnte, weil ich es nicht kannte. Jeff war schwer zu schätzen. Seine hellen Haare tendierten bereits ins Graue, aber sein Gesicht hatte eine gewisse Frische, ich weiß, dass das überhaupt nicht zu ihm passt, aber es war so, mir wär's auch lieber, ich könnte es als überschattet bezeichnen, aber ich muss bei den Tatsachen bleiben. Sollte ich zu einer Aussage gezwungen werden, würde ich sagen, dass er irgendwo in den Vierzigern war, und jetzt ist es aber gut und reicht, denn ich muss auf die Bezahlung zu sprechen kommen, auf den Lohn für meine Arbeit. Danilo rief mich an. »Liebe«, feuerte er mir ins Ohr, ohne sich namentlich zu melden, denn er ging ganz richtig davon aus, dass ich seine *Liebe* sofort erkannte. »Hallo Danilo.«

»Naaaaa?«, fragte er.

»Na was?«

»Geht's dir gut?«

»Klar.«

»Schön, schön. Wenn ich dir irgendwie helfen kann, gib Bescheid.«

»Ich nehm, was ich kriegen kann«, sagte ich boshaft, »– bist du noch da?«

»Bitte?«

»Bring mir einfach eine bunte Bonbonniere.«

Er lachte verlegen: »Gut, Liebe, Olli hat gekocht, bis bahald!«

Zwei Tage später lag ein rotes Geschenkspäckchen mit Schleife im Milchkasten, das gleiche, wie Conny auf ihrer Geburtstagsparty von Danilo erhalten und an Agnes weitergegeben hatte, das gleiche, nur größer. Mein Mann hätte sich zu Weihnachten darüber gefreut, ich aber zerstörte die schöne Verpackung und sah mir den Inhalt an: die bekannten *Keulen*, die bekannten *Kapseln*, und: Valium! Was soll ich damit, das ist ihm wohl ins falsche Päckchen geraten, dachte ich, ich werde es Agnes schenken, da habe ich endlich einen guten Grund, sie zu besuchen.

Aber bevor es dazu kam, musste ich einsehen, dass ich mich getäuscht hatte.

Denn ich sah ihn wieder, den Zahnarzt. Am Tag, nachdem die Ausstellung unbemerkt von der Welt zu Ende gegangen war, sah ich ihn wieder, allerdings nicht im *Bureau*, sondern im Behandlungszimmer. Der tote Zahn wurde gezogen. Die Zahnwand war unter der Kaubelastung abgebrochen (dabei gab es bei uns immer noch und immer nur Toastbrot). Außerdem ist totes Gewebe ein idealer Nährboden für Bakterien und ihre ungehemmte Vermehrung, wie der Zahnarzt mir verschwörerisch anvertraute. Die weißköpfigen Fisteln als Verbindungskanäle zwischen Nährboden und Mundraum waren schuld an der wiederkehrenden schmerzhaften Entzündung, die ich aufs Neue mit Keulen behandelte. Der Zahnarzt machte sich mit der Zange ans Werk. »Mittelalterliche Maßnahmen«, sagte er verächtlich. Gut möglich, aber bezahlbar, dachte ich. Dann dachte ich nichts mehr, sondern schrie, und er war raus, der Zahn, oder vielmehr seine traurigen Überreste. Er fuchtelte mit dem blutigen Klumpen vor meiner Nase herum: »Kleines Andenken gefällig?« »Die Spritze hat überhaupt nicht gewirkt«, sagte ich im Ton der Anklägerin vor Gericht. »Die Rechnung erhalten Sie am Empfang«, erwiderte er und ließ mich auf seinem Behandlungsstuhl liegen. Die Zange und der Klumpen lagen auf dem kleinen Tablett links von mir. Ich spülte den Mund, spuckte in die Schale, kniff mit der Zange in den Klumpen und warf ihn in den Pflanzentopf, dem Gummibaum zu Füßen. »Wohl bekomm's.«

Auf dem Nachhauseweg wirkte die Betäubungsspritze. Ich befühlte die neue Zahnlücke mit der Zungenspitze und spürte nichts, außer der Lücke. Die Autos und Häuser hatten doppelte Umrisse, und der Asphalt gab unter meinen Schritten nach. Ich stand an der Fußgängerampel neben der Karaoke-Bar, aus der *Heidschi bumbeidschi bumbum* geschmettert wurde, blickte zu unserem Schlafzimmerfenster hoch und wartete auf das grüne Männchen. Aus dem linken Augenwinkel sah ich einen verwischten Schatten, dann hörte ich den Aufprall und ein Klirren, das ich schon einmal gehört hatte, in diesem Film, ich sah's genau vor mir, aber ich kam nicht auf den Titel dieses Films, in dem der Held mit seinem Auto in einen Autosalon donnert, durch die riesige Scheibe des Luxuskarossenhändlers, wie hieß dieser Film nur. Ich sah meinen Mann im offenen Schlafzimmerfenster stehen, hörte ihn meinen Namen rufen. Dann sah ich das leere offene Fenster, dachte, kannst du das Fenster nicht zumachen bei der Kälte, glotzte auf die Ampel, die dauernd sprang, von grün auf rot auf grün, dauernd, ich darf doch gehen, bei Grün darf ich doch gehen, ich stand da wie aufgeklebt, und *Heidschi Bumbeidschi* lief gar nicht mehr. Drüben stand mein Mann, drüben unter der springenden Ampel, ruderte mit den Armen, rief meinen Namen, ich zählte mit, sieben, achtmal, rannte über den Fußgängerstreifen mir entgegen, »Arschloch«, brüllte er, »hey hey hey Arschloch«, rannte an mir vorbei, und da hing ja ein Auto in der Karaoke-Bar, neben mir in der offenen Tür,

»schau mal, das Auto«, sagte ich zu meinem Mann, aber er riss die Fahrertür auf und brüllte: »Arschloch.«

»Das war knapp«, sagte mein Mann, als ich im heißen Wasser lag und er auf dem Rand der Wanne saß. »Rauscht dieser Vollidiot in die Tür rein! Und du bocksteif daneben!« Er machte mir vor, wie ich dagestanden hatte, mit blödem Gesicht, und wir lachten beide. »So schnell kann's gehen«, sagte er, »so schnell.« Und ich sang in der Wanne:

»Aber heidschi bumbeidschi, schlaf, Süaße,
Die Engelein lassn di grüaßn!
Sie lassen di grüaßn und lassn di fragen,
Ob du in Himmel spazieren willst fahrn.
Und da Heidschi-bumbeidschi is kumma
Und hat ma mei Büebel mitgnumma.
Er hat mas mitgnumma und hats nimma bracht,
Drum wünsch i meim Büebel a recht guate Nacht!«

»Ja«, sagte mein Mann düster, »so schnell kann's gehen.«

Ich stieg aus der Wanne. »Ich geh mal runter«, sagte ich. »Klar«, sagte mein Mann (dabei war das gar nicht mehr klar, ich hatte Agnes seit zwei Monaten nicht mehr besucht, aber das hatte er vielleicht nicht mitbekommen), »ich bin dann auch gleich weg«, sagte er. Das war unser letztes Gespräch vor Silvester. Einen Streit gab's vor Silvester noch, aber kein Gespräch mehr. Wir machten uns beide ausgehbereit. Ich überlegte mir kurz, ob ich ihn auf die verschwundenen *Kapseln* ansprechen sollte, aber ich ließ es bleiben, so wie ich jedes Gespräch über Speed und Pillen hatte bleiben lassen. Die Kapseln waren verschwunden, weil sie anscheinend ähnlich wirkten wie Speed, oder anders gut.

Bevor ich hinunterging, suchte ich die Valiumschachtel, die ich zwischen den Kochtöpfen des Vormieters, todsicher vor meinem Mann, versteckt hatte.

Agnes war gar nicht erstaunt, mich zu sehen. »Kaffee?«, fragte sie zur Begrüßung, dann legte sie Bikutsi auf. Sie summte in der Küche, während mir die Schwüle des Regenwaldes zu Kopf stieg, ich spürte mich gewaltig erröten. »Schwarz, süß und heiß«, Agnes reichte mir ein Tässchen und setzte sich mit angezogenen Knien neben mich aufs Sofa. Ihre nackten Zehen schauten unter dem Saum des weißen Kleides hervor und bewegten sich auf und ab.

Der Dschungelrhythmus der Musik und der Kaffee brachten mich zusätzlich zur Hitze in Wallung, auch Agnes' Nähe wirkte sich nicht gerade beruhigend auf mich aus. Ich brauche ein Valium, dachte ich und befühlte die Tablettenschachtel in meiner Strickjackentasche.

»Ich wurde heute fast überfahren«, sagte ich atemlos.

»Gütiger«, sagte Agnes, »wieso? Wo? Ich meine, wie?«

Ich zog die Valiumschachtel aus der Jackentasche. »Wenn ich eine abhaben könnte, der Rest ist für dich.« Da sie nicht antwortete, fummelte ich an der Schachtel und knipste mir eine Tablette heraus, während ich ihr vom Unfall vor der Tür erzählte. »Einfach rein durch die offene Tür, klirr und rein in die Karaoke-Bar, das musst du doch gehört haben?«

Sie schüttelte den Kopf. »Nein«, sagte sie, »ich habe nichts gehört.« Sie schüttelte und schüttelte den Kopf, bis die elffarbigen Locken fast abfielen.

»Nicht«, sagte sie, als ich mir die Valiumtablette in den Mund schob. Ich spülte sie mit dem letzten Schlückchen Kaffee hinunter und überreichte ihr die Schachtel, die sie wortlos entgegennahm.

»Und bevor ich fast gestorben wäre, habe ich einen Gummibaum mit meinem Fleisch und Blut gefüttert na ja, eher Zahn und Blut«, sagte ich und musste sehr über mich selber lachen, aber Agnes fand die Episode nicht lustig. »Wie unachtsam, wie grob«, sagte sie, »du solltest dich entschuldigen.«

»Beim Zahnarzt oder beim Gummibaum«, fragte ich und lachte wieder.

Agnes schwieg. Sie hielt die Valiumschachtel in der Hand und schwieg.

Dann betrachtete sie die Tablettenschachtel. »Gerd hat mir viele Ängste genommen«, sagte sie und drehte die Schachtel in den Händen. »Er ist mein erster Mann, weil es vielleicht das ist, was du mich fragen wolltest, er ist der Erste.« Sie starrte wie gebannt auf die Schachtel. »Er war immer hinter allen Frauen her. Ich habe ihn lange beobachtet, im Betrieb meiner Eltern, er war da als Elektriker angestellt. Davor, das weißt du ja, aber da war immer so viel Angst im Spiel. Die Art, wie Gerd hinter den Frauen her war, das hat mich beeindruckt, davon hätte ich mir gerne etwas abgeguckt. Und seine ganze Art hat mich fasziniert. Und als sein Blick endlich auf mich fiel, war ich plötzlich wie angesteckt und ohne Angst. Das war schön. Wir haben unseren Garten hier angelegt und, ja, das ist die Geschichte«, sagte sie und schaute mich kurz an. »Gerd ist auch nur ein Mensch.« Sie tippte die Schachtel an. »Du brauchst das nicht, du nicht, du bist noch so jung –« »Aber mir geht's jetzt richtig gut«, unterbrach ich sie, »die sind gut.«

»Sie entspannen, ja, aber, nein. Nicht.« Sie legte die Schachtel auf den Boden. »Mir ist heiß«, sagte ich, »ich meine, es ist heiß hier.« Sie nahm meine Hand, die trotz des Valiums zitterte. Nicht, dachte ich und presste meine Hand gegen ihre.

Kapitel zweiunddreißig

Bis Weihnachten besuchte ich Agnes noch dreimal. Am liebsten hätte ich jeden Tag geklingelt, aber Gerd war meistens zuhause und hörte seinen Thrash. Ich verfluchte den Winter, der ihn vom Motorradfahren abhielt und wünschte den gesamten Computern aller Firmen, die Gerd *an der Hand* hatte, Totalabsturz, damit er hinginge und sie sachte, mit zahlreichen Komplikationen verbunden, wieder zum Fliegen brachte.

Dreimal saß ich noch auf dem roten Brokatsofa, das mich fast verschluckte, trank süßen schwarzen Kaffee und schaute sie an, Agnes, ihre Locken, ihre nackten Füße, ihre beinahe durchsichtigen Kleider. Sah sie an und hörte ihr zu, wie sie beim Kaffeemachen und Umsorgen der Pflanzen lächelnd vor sich hin summte, und wie sie von Kamerun erzählte.

Mitte der achtziger Jahre, zur gleichen Zeit, als Gerd in Kalifornien den Thrash entdeckte, arbeitete Agnes in einem neu errichteten Kinderdorf in Südkamerun, »knapp vor dem Regenwald.« Diese Monate hätten ihre Spuren hinterlassen, »dieser hilflose und grausame Versuch, den Waisen ein Zuhause zu bauen, in dem man selber nie heimisch würde.« Sie habe sich von andauerndem Heimweh wie zerfetzt gefühlt, und seit sie zurück sei, nage das Fernweh an ihr, die Sehnsucht nach Afrika. Immer wieder erwähnte sie die Liebe, die sie dort erfahren habe, aber sie sagte nicht, wer der Liebesstifter, die Stifterin gewesen war. Von Frauen war in diesen Adventerzählungen sowieso nie die Rede. Agnes hielt mich vermutlich für ausreichend informiert, was ihre Geheimnisse betraf. Einmal sagte sie: »Du brauchst mir nicht nachzuschleichen, ich nehme jetzt etwas ein, das mich ermuntert, sonst schlafe ich ein.« Ich nickte, obwohl ich nicht einverstanden war. Sie hatte einen Weg gefunden, mich gleichzeitig teilhaben und außen vor zu lassen, und ich mochte die Rolle der Zuschauerin nicht, daran änderten auch Agnes' Handgreiflichkeiten nichts – in schönster Unregelmäßigkeit überrumpelte sie mich durch plötzliches Ergreifen meiner Hand – im Gegenteil. Aber Zuschauerin zu sein war erträglicher, als Agnes gar nicht zu sehen, und so saß ich auf dem Sofa und nickte, und die Pflanzen nickten zurück.

Gegen Weihnachten wurde es in unserem lärmgeschüttelten Haus ruhiger. Mir kam vor, das Elektrizitätswerk hatte eine Verschnaufpause eingelegt, seltsamerweise genau in der Zeit, in der am meisten Strom verjubelt wird. Es fuhren weniger Laster, und obwohl kein dämpfender Schnee lag, grollte die U-Bahn sanfter als sonst. Vor allem aber waren keine Karaoke-Hits zu hören, denn die Bar hatte ihren Betrieb vorübergehend eingestellt. Nachdem das Auto aus der Tür entfernt worden war, gähnte unserem Schlafzimmerfenster ein zerfranster Höhleneingang entgegen, das Mauerwerk zu beiden Seiten der ehemaligen Tür war stark beschädigt. Ich hatte Sachverständige beim Vermessen, Fotografieren und Notieren des Schadens gesehen, dann kam ein Türprovisorium, das aber nicht offen stehen konnte, und daraufhin wurde der Betrieb eingestellt. Klar, ersticken will keiner.

Frau Baumgartner, die seit meinem Zettel *Selbst Vögel fliegen in geordneten Bahnen, nicht wahr?* kaum noch geschrieben hatte, teilte mit: *Abwesend vom 22. Dez. bis 1. Jan. Baumg.* Diesen Zettel bekamen alle Parteien, ich sah ihn auch an Connys und Agnes' Tür kleben, nur stand dort: *Frohe Festtage, bin vom 22. Dez. bis 1. Jan. abwesend (Besuch bei meiner betagten Mutter) Baumg*

Auch die Studenten nebenan besuchten ihre mehr oder minder betagten Eltern, jedenfalls waren sie eindeutig nicht da, keiner und keine von ihnen.

Mein Mann ging über die Feiertage in sich und brütete im Schneidersitz auf dem Wohnzimmerboden. Gerd stellte einen neuen Rekord im Thrash-Hören auf, was Dauer **und** Lautstärke betrifft, während ich eine neue Längstmarke im Wanneliegen setzte. Gerds Thrash hörte ich in meiner Wanne nicht, wohl aber Jeffs himmlische Musik. Ich traute meinen Ohren nicht, als ich am Stephanstag von oben Bikutsi hörte. »Du hattest recht, Jeff ist nicht ganz dicht. Hör dir diese Musik an«, sagte mein Mann mit einem Blick zur Decke. Er kannte Bikutsi nicht und fand es hochgradig belästigend. Ich versäumte es, mich über Jeffs neuen Musikgeschmack zu wundern, stattdessen hörte ich erfreut zu und dachte an Agnes' nackte Füße, die für mich trommelten.

Am 28. Dezember teilte mein Mann mir mit, dass er mit Gerd wegfahre, in eine Kiesgrube, zum Zelten. »Wieso das denn«, fragte ich, gänzlich ratlos. »Wieso zeltet ihr in einer Kiesgrube?«

»Weil man dort frei campieren kann, man wird nicht entdeckt.«

»Aber es ist doch kalt«, sagte ich.

»Darum geht's ja. Und ich nehme nicht an, dass du mitkommen willst, also.«

Er setzte sich wieder ins Wohnzimmer und brütete weiter. Ich bat ihn, dazubleiben, aber er war von seinem Plan nicht abzubringen: »Wir hocken doch dauernd aufeinander«, sagte er. Ich widersprach, dass wir schon lange nicht mehr auf-ein-ander gehockt hätten, aber darauf ging er nicht ein. Er brauche Ruhe, sagte er, »endlich Ruhe, einmal Ruhe, einfach nur Ruhe«, die er neben mir nicht finde. Da schubste ich ihn, dass er aus dem Schneidersitz fiel. Er rappelte sich auf und gab mir eine Ohrfeige. Ich weinte, aber es folgte keine Versöhnung. »Warnung«, sagte er statt der Versöhnung, »trample nicht auf meinen Nerven herum!«

Zwei Stunden später und grußlos setzte er sich hinten auf Gerds Motorrad und fuhr mit ihm weg. Am 1. Januar sei er zurück, hatte er nach der *Warnung* gesagt.

Kaum war das Motorrad außer Sicht, begriff ich die Schönheit der Situation. Waren die Männer nicht da, würden Agnes und ich gemeinsam das Jahr beschließen und Silvester feiern! Ich eilte die Treppen hinunter und sah sie aus ihrer Wohnung treten. »Agnes!«

»Wolltest du zu mir?« Sie sah nicht gerade begeistert aus, mich zu sehen.

»Ja.«

»Später, ja? Ich muss Conny packen helfen, sie fliegt morgen nach London.«

»Ist sie so lange weg, dass man ihr beim Packen helfen muss?«

»Nur drei Nächte, am Ersten kommt sie wieder.« Agnes gab mir einen Kuss auf die Stirn. »Schau nicht so.«

Im Zweistundentakt ging ich unverdrossen hinunter und klingelte, aber Agnes machte nicht auf. Um Mitternacht beschloss ich, morgens um acht weiterzumachen, legte mich auf die Matratze und fand keinen Schlaf. Ich stellte mir meinen Mann und Gerd in ihrem Zelt vor. Ich stellte mir Agnes vor, die Conny beim Packen half, seit über zehn Stunden. Ich sah die beiden in Connys Bett liegen und sich umarmen. Ich beschloss, Conny zu töten, ich beschloss, Agnes zu verprügeln, ich beschloss, in die Kiesgrube zu fahren und Gerd über die ehebrecherischen Machenschaften seiner Frau zu unterrichten, ich beschloss, Agnes zu vergessen, ich beschloss, mich ins Ausland abzusetzen und ein neues Leben zu beginnen, und zwar in Kamerun. Nein, keinesfalls in Kamerun. In Grönland oder Alaska oder Sibirien, wo mich nicht einmal das Klima an Agnes erinnern konnte.

Punkt acht stand ich wieder vor ihrer Tür und klingelte. Und um zehn, um zwölf, um vierzehn Uhr auch. Da kam mir eine ungeheuerliche Ahnung: Die beiden Damen waren gemeinsam verreist. Conny war gar nicht nach London geflogen, denn Guy gab es sowieso nicht, die beiden vergnügten sich irgendwo, aber wo. Und ich klingelte alle zwei Stunden weiter und nach jedem Klingeln war der Fall klarer, einzig wo sie steckten, blieb unklar.

Jeff hatte wieder Bikutsi aufgelegt, und ich hasste ihn mehr denn je. Ich hielt mir die Ohren zu, aber ich hörte die Musik trotzdem, Agnes' Musik. Aufhören aufhören aufhören, aber der Bikutsi lief und lief und lief. Sonst war von oben nichts zu hören, keine Waschmaschine, keine CNN-Stimme, keine Schritte.

So verging der 29., so verging der 30. Dezember, und alles, was ich bereute, war, dass ich Agnes die Schachtel mit Valium geschenkt hatte.

Zum letzten Mal klingelte ich am 30. Dezember um zwanzig Uhr. Dann verspeiste ich nach und nach und zügig eine ganze Packung Toastbrot und versuchte, meinen Hass, alle Bilder und jeden Gedanken an Agnes und die Musik von oben zu ersticken.

Am 31. stand ich um acht Uhr früh nicht vor Agnes' Wohnung, sondern im Supermarkt vor dem Brotregal. »Welches ist gut?«, wurde ich von einem langhaarigen Kerl mit träger Stimme, der mich an die Studenten von nebenan erinnerte, gefragt. »Weiß ich nicht«, antwortete ich und griff nach dem amerikanischen Toastbrot. Der Kerl ging hinter mir her zur Kasse. Er überholte mich und stand am Eingang, während ich meinem Supermarktmann das Geld für fünf Packungen Toastbrot in die dargebotene Hand zählte. Der Kerl winkte mir mit einem flachen Holzkoffer zu. »Mein Partner ist abgesprungen«, sagte er, »spielst du Backgammon?« »Nein«, sagte ich und verließ den Supermarkt. »Doch«, rief ich ihm nach wenigen Schritten hinterher. »Und mein Partner ist auch abgesprungen.«

»Coole Wanne«, sagte er. Wir setzten uns an den Küchenklapptisch und spielten Backgammon. Die Regeln begriff ich recht schnell, und nach 33 Partien gewann ich zum ersten Mal. »Hast du was zu rauchen«, fragte er nach Partie siebenundvierzig. »Nein.« Nach Partie 53 sagte ich: »Aber ich hab Tabletten.« Wir nahmen beide eine *Keule*. »Geil«, sagte der Kerl. Nach Partie 87 und mit drei Keulen intus wollte ich eine Pause einlegen. »Ich nehme jetzt ein Bad«, sagte ich. »Geil«, sagte der Kerl, »ich auch.«

Benommen von den Keulen und der Hitze hockte ich dem Kerl gegenüber in der Wanne: »Ganz schön eng«, sagte ich. Da bot er mir an, ihn zu casten. Ich weiß nicht, ob er das Zeug zum Pornodarsteller gehabt hätte, aber ganz falsch machte er seine Sache nicht. Nach dem Bad waren wir beide sehr müde. »Wir können jetzt nicht schlafen«, sagte der Kerl, »heut ist Silvester.« Und er machte den Vorschlag, Tischbombe zu spielen. Wir stellten uns abwechselnd auf den kleinen Schreibtisch meines Mannes im Wohnzimmer, da der Küchenklapptisch beim ersten Versuch zusammengebrochen war, zeigten uns, wo die Zündschnur saß, ließen uns in Brand stecken und explodierten dann, das heißt, wir rissen uns alle Kleider vom Leib und ließen sie in den Raum regnen. Wer als nächster dran war, zog sich wieder an und stellte sich auf den Tisch. Wir vertauschten unsere Kleider, zogen sie irgendwie über, zerrissen sie beim Explodieren und lachten uns halbtot. Dann hörten wir die Glocken, fielen uns nackt in die Arme und beglückwünschten uns, dass wir das alte Jahr überlebt hatten. Die Glocken und ein paar Autos waren das Einzige, was ich den ganzen Silvesterabend hörte. Über mir war Stille, auch der Bikutsi war verstummt. Jeff schien nicht da zu sein, wie der Rest der Hausbesatzung, bis auf mich. Und den Kerl.

»Das neue Jahr beginnt mit einem Vorsatz«, sagte der Kerl und zog ein Kondom aus seiner Daunenjacke, »nie mehr ohne.« Dann legten wir uns auf die Matratze. Als er das erste Kondom auf seine Tauglichkeit prüfte, klingelte es. Es klingelte Sturm, aber wir ließen uns nicht unterbrechen, und irgendwann hatte das Klingeln aufgehört und der betrunkene Klingler war weitergezogen. Von draußen waren hin und wieder lachende, kreischende, feiernde Menschen zu hören. Einmal schrie eine Frau so lange und nah, als hielte sie sich im Treppenhaus auf, aber das konnte nicht sein.

Ich erwachte von der Türklingel. Ich sprang auf, besorgt, mein Mann sei schon zurück, ging zur Tür und fragte, wer da sei. »Stadtpolizei«, sagte eine männliche Stimme, und da sie nicht meinem Mann gehörte, zog ich den zerrissenen Pulli des Kerls über und öffnete die Tür. Zwei Beamte fragten mich nach meinem Namen, und ob ich da wohne. »Ja, ich wohne hier.« »Sind Sie allein«, fragte einer. »Nein«, sagte ich. »Wer hält sich außer Ihnen in der Wohnung auf?« Ich zuckte mit den Schultern, was hätte ich sonst tun sollen. »Wir treten jetzt ein«, teilte mir der eine mit. »Es ist ein Notruf eingegangen«, sagte er. »Mir geht's gut«, erwiderte ich. Der Beamte sah mich prüfend an. »Ihre Nachbarin ist schwer verletzt«, sagte er. »Die sind alle verreist«, antwortete ich. Er fragte mich, ob ich die ganze Nacht in der Wohnung gewesen sei, und ich bejahte stumm. Der Kerl war aufgestanden und wurde gefragt, ob er den Notruf getätigt habe, es sei eine Männerstimme gewesen. Er blickte die Beamten träge und blöd an und schüttelte den Kopf, und ich bestätigte, dass wir keinen Anruf gemacht hatten, bei niemandem. Der zweite Beamte sah mich an und sagte sehr freundlich: »Es hat hier im Haus eine Tätlichkeit stattgefunden, bei der Frau Knabenhans schwer verletzt wurde, und da brauchen wir jetzt Ihre Hilfe. Was haben Sie gehört?«

Kapitel dreiunddreißig

Einige Stunden später klingelte derselbe freundliche Beamte ein zweites Mal. Es sei leider jede Hilfe zu spät gekommen, sagte er, umso dringender benötige er nun meine Hilfe. Welche Ironie.

Agnes Knabenhans erlag ihren schweren Verletzungen. Sie wurde 33 Jahre und neun Monate alt. *Todesursachen waren Verbluten, Fettembolie sowie Einatmen von Blut in die Luftwege. Sie hatte umfangreiche Blutunterlaufungen und Hautabschürfungen im Kopfbereich. Das linke Schläfenbein, der rechte Unterkiefer und das Nasenbein waren gebrochen, ebenso ganze Rippenserien beidseits. Bauch, Brustkorb und Lunge waren gequetscht, im Bauchbereich hatte sie ausgedehnte Blutunterlaufungen der Haut und des Unterhautfettgewebes, einen Leber- und Milzriss, sowie Zerreißungen des Aufhängeapparates des Dünndarms mit Quetschblutungen. Abwehrverletzungen waren hingegen keine vorhanden.**

Die Art der Verletzungen ließ Rückschlüsse auf ihre Entstehung zu: Agnes wurde durch Schläge und Fußtritte getötet, wobei der Täter regelrecht auf ihr herumgetrampelt sein musste. Auch konnte nicht ausgeschlossen werden, dass zusätzlich mit einem dumpfen Gegenstand auf sie eingeschlagen wurde. Dieser Gegenstand wurde jedoch nicht gefunden.

Vom Täter fehle nämlich jede Spur, sagte der freundliche Beamte, und der Lebensgefährte sei nicht auffindbar. »Er ist mit meinem Mann zelten gegangen«, sagte ich. »Ach, Sie sind verheiratet«, fragte der

* Aus dem Obduktionsbericht des Rechtsmedizinischen Instituts

Beamte, und da lächelte ich nicht, wie Agnes es zu tun pflegte, ich heulte los.

Er frage mich, ob ich *unter diesen Umständen* nicht doch etwas gehört hätte? Ich schüttelte minutenlang den Kopf, ich konnte gar nicht mehr damit aufhören.

Die schreiende Frau in der Nacht, das war nicht Agnes, ich hätte ihre Stimme erkannt, ich hätte sie doch erkannt. Und der Sturmklingler war ein betrunkener Grobian, aber doch nicht Agnes. Und wer sollte ihr etwas zuleide tun, alle liebten sie, alle. Alle alle alle alle alle alle alle alle alle alle alle alle alle, ich.

»Ich«, sagte ich. »Ich. Nein, ich habe nichts gehört.«

Im Lauf des Tages trudelten alle wieder ein, Jeff, Frau Baumgartner, die Studenten, ich hörte sie nach und nach ihre Wohnungen betreten und dort weitermachen, wo sie aufgehört hatten. Ich stand am Schlafzimmerfenster und sah auf die Straße hinunter, die allmählich in der Dämmerung versank. Ein Taxi fuhr vor, aus dem Conny mit einem kleinen Koffer in hohen Schühchen auf das Trottoir trat. Ich öffnete das Fenster und rief ihren Namen. Sie sah zu mir hoch. Sie winkte mir: »Ich komme gerade aus London«, rief sie zurück. »Agnes«, sagte ich, »Agnes.« Conny sah hinauf und ich sah hinunter, sie stand da mit ihrem kleinen Koffer, wir schauten uns an, dann schloss ich das Fenster.

Es war bereits dunkel, als mein Mann zurückkam. *16.26* schrieb die digitale Anzeige auf dem kleinen Wecker in rot. Er stand hinter mir, obwohl ich kein Motorrad gehört und gesehen hatte.

»Wo ist Gerd?«, fragte ich.

»Der ist gestern schon zurückgekommen.«

»Ist er nicht.«

»Doch, er wollte zurück, keine Ahnung, ist doch egal.«

Pause.

»Und wo warst du?«

»Bei meinen Eltern.« (Hallo? Mit seinen Eltern hatte er ja angeblich gebrochen.)

»Und wie bist du zurückgekommen?«

»Mit dem Zug. Ist das ein Verhör?«

»Agnes ist tot.«

»Und – wo ist Gerd«, fragte mein Mann.

Pause.

»Ja, wo ist Gerd. Woher soll ich das wissen?«, sagte ich.

»Wieso tot«, fragte er und wartete umsonst auf eine Antwort. »Und was ist mit dem Küchentisch passiert?«

Wir hockten beide auf dem Wohnzimmerboden neben der toten Linde, wir hockten da und lauerten, aber worauf.

Irgendwann klingelte das Telefon. Mein Mann war schneller. Er wandte sich ab und hörte zu.

»Sie ist«, sagte er dann in den Hörer, »es tut mir leid, sie ist –«, und er weinte los, mein Mann. »Ja«, schluchzte er. »Wo bist du?« Er legte auf und ließ sich von mir in den Arm nehmen und stumm trösten.

»Gerd?«, fragte ich. Mein Mann nickte. »Und«, fragte ich. Er schüttelte den Kopf und weinte auf meine Schulter.

Gerd tauchte nicht wieder auf. Am übernächsten Tag, Dienstag, 3. Januar, mussten mein Mann und ich zur Polizei und die Stimme des Notrufs identifizieren. Als wir das Gebäude betraten, kam uns Frau Baumgartner in schwarz entgegen. »Er ist es«, sagte sie, »warum nur, warum.« Ja, es war Gerds Stimme, die uns vorgespielt wurde. »Hilfe, helft mir doch, die verreckt hier, die verreckt …« Es war Gerds Stimme.

Mein Mann wurde anschließend über die Tage mit Gerd in der Kiesgrube befragt. Mir erzählte er darüber nichts, er sagte nur: »Weil Gerd Alarm geschlagen hat, muss er noch lange nicht der Täter sein. Er hat sie geliebt, er liebt sie, das hat er mir gesagt.«

Agnes' Leiche war beschlagnahmt und wurde obduziert. Die Spuren wurden gesichert, die Behörden leiteten das Verfahren ein, und gegen Gerd erging ein Haftbefehl. Gerd hatte sein Konto geplündert und sich auf und davon gemacht, am Tag, als wir seine Stimme identifizierten, aber das erfuhr ich erst viel später.

Conny war mit ihrem kleinen Koffer zu Danilo gezogen, vorübergehend. Sie suche eine neue Wohnung, sagte sie mir am Telefon. Sie komme nicht wieder, sie schaffe das psychisch nicht. »Mach's gut«, sagte sie, »in dieses Haus kann ich keinen Fuß mehr setzen.«

Dann reichte sie mich an Danilo weiter. »Liebe, wenn du was brauchst, gib Bescheid.« Ich legte auf und sagte etwas sehr Ungehobeltes.

Wenn ich es gehört hätte. Wenn nur, wenn ich nur. Immer wieder ging mir die Nacht durch den Kopf, an die ich mich nicht erinnern wollte. Immer wieder führte ich mir das nächtliche Klingeln und die schreiende Frau vor Ohren, die jedes Mal wie eine schreiende Frau klang, aber nicht wie Agnes. Ich hatte Agnes nie schreien hören, aber ich kannte doch ihre Stimme, und ich hätte sie erkannt, ich hätte sie doch erkannt. Wo war Agnes die ganzen Tage über, als ich an ihrer Tür geklingelt hatte? Warum hatte sie nicht aufgemacht? Und wer konnte sie so verletzt haben. Warum.

Von Jeff war nichts zu hören, nichts. Wenn ich aus dem Schlafzimmerfenster sah oder die Wand anstarrte, hörte ich nichts von oben. Keine himmlische Musik, keinen Bikutsi, keine CNN-Stimme, keine Waschmaschine, keine Schritte.

Eine Weile lang hatte ich das Anitalied im Ohr, obwohl die Karaoke-Bar immer noch geschlossen hatte. *Schwarz war ihr Haar, die Augen wie zwei Sterne so klar* als Dauerschleife. Ich hätte sie gerne mit einem Wattestäbchen ausgeschabt oder mit einer Zahnzange ausgerissen, aber das Werkzeug war untauglich oder fehlte. Deshalb öffnete ich die Stiefelschachtel und suchte in Bobs Songbüchern nach einem anderen Ohrwurm, der Anita auffressen würde.

I can't understand,
She let go of my hand
And left me here facing the wall.

Man schlägt Bücher immer an der falschen Stelle auf. Mein Mann warf einen Blick auf das Songbuch und sagte: »Ich bin in der Kiesgrube zu einem Entschluss gekommen.« Ich nickte. Er sagte, er wolle neu beginnen, in einer anderen Stadt, und ich nickte wieder. »Und wo«, fragte ich, um klarzustellen, dass ich seinen Entschluss akzeptierte und er mit keinen Trennungsunannehmlichkeiten zu rechnen hätte. Das werde man sehen, sagte er, »wahrscheinlich in der Hauptstadt.«

Und dann lachte ich, weil ich beim Weiterblättern die richtige Stelle fand:

And if anybody asks me, »Is it easy to forget?«
I'll say, »It's easily done,
You just pick anyone
And pretend that you never have met!«

Ich las sie meinem Mann vor. »Du hast recht«, sagte ich, »die *Message* ist einfach, die verstehe sogar ich. Einfach behaupten, man kenne sich nicht. Ja.«

Ende des ersten Teils.

Teil zwei

Personen:

Sie
Simon
Die Chefin, überhaupt allerlei Chefs
Gaspard und **Arlette, Didier**
Léonora
Die Mutter des Opfers
Der tüchtige Anwalt
Drei Richter, Gerichtssekretär, Staatsanwalt, Verteidiger
Der Musikhändler
Die Dame mit der Lesebrille, 7 leicht bekleidete Damen
Der Personalberater
Judith Krimmler
Rudolf Markwort
Zwei Katzen: Sissi und Franz (Kaiserin und Kaiser)

1996
Betrachtung eines Schlafenden (1)

Und es wurde Abend, und es wurde Morgen.

Als sie die Augen öffnete, sah sie Haut. Helle Haut, unbehaart.

Sie schloss die Augen wieder, sog den Geruch dieser Haut ein und wusste, wer neben ihr lag. Es war nicht wichtig, zu wissen, wer es war, sondern wichtig, es zu wissen. Sie freute sich, dass sie es wusste. Sie fühlte sich wohl. Ein wohliges Erwachen. Sie ließ sich Zeit, bevor sie die Augen wieder öffnete und nachsah, ob sie recht hatte. Die Haut neben ihr, unbehaart und hell, war Bauchhaut. Und sie hatte recht gehabt, Simon lag neben ihr. Sie war an seinem Bauch erwacht. Als hätte sie sich im Schlaf geduckt.

Er lag seitlich, sein Gesicht ihr zugewandt. Er atmete ruhig. Sie suchte sein Gesicht, langsam und möglichst geräuschlos schob sie sich höher, seinem Gesicht zu. Er sollte weiterschlafen. Sie legte ihren Kopf neben sein Gesicht und schaute ihn an, so aus der Nähe.

Dieser Mann hatte einen Namen und weiße Haut, in sein schlafendes Gesicht konnte sie schreiben, was immer sie wollte, weil sie es nicht besser wusste. Jede Zuschreibung war möglich. Auf die geschlossenen weißen Lider, die sich entrollen ließen, wie sie merkte, als sie anfing zu ziehen, eine ungeahnte, unendliche Papyrusrolle, schmal und knittrig, aber weiß und blank, konnte sie jede Geschichte schreiben. Jede, die sie sich auszudenken imstande war, jede, die sie erlebt oder gehört oder geträumt hatte.

Aber Ohren schlafen nicht. Deshalb musste sie lautlos schreiben. Mit einem weichen, schmierigen Stift. Ein Lippenstift hätte sich geeignet, wenn er nicht so dick und träge schriebe. Zu dick für die Lider, zu träge für lange Geschichten. Aber schön rot. Und so erfand sie den hauchdünnen, bleistiftlangen Lippenstift und begann zu schreiben.

Am Vorabend hatte sie ihn kennen gelernt, er bestellte einen Himbeergeist mit Bitter Lemon, daran hatte sie erkannt, dass er an einem Gespräch interessiert war, denn kein Mensch trank Himbeergeist mit Bitter Lemon, wenn er in Ruhe gelassen werden wollte. So wie sie sich angewöhnt hatte, zehn Tütchen Zucker in ihren Kaffee zu schütten, wenn sie sich nach Konversation sehnte, so hatte er sich den Himbeergeist mit Bitter Lemon ausgesucht. Wie sie wusste, dass die zehn Tütchen Zucker sofort für Gesprächsstoff sorgten, so wusste er, dass seine Bestellung unweigerlich ein Gespräch nach sich zog. »Ich muss erst nachsehen, ob wir überhaupt Himbeergeist haben.« »Machen Sie mich nicht unglücklich!« »Hab ich nicht vor.« Während sie die Wand mit den Spirituosen absuchte, hörte sie ihn fragen: »Sie sind wohl noch nicht lange hier.« »Zwei Monate«, antwortete sie und zeigte ihm eine Flasche. »Ja«, sagte er, »das ist er.« Und nachdem sie mit seiner Hilfe das richtige Mischungsverhältnis gefunden hatte, sagte er, er sei nun fast glücklich. Sie wusste, warum er »fast glücklich« gesagt hatte, und sie wusste auch, warum sie darauf einging. »Fast?«, fragte sie mit gespieltem Erstaunen. Sie wusste, dass er so lange am Tresen sitzen bleiben würde, bis sie Feierabend hatte, sie wusste seinen Namen, sie wusste nur noch nicht, wo sie die Nacht verbringen würde.

Es war gut, dass er in ihrem Bett lag, nicht sie in seinem. Es war gut, keine störenden Informationen in Form von Einrichtungsgegenständen, Bildern und Bettwäsche erhalten zu haben. Es war gut, dass die Nacht nach einem bekannten Schema verlaufen war. Es war gut, dass seine Kleidung unspezifisch und seine Haut untätowiert und weiß war.

Sie würde eine heitere Geschichte schreiben, nahm sie sich vor. Simon war das glückliche Kind zufriedener Eltern, die sich nach einigen Jahren in schönstem Einvernehmen darauf geeinigt hatten, getrennte Wege zu gehen. Nein, sagte sie sich, ich muss aufpassen, jetzt ist mein Simon noch keine drei Jahre alt und ich bin drauf und dran, aus ihm ein zerrissenes Scheidungskind zu machen. Deshalb entschied sie, dass Simon, sehr zu seinem Gefallen, bei den herzlichen Großeltern auf deren kleinem Hof unterkam. Die Eltern besuchten ihn oft und schrieben lange Briefe, sodass Simon früh schreiben lernte, um die Briefe zu beantworten. Noch bevor er eingeschult wurde, konnte er lesen und schreiben, melken und den Hühnern den Hals umdrehen. Vorsicht, sagte sie sich, ein kindlicher Gewalttäter, wohin soll das führen! Also wurde Simon mit sieben Vegetarier und verbot seinen Großeltern, Tiere zu töten. Die Großeltern waren diskrete und geschickte Herrschaften, sie brachten die Hühner hinter Simons Rücken um, wenn er in der Schule war, und teilten ihm dann betrübt mit, der Fuchs sei wieder da gewesen und habe ein Huhn gerupft. Manchmal weinte die Großmutter sogar, wenn sie ihrem jungen Tierfreund eine Todesnachricht beim Mittagessen überbrachte, dann tröstete der Kleine seine Oma und versprach ihr, die kommende Nacht zu wachen und auf die Hühner aufzupassen. Mit zwölf wurde Simon aufs Gymnasium in die Stadt geschickt, und seine Großeltern durften zu Mittag endlich wieder Schnitzel und Wurst essen. Zum Abendessen gab es weiterhin Käsebrot.

Simon war ein guter Schüler, der sich vor allem für Geschichte interessierte. Nebenher erlernte er das Cellospiel. Nein!!! Keinesfalls! Er lernte Klavier spielen, so war's. Genau. Für Mädchen interessierte er sich früh, er schrieb leidenschaftlich gerne Liebesbriefe. Daher wurde in seiner frühen Jugend der Briefverkehr mit seinen Eltern spärlicher. Als die Mädchen seines Jahrgangs sich beim Umziehen nach dem Sportunterricht über erhaltene Liebesbriefe austauschten und Absender nannten, wurde Simons Name vierzehn Mal erwähnt. Daraufhin stellten die Mädchen ihn in der großen Pause beim Tischtennisspielen vor seinem Gegner bloß, worauf Simon sich schwor, alle Mädchen zu töten. Er wollte sie der Reihe nach totschlagen, auf ihnen Trampolin spielen, bis sie ihr Licht ausbliesen. So ging das nicht. Es war ganz anders. Die Mädchen waren stolz, Briefe von Simon zu erhalten. Sie zeigten sie in der Umkleidekabine herum und stimmten ab, welcher Brief am schönsten und innigsten sei. Die drei Mädchen, die keine Briefe erhielten, dachten über Selbstmord nach. Nicht ausschließlich, das wäre zu grausam, sie dachten über Diäten, Friseurbesuche und Selbstmord nach.

Simon war der ungeschlagene König des Minnesangs der ganzen Schule. Er wurde ermuntert, seine schönsten Briefe zum Schuljahresende in der Aula vorzulesen. Dazu war er zu schüchtern, aber er willigte ein, einen selbstverfassten Text von der Deutschlehrerin, der er auch schon Liebesbriefe geschrieben hatte, vortragen zu lassen. Das Echo war so groß und positiv, dass er einsehen musste: Er war ein Schriftsteller. Er begann an einem theoretischen Fundament seines künstlerischen Ausdrucks zu arbeiten und entwickelte in den Jahren zwischen vierzehn und achtzehn eine interessante Theorie, die darauf fußte, dass der Mensch sein Tun grundlegend in Frage stellen musste, wollte er zu einem freien Menschen und Künstler werden. Er beschloss daher, seine Taten soweit als möglich einzuschränken und gar nichts zu tun. Nein!!! Simon hatte keine Theorie und wollte keinesfalls Schriftsteller werden, er interessierte sich für Geschichte, für Fakten. Mit Fiktion hatte er nichts am Hut, und er war zu wenig eitel, um den Schmeicheleien der Lehrerinnen und Mitschülerinnen zu erliegen. Er freute sich über die Freude, die er bereitete, ließ sich jedoch nicht im Geringsten von seinem Ziel abbringen, Historiker zu werden und Friedensforscher. Die einzige These, die er aufstellte, besagte, dass es widernatürlich sei, zu töten. Argumente dafür hatte er noch zu sammeln, das war ihm durchaus bewusst, aber das minderte seine Begeisterung für seinen Leitsatz nicht, und er stand auch ohne Argumente voll dahinter. Die einzigen Drogen, die er zu sich nahm, bestanden aus

»Nielen«, trockenen Halmen, die er, wie alle Jungen auf dem Lande, rauchte, und dem Dung, den er auf dem Hof der Großeltern einatmete.

Als er zur Matura von seinen Klassenkameraden auf einen Puffbesuch mitgenommen wurde, kotzte er seiner Nutte noch vor Beginn des Aktes auf die dicken Titten. Nein!!! Es war traumhaft in der Maison de Plaisir, eine natürliche, herzige junge Dame, die im richtigen Leben Medizinstudentin, Tochter eines einkommensschwachen Tierpflegers und eine reine, ehrliche Haut war, erkundigte sich nach seinem Namen, bevor sie ihm anbot, sie auf ein gemütliches Zimmer zu begleiten. Dort verbrachte sie wahre Wunder an dem schüchternen jungen Mann, und er verließ sie erst nach mehreren unvergesslichen Stunden wieder, worauf seine Klassenkameraden so wütend wurden, schließlich hatte auch Simon nur für eine halbe Stunde bezahlt, dass sie ihn krankenhausreif prügelten. Natürlich nicht!! Es war ganz anders. Er nahm am Puffbesuch gar nicht teil, weil er von seiner Oma zur Matura einen gemeinsamen Ausflug zum Rheinfall geschenkt bekommen hatte. In der dortigen Ausflugswirtschaft fiel ihm das liebe Mädchen auf, das ihm und seiner Oma die Nussgipfel und den Kaffee servierte. Auf der Toilette schrieb er einen hastigen, aber inbrünstigen Liebesbrief auf ein Papiertaschentuch, das er glücklicherweise in seiner Hosentasche fand, denn sonst hätte er zum Klopapier greifen müssen, und das wäre nicht romantisch, fand er. Das Taschentuch übergab er dem lieben Mädchen mit dem Zechgeld. Er hatte nicht vergessen, seine Postadresse zu den Liebesworten dazuzuschreiben, und das liebe

Mädchen erwiderte das Billett auf echtem lindgrünen Briefpapier. Nachdem er den Zivildienst geleistet hatte, selbstverständlich hatte er als Friedensforscher der Zukunft den Militärdienst dank des so genannten *Psycho-Attests*, das er sich in langwierigen Sitzungen mit einem Psychiater wohlverdient erarbeitet hatte, umgehen können, wurde das liebe Mädchen seine erste Freundin, und solange er die Universität besuchte, blieb sie es auch. Die anschließende Stellensuche blieb erfolglos, weil er Wehrdienstverweigerer war. Daraufhin begann er zu trinken und das liebe Mädchen regelmäßig nach den Gaststättenbesuchen zu verprügeln, bis sie sich in ein Frauenhaus flüchtete. Natürlich nicht!!! Er bekam eine Stelle beim Center for Security Studies, heiratete sein liebes Mädchen und lebte mit ihr und den beiden gesunden Kindern glücklich und zufrieden. Aber was macht er dann in meinem Bett, fragte sich unsere Autorin und wollte die Geschichte erneut umschreiben, als Simon die Augen öffnete.

1997
Tante Lydia (2)

Morgens hatte es nach Regen ausgesehen. Auf dem Weg zur Arbeit hatte sie dem Himmel gedankt und gedroht. Punkt elf, als sie ihr Angestelltenmenü einnahm, drangen scharfe Strahlen bis in den Hinterraum der Café-Konditorei. Die Gabel, die sie mit Zwiebelkäsequiche beladen zum Mund führte, blitzte. Sie kniff geblendet die Augen zusammen. Die Chefin klatschte in die Hände: »Auf, auf, Zauberwort Terrasse!« Freitags kamen die Gäste früher zum Mittagessen, weil früher Feierabend war. Als sie die Sonnenschirme aufspannte und im Laufschritt Gedecke verteilte, während ihr Kollege die Plastikstühle wischte und mit Sitzkissen belegte, drängte die liebe Kundschaft bereits an die begehrten Terrassentische und verlangte die Speisekarte.

Sie verfluchte die Chefin und die Kundschaft, statt, wie angedroht, den Himmel, denn sie wusste, dass die Zwiebelkäsequiche nicht nur nicht heiß, sondern gar nicht gegessen würde, jedenfalls nicht von ihr. »Fräulein«, ging es schon wieder los, »Fräulein!« Dieses Wort, besonders von Büroangestellten in schlechten Anzügen ausgesprochen, besonders von weiblichen Büroangestellten in schlechten Anzügen und noch schlechteren *Deux-pièces*, verursachte ihr Schmerzen, Stichschmerzen im Schläfenbereich. »Fräulein!« von allen Seiten, stechende Schläfen, Übelkeit.

Eine fettige Pilzpastete rutschte ihr beim Servieren vom Teller in den Schritt schlechter Anzugshosen, und dafür gab es einen Grund, den der Besitzer der schlechten Hose jedoch nicht zu hören wünschte. Er wünschte die Chefin zu sprechen. Der Grund hieß Frau Baumgartner. Sie hatte »Fräulein« gerufen und die Pastete war vom Teller gerutscht. Während die Chefin sich mit dem Hosenbesitzer über Art und Betrag der Entschädigung einigte, näherte sich unser

Fräulein mit den stechenden Schläfen und dem leeren Magen Frau Baumgartner. »Guten Tag«, sagte unser Fräulein.

»Eine Zwetschgenwähe und ein Mineral«, orderte Frau Baumgartner.

»Guten Tag«, wiederholte das Fräulein und Frau Baumgartner nickte unwirsch.

»Jesses, Sie sind's«, entfuhr es ihr, als sie den Teller vorgesetzt bekam.

»Ja«, sagte das Fräulein.

»Fräulein!«, rief eine weitere Büroangestelltenstimme und beendete die keimende Konversation.

Das Fräulein hatte schon vielen Menschen beim Essen zugesehen, aber so langsam und gefasst wie Frau Baumgartner hatte noch niemand gegessen. Exakt zerlegte sie ihren Kuchen in gleich kleine Quadrate, die sie konzentriert mit genau einem Gabelhieb aufpiekste, um sie dann durch ihre gespitzten Lippen in den Mund einzuführen und gründlich zu zerkauen, bevor sie genau ein Mal schluckte. Jedem Quadrat folgte ein Schluck Mineralwasser. Das Fräulein riskierte einen weiteren Servierfehler und vergab sich jede Chance auf Trinkgeld, um die essende Frau Baumgartner im Auge zu behalten. Stumm und blicklos bediente sie die Büroangestellten, kein *danke*, kein *bitte*, keinen Gruß gönnte sie ihnen. Schließlich nahm sie ihren Mut in die Zwinge und bat die Chefin um Erlaubnis, sich fünf Minuten zu Frau Baumgartner setzen zu dürfen, die ihre Tante sei. »Ausnahmsweise«, sagte die Chefin, »aber fünf Minuten sind fünf Minuten, und sehen Sie zu, dass Ihre Tante noch etwas bestellt.« Das Fräulein nahm die Schürze ab, trat an Frau Baumgartners Tisch und fragte: »Darf ich«, als sie bereits saß.

»Gut sehen Sie nicht aus«, stellte Frau Baumgartner fest.

Das Fräulein betrachtete ihren Daumennagel. »Und wie geht es Ihnen?«

»Kann nicht klagen«, Frau Baumgartner betupfte ihre Lippen mit der dünnen Papierserviette.

Als die beiden sich zuletzt gesehen hatten, hatte Frau Baumgartner gerade ihre Kündigung erhalten, nach 25 Schuldienstjahren. Dem Fräulein schien es damals offensichtlich, dass Frau Baumgartner sich etwas Schwerwiegendes hatte zu Schulden kommen lassen, obwohl diese behauptete, Opfer einer ebenso zeitgeistigen wie unsinnigen Verjüngung des Lehrkörpers zu sein, die schlimmste Folgen für die Auszubildenden hätte, man werde schon sehen. Aber das Fräulein hatte einen konkreten Verdacht. Jetzt war Gelegenheit, das Versäumte nachzuholen und die Lehrerin darauf anzusprechen. Der Verdacht war allerdings ein pikanter, und das Fräulein suchte nach einem passenden Kleid für ihre Erkundigungsfragen. Die Chefin sah aufdringlich zu ihnen hin. Das Fräulein bestellte zwei Tassen Kaffee, worauf die Chefin zufrieden nickte. »Ich trinke keinen Kaffee«, lehnte Frau Baumgartner ab. »Ich lade Sie ein, bitte.« Das Fräulein zwang sich zu einem Lächeln. »Nein, danke«, erwiderte Frau Baumgartner eine Spur zu laut. Die Chefin stellte zwei Tassen auf den Tisch. »Freut mich«, sagte sie und lächelte der Tante zu, die argwöhnisch durch ihre Männerbrille blickte und schwieg.

Der Verdacht besagte, Frau Baumgartner habe sich

an einem Schüler vergangen. Das Fräulein konnte noch so angestrengt nachdenken, dafür fand sie keine erfreulichen Worte und keine harmlose Verkleidung, in die sie ihre Fragen packen und stecken konnte.

»Wann sind Sie denn fertig mit dem Studium?« Mit dieser Frage wurde sie von ihren unfruchtbaren Bemühungen erlöst. Als sie antwortete, sie studiere nicht, weiteten sich Frau Baumgartners Augen vor Schreck. »Gott«, sagte sie kopfschüttelnd.

»Haben Sie eine neue Stelle«, fragte das Fräulein, während sie Zucker in ihren Kaffee rieseln ließ, bis der Streuer halb leer war. »Mäßigen Sie sich«, riet Frau Baumgartner. Und nach einem kurzen aber unangenehmen Schweigen flüsterte sie: »Der Bleuler ist immer noch abgängig.« »Woher wissen Sie das«, flüsterte das Fräulein zurück.

»Ich frage regelmäßig nach.« Die Exlehrerin hatte ihre Stimme wiedergefunden.

»Bei der Polizei?« Auch die Stimmlippen des Fräuleins schlossen wieder.

»Kind, wo denken Sie hin.« Die große Männerbrille kam dem Fräulein nah und näher: »Ich stehe mit der Mutter des Opfers in Kontakt, und deren Anwalt ist tüchtig!«

Das Fräulein lehnte sich zurück, um Abstand zur Brille zu gewinnen. Sie leerte die Tasse in einem Zug, vertauschte die Tassen und schüttete den restlichen Zucker aus dem Streuer in den zweiten Kaffee. Sie spürte ihren Puls beschleunigen und wusste, dass es nicht am Kaffee lag. Sie wollte die Hände vors Gesicht legen, weil sie nicht mehr Herrin ihrer Züge war. Sie fixierte ihre Nasenspitze und drückte die

Lippen aufeinander, um ihnen das Beben auszutreiben. *Die Mutter des Opfers.* Sie kannte sie nicht, Agnes' Mutter, diese Mutter, die bestimmt hatte, was mit ihrer Tochter zu geschehen habe, die, als der Leichnam nach sieben Tagen freigegeben wurde, nicht nur die Beisetzung, sondern auch eine Abdankungsfeier verhindert hatte, diese Mutter, die ihre Tochter in einer Urne vom Krematorium abgeholt und mit nach Hause genommen hatte. Die Mutter, die ihr Heim seit zwei Jahren mit der Tochter in der Urne teilte. Diese Mutter hatte einen *tüchtigen Anwalt*. Denn sie hatte auf ihre alten Tage einen neuen Lebensauftrag erhalten: den Tochtermörder aufzuspüren und das geliebte Kind zu rächen. Ein sinnstiftender Auftrag, der sie vor Altersdepression und quälenden Fragen nach Zukunftsperspektiven bewahrte und sie länger leben ließ, als sie vielleicht vorgehabt hatte. Der frühe Tod des Kindes verlängerte den Lebensatem der Mutter. Irgendwann würde sie, die Urne mit der Tochter unterm Arm, in die Grube springen, irgendwann. Denn auftragsgestählt und racheverliebt gab es für sie vor der Genugtuung kein Abdanken. Und wie das Fräulein gerade erfuhr, lag *irgendwann* in ferner Zukunft, vom Täter fehlte noch immer jede Spur. Er habe sich ins Ausland abgesetzt, soviel wusste Frau Baumgartner, denn soviel wusste die Mutter. Aber um das kleine Land ist viel Ausland, der Globus besteht zu 99,992 Prozent aus Ausland, wenn das kleine Land Inland ist. Dem Fräulein kamen Zweifel, ob ein tüchtiger Anwalt ausreichte, um über fünfhundert Millionen Quadratkilometer Ausland nach dem Tochtermörder zu sichten, aber sie behielt ihre Zweifel für sich. Frau Baumgartner wusste, dass dem tüchtigen Anwalt ein mächtiger Apparat zur Seite stand: Gegen Gerd Bleuler war ein internationaler Haftbefehl ergangen. »Eine Frage der Zeit«, sagte Frau Baumgartner, »dann haben sie ihn.« An seiner Schuld gab es sowohl für die Mutter als auch für Frau Baumgartner nicht den Schatten eines Zweifels: »Was glauben Sie, DNA-Analyse! Was glauben Sie, die haben sauber gearbeitet, die haben doch seine Haare an ihrem Hals gefunden.«

Das Fräulein kippte die zweite Tasse. Süß und schwarz, aber nicht heiß. Die Chefin machte ihr merkwürdige Zeichen, die unverständlich waren, aber wahrscheinlich mit den vereinbarten fünf Minuten zusammenhingen, die abgelaufen waren, durfte man der Temperatur des Kaffees trauen. Sie nickte der Chefin zu, erhob sich und band sich die Schürze um. »Und Jeff, stehen Sie mit dem auch in Kontakt?«, fragte sie. »Der Liebe, ja, wir schreiben uns zu Weihnachten«, antwortete Frau Baumgartner gerührt. Von ihr hatte das Fräulein bei der letzten Begegnung erfahren, dass Jeff in seine Heimat zurückgekehrt war, und zwar auffallend schnell nach Agnes' Tod. »Boston, nicht«, fragte das Fräulein. »Genau«, antwortete Frau Baumgartner und öffnete ihr Portemonnaie, »jetzt muss ich aber – was macht's?«

»Eine würdevolle Erscheinung, Ihre Tante«, sagte die Chefin anerkennend, nachdem Frau Baumgartner gegangen war. Sie hatte sich gewundert, dass Tante und Nichte sich per Handschlag voneinander verabschiedet hatten, traute einer würdevollen Familie solche Umgangsformen jedoch zu. »Von der Mutter oder vom Vater?«, fragte sie. »Die Schwester vom Vater«, antwortete das Fräulein und seufzte zärtlich: »Ja, meine Tante Lydia«, obwohl sie nie erfahren hatte, wie Frau Baumgartner mit Vornamen hieß.

1998
Mâcon (3)

Gaspard hatte sich für das Halbfinale etwas Besonderes ausgedacht. Seine Gäste kannten und liebten die Spielregeln bereits seit den Vorrunden. Bei jeder Begegnung ohne französische Beteiligung mussten sie sich beim Betreten von »Chez Gaspard« für eine Mannschaft entscheiden und waren einen Abend lang Marokkaner, Kameruner, Amerikaner, Jamaikaner, Saudis, Südkoreaner und so weiter. Sie bezahlten 20 Francs in den Pot und hofften auf einen Sieg ihrer Männer und einen kleinen Gewinn.

Aber zum Halbfinale sollte es etwas Besonderes sein. Gaspard hatte 50 bunte Stoffblumenketten und 50 orange Käppis gekauft. Die Teams sollten gleich groß und erkennbar sein. Den Brasilianern legte er Blumenketten um, den Holländern setzte er Käppis auf. Schon vor Anpfiff herrschte beste Polterabendstimmung in seiner Bar, und Gaspard zwinkerte der Schweizerin, die er für die Dauer der Weltmeisterschaft als Verstärkung seines Familienbetriebs eingestellt hatte, immer wieder mit dem linken Auge zu. Sie zwinkerte zurück, weil er sie sonst in die Seite schubste und aufforderte, lustig zu sein.

»Gib mir dein Handy«, verlangte Gaspard alle paar Minuten. Die Schweizerin hielt die Hand auf und kassierte ein Zehnfrancs-Stück, bevor sie es ihm reichte. Gaspard liebte dieses Handy. Natürlich hatte er ein Telefon hinter dem Tresen, aber er zog es vor, seine Bekannten vom Handy aus anzurufen. »Wo bleibst du denn, es geht gleich los«, mahnte er die Säumigen, nicht ohne darauf hinzuweisen, dass es sich um einen Handyanruf handelte.

Die Brasilianer bildeten einen Kreis und schwangen die Beine, wie man es beim Sirtaki beobachten kann, allerdings tanzten sie Lambada, wie sie den irritierten Holländern erklärten. Die Holländer bestellten Bier und kürten eine Königin, vor der sie sich immer wieder auf die Knie warfen. Die Königin, ein beleibter Herr mit Namen Didier, erzählte den Untertanen vom Niedergang der Deutschen vier Tage zuvor. Didier behauptete, das Viertelfinale Deutschland-Kroatien im Lyoner Stadion gesehen zu haben, und wäre er nicht Königin gewesen, hätten die Untertanen ihn ausgelacht, wie die beiden Abende zuvor. »Diese Stadt ist zu klein für Lügen, Didier«, hatten sie gesagt, »wie kannst du gleichzeitig mit deinen Hämorrhoiden auf der Schüssel hocken und sechzig Kilometer entfernt im Stadion? Eugène hat dich durchs Klofenster beim Brüten gesehen!« Didier war angedroht worden, als Lügenpaket verschnürt in der Saône zu landen. »Schweizerin, du musst mich da rausholen, ich kann nicht schwimmen«, hatte Didier gefleht, aber das war vor seiner Krönung zur niederländischen Königin gewesen.

In der Halbzeitpause, die Partie stand 0:0, beide Lager feierten bereits den Sieg und verhöhnten den Gegner, schickte Gaspard die Schweizerin nach oben, um seiner Frau zu sagen, er käme ohne sie zurecht. »Arlette?« Die Schweizerin klopfte an, obwohl das Wirtsehepaar ihr seit einem Monat sagte, sie solle einfach hereinkommen, es sei ja auch ihre Wohnung. Das empfand die Schweizerin anders, auch wenn sie in dem kleinen Zimmer mit Waschbecken gegenüber der Küche kostenlos schlafen konnte.

Arlette stillte den Jüngsten. »Schau dir das an«, sie schob das Köpfchen zur Seite und zeigte ihre blutende Brustwarze, »die andere ist noch schlimmer. Er beißt, dabei hat er noch keine Zähne, Bestie.« »Blut schmeckt ihm besser als Milch«, buchstabierte die Schweizerin ihren ersten Gedanken. In einer Fremdsprache zu sprechen, bedeutete permanenten Zeitdruck (schnell! Das richtige Wort finden, schneller! Den Satz ordentlich bauen!), der dazu führte, dass sie ihre inhaltlich unkontrollierten Äußerungen oft bereute. »Exakt«, nickte Arlette, nicht im Geringsten beleidigt, »möchtest du so einen Menschen kennen lernen? Ich eigentlich nicht.«

»Gaspard lässt ausrichten, dass wir gut ohne dich zurechtkommen.«

»Das glaube ich«, sagte Arlette bitter, »dann viel Spaß, ihr beiden, und grüß ihn mal schön.«

So war es immer mit Arlette. Im einen Moment tat sie freundschaftlich vertraut, im nächsten war sie zynisch und feindselig. Die Schweizerin murmelte Unflätiges in ihrer Muttersprache und ging wieder nach unten.

Die niederländische Königin befand sich gerade in lautstarken Verhandlungen mit den Untertanen über ihre majestätischen Kompetenzen. Sie berief sich auf das eherne Gesetz, demzufolge ihr darzubringen sei, was immer sie verlange, und sie verlange ja nicht viel, nur genug Flüssigkeit. Die Untertanen beriefen sich auf die Bibel, leider ohne Stellenangabe, und klärten die Königin darüber auf, dass sie für das Wohl der Untertanen verantwortlich sei und daher die nächste Runde zu spendieren habe. Die Brasilianer tanzten den Lambada nun zu zweit, indem sie sich gegenseitig die Hintern an den Bäuchen rieben. Im schönsten Wechselspiel unterbrachen sie die Reiberei, hauten sich abwechselnd auf die Hintern und brüllten »Schwein«, dabei lachten sie herzhaft. Zu Beginn der zweiten Spielzeit grunzten alle Brasilianer, wenn sie nicht gerade wieherten.

Gaspard war mit dem Umsatz und der Stimmung zufrieden und zwinkerte wieder mit links. Die Schweizerin zwinkerte zurück und zapfte das nächste Fass an.

Das erste Tor fiel, Brasilien ging in Führung, zum Lambada, nun in gehopster Form, wurden Blumenketten über Köpfe geschwungen, wurde gejohlt und gegrunzt, denn das Grunzen gehörte bereits zum nationalen Kulturgut. Die Holländer verlangten Bier, um über eine geeignete Strategie nachdenken zu können und zu entscheiden, welche Spielerwechsel sie vornahmen. Darüber gerieten sie in heftigen Streit, der damit endete, dass ein Untertan die Königin schubste, bis sie am Boden lag, sich auf sie warf und mit erhobener Faust zum Schlag ausholte. Gaspard schritt ein und hielt den aufmüpfigen Untertan zurück; die Königin schrie unter Schmerzen, die ihr nicht zugefügt wurden, und ließ sich nur durch einen Gratis-Absinth beruhigen.

Nach dem Absinth verlangte die Königin von der Schweizerin einen Kuss, den diese ihr nicht gewährte. Dass sie ihn mit den Worten »ich küsse nur Männer« verweigerte, war nicht wirklich geschickt, denn sogleich entthronte Didier sich selbst: »Die Königin ist tot, es lebe der Mann«, rief er und näherte sich der Schweizerin. In diesem Moment fiel der Ausgleichstreffer und Didier hatte keine Zeit mehr für Küsse, weil er jubeln und feiern musste. »Wir gewinnen«, jauchzte er, »und ich bin eure Königin!«

Das Spiel ging in die Verlängerung, Gaspard klatschte in die Hände, etwas Besseres konnte ihm nicht passieren, er zwinkerte in Serie. Nachdem die Verlängerung torlos geblieben war, bereiteten sich die Mannschaften aufs Elfmeterschießen vor und Gaspard bedankte sich beim lieben Gott: »Herr, Du bist groß, Du bist gütig, gelobt sei Dein Name.« Die Schweizerin kam mit Zapfen nicht hinterher und wurde von beiden Nationen in rarer Einmütigkeit angespornt. »Gleich ist es vorbei mit der Geduld«, skandierten sie unisono.

Das Elfmeterschießen war der akustische Höhepunkt des Abends, Brasilien ging als Sieger aus der Begegnung und stand im Finale. Die Holländer rissen sich die Käppis von den Köpfen und mussten reibende brasilianische Hintern an ihren Bäuchen erdulden. Auch die Schweizerin wurde berieben, und der zuständige Brasilianer fand großen Gefallen daran.

Didier brachte die Schweizerin vor dem Hintern in Sicherheit. »Die gehört mir«, sagte er, »die schuldet mir einen Kuss.« Er packte die schweizerischen Wangen mit seiner fetten Pranke und drückte zu, um die Lippen zum Kuss zu formen. Die Schweizerin zappelte und trat um sich, aber das konnte Didier nicht davon abhalten, sich seinen Kuss zu nehmen. Und der schmeckte ihm so gut, dass er mit seiner Pranke weitere erpresste, unter dem Grunzen und Klatschen aller Anwesenden. Als die Schweizerin sich der Pranke endlich entwinden konnte, packte sie einen Aschenbecher und warf seinen Inhalt Didier ins überraschte Gesicht, worauf sie von zahlreichen Armen gepackt, zu Boden gezwungen und festgehalten wurde. Didier setzte sich mit seinem dicken Hämorrhoidenhintern auf ihr Zwerchfell und schlug ihr mit der flachen Hand ins Gesicht. Sie rief nach Gaspard, aber der war verschwunden. »Entschuldige dich«, spuckte Didier zwischen jedem Schlag, »entschuldige dich.« »Ich töte dich«, sagte sie, und diese Worte waren nicht dem Zeitdruck und nicht der Fremdsprache geschuldet. Der ganze Kreis, der sich um sie und ihre schwere Last gebildet hatte, johlte auf, Didier landete den nächsten Treffer. Johlen, »entschuldige dich«, gespannte Stille, »ich töte dich«, Aufjohlen, Schlag.

Irgendwann hörte die Schweizerin Gaspards Stimme: »Allez les Bleus!« Und das schien ein Kommando zu sein. »Allez les Bleus!«, echote es von allen Seiten, Didier erhob sich und bestellte einen Absinth. »Allez les Bleus«, sagte er, »morgen sind wir wir und hauen die Kroaten raus, ja!«

»Und danach die Brasilianer – wir sind Weltmeister!«, antwortete Gaspard und sprach zu seiner Gästegemeinde: »Was ist, herumstehen oder trinken?«

Er schickte die Schweizerin nach oben, »reicht für heute.«

Sie klopfte nicht an. Sie trat in die dunkle Wohnung. Durch die Ritze sah sie Licht in Arlettes und Gaspards Schlafzimmer, stand unschlüssig vor der Tür, entschied sich für ihre Kammer und weinte zum ersten Mal seit dreieinhalb Jahren, und das war so schön, dass sie sich wünschte, nie mehr aufzuhören.

Sie hörte Gaspard nach oben kommen und löschte das Licht.

1999
Douala Millennium (4)

»Weißt du«, Léonora wand sich auf ihrem Barhocker, »das geht nicht, weißt du, nein.«

»Bitte.« Die Touristin wedelte noch einmal mit dem Geldschein.

Léonora schüttelte den Kopf, »weißt du, das –« Sie trank einen Schluck, die Eiswürfel und ihr goldenes Armband klirrten.

Die Touristin versuchte zu lächeln und bot an, weitere Getränke zu bestellen.

»Lass mich jetzt.« Léonora stand auf, zog ihr Kleid über den Hintern und ließ ihn bei jedem Schritt auf den freien Tisch zu gewaltig schaukeln.

Die Touristin sah ihr zu, wie sie sich hinsetzte, die Handtasche öffnete, sich in einem winzigen Spiegel betrachtete und die Lippen nachzog, wie sie sich zurücklehnte und träge in den Raum blickte, wie sie mit den goldenen Fingernägeln auf das Glas trommelte und sie nicht beachtete.

Selten betrat jemand den Raum, noch seltener ein weißer Tourist, und gar nie setzte sich einer zu Léonora.

Die Touristin leerte bereits das übernächste Glas, während Léonora immer noch das erste vor sich stehen hatte und den Eiswürfeln beim Schmelzen zusah.

Der Barkeeper saß auf einem Stuhl und las Zeitung. »Monsieur, einen für mich und einen für die Dame«, bestellte die Touristin.

»Abgelehnt«, rief Léonora von ihrem Tisch.

Zwei Stunden später, in der Zwischenzeit war nichts passiert, von einem Toilettengang Léonoras abgesehen, der die Touristin kurz in Aufregung versetzt hatte, weil sie glaubte, die Schöne breche auf, nickte Léonora zum Tresen. Sie nickte noch einmal, und die Touristin begriff, dass sie gemeint war. »Was für ein Abend«, seufzte Léonora, als die Touristin neben ihr saß, »was für ein grauenvoller Abend.« Sie streckte die Hand aus und nahm den Geldschein in Empfang. Dann willigte sie ein, etwas zu trinken, leerte das Glas zügig und verlangte ein weiteres. »Also, worüber sollen wir reden«, sagte sie dann.

Die Touristin zuckte mit den Schultern: »Vielleicht erzählst du was. Von dir.«

»Vergiss es«, antwortete Léonora.

»Gut«, murmelte die Touristin und brütete über einem geeigneten Gesprächsstoff, während Léonora sich gelangweilt einen Kaugummi in den Mund schob.

»Ich bin herumgefahren« fing sie an, »eine Woche, zehn Tage.«

»Ja, das machen Touristen«, sagte Léonora.

»Dieses Hotel habe ich ausgesucht, weil es am Boulevard de la Liberté liegt, der Name gefällt mir.«

»Wieso«, fragte Léonora kauend.

»Na ja – einfach so. Bist du in Douala geboren?«

»Vergiss es«, sagte Léonora, ließ eine Kaugummiblase wachsen und zerplatzen.

»Ich habe jemanden gesucht, aber ...«

»Aber nicht gefunden, ha!« Léonora gab ihr einen Klaps und lachte.

»Nein«, nickte die Touristin. »Meine Freundin, weißt du, sie war früher hier. Und ich wollte sehen, wo, aber ich habe es nicht gefunden. Ich war in Mbalmayo und ...«

»Kenn ich nicht.«

»Und dort gibt es ein Kinderdorf, aber das ist ganz neu, und niemand dort kannte ihren Namen, und ...« Weiter erzählte sie nicht. Sie erzählte nicht von der Hoffnung, mit der sie sich auf den Weg gemacht hatte, von der Aufregung während des Flugs, den Formalitäten bei der Ankunft, der Bekanntschaft mit einem libanesischen Geschäftsmann (wie er angeblich überall zwischen Kinshasa und Dakar anzutreffen ist), der ihr Geld gewechselt, sie in sein Restaurant in der Innenstadt geführt und eingeladen hatte, und den sie nur loswurde, indem sie ihm Geld anbot, das er verächtlich ablehnte. Von der ersten Nacht in Douala in einem Hotel, dessen Bar von Léonoras wimmelte, die einsamen Touristen Gesellschaft leisteten. Von der Fahrt nach Yaoundé und der Reifenpanne des Busses, die sie fünf Stunden in der tropischen Hitze auf einer schattenlosen Landstraße im Kreis gehen ließ, weil sie im stehenden Bus vom Hitzeschlag getroffen worden wäre. Von den Erkundigungen in Yaoundé nach einem Kinderdorf im Süden des Landes, »kurz vor dem Regenwald«, die eine eindeutige Auskunft einbrachten: Sie war richtig, 45 Kilometer südlich, in Mbalmayo, befinde sich ihr gewünschtes Ziel. Vom letzten Stück ihrer Reise, der Fahrt in einem weiteren Bus, während der sie mit dem sicheren Gefühl, bald anzukommen und einer geschwollenen, wild pulsierenden Halsschlagader aus dem Fenster sah und vergeblich nach Geigenfeigen Ausschau hielt. Vom Verwalter des Kinderdorfs, der sie misstrauisch empfing und ihre Fragen nach Agnes mit unfreundlichem Kopfschütteln beantwortete, gefolgt von der Belehrung, das Kinderdorf habe erst vor kurzem eröffnet, im fraglichen Zeitraum Mitte der achtziger Jahre könne sich daher *diese Frau Knabenhans* nicht dort aufgehalten haben, auch gebe es in ganz Kamerun kein vergleichbares Dorf, es liege also *offenkundig* ein Missverständnis vor. Sie dürfe sich trotzdem umsehen, und zwar an seiner Seite, und das tat sie dann auch und erhielt Einblick in die Grundschule, den Kindergarten und das brandneue medizinische Zentrum; die Wohnungen der *Familien* durfte sie jedoch nicht sehen, es handle sich um *Privatsphären.* Sie starrte auf dem Rundgang die Kinder an und stellte sie sich, obwohl sie eines Besseren belehrt worden war, in Agnes' Armen vor, in diesen Armen, die den *hilflosen und grausamen Versuch* unternahmen, *den Waisen ein Zuhause zu bauen, ohne selber heimisch zu sein.*

Léonora hatte Durst. Die Touristin bestellte neue Getränke, ohne ihr all das zu erzählen, wozu auch. Sie erzählte ihr nichts von der Enttäuschung, aus der heraus sie den bereits gebuchten Trip in den Regenwald des Lobeke Nationalparks abgesagt hatte, nichts von den Tagen in Yaoundé, die sie im Hotel verbracht hatte, Agnes' Worte im Ohr: »Ich habe dort so viel Liebe erfahren«, nichts von der holprigen, endlosen Rückfahrt nach Douala. Aber sie erzählte ihr, dass sie am Abend zuvor eine Diskothek besucht hatte, eine laute, stickige, dunkle Höhle, in der die Getränke horrend teuer waren. Sie hatte die Diskothek aufgesucht, um Bikutsi zu hören, aber selbst das gelang nicht. »In dieser Diskothek waren nur Frauen, und die Musik nannten sie ›Makossa‹«, sagte sie. »Ja«, nickte Léonora, »Frauen wie ich.« Über Musik wollte Léonora nicht sprechen. »Musik ist zum Tanzen da, nicht zum Reden«, sagte sie.

Die Touristin nickte und überlegte, worüber sie reden könnten.

Über die Sehenswürdigkeiten Doualas mit Sicherheit nicht. Viele waren es nicht, Léonora kannte sie, und die Touristin war selber enttäuscht gewesen von der Kathedrale und dem überdachten Markt, auf dem es nach Holz und Moder roch. Die angebotenen Waren, Holzfiguren, Masken, Schmuck hatten sie nicht zum Kauf verlockt. Dass sie lange um einen Blumenstand schlich, ohne eine einzige von Agnes' Pflanzen zu erkennen, war auch keiner Erwähnung wert, Léonora hätte es mit demselben Gähnen beantwortet wie den Versuch, über Musik zu sprechen.

Dass sie sich vor Moskitos fürchtete, mit der Hitze zu kämpfen hatte, den Straßenlärm immens fand und die Diskrepanz zwischen Bettlern und Anzugträgern in Mercedes auf der Flaniermeile vor dem Hotel schreiend ungerecht, brauchte sie ihr auch nicht zu erzählen.

»Der letzte Abend des Jahrtausends«, sagte sie also, und Léonora gähnte schon wieder. Die Touristin dachte an ihre Arbeitskollegin, die nach Neuseeland geflogen war, um das Millennium gebührend zu feiern und die, wie sie selbst, ein halbes Jahr auf die Reise gespart hatte. Sie überlegte, was die Kollegin wohl machte, als Léonora fragte: »Und was machst du? Im Leben?«

Nach einer Pause, in der sie nicht nachgedacht hatte, antwortete sie: »Ich bin auch«, und nickte zum Barkeeper hinüber.

Léonora riss die Augen auf und deutete auf sich: »Das?!« »Nein«, antwortete die Touristin, aber Léonora war bereits aufgestanden, fächelte sich mit der Hand Luft in ihr großes Dekolleté und gurgelte vor Lachen. »Ah, das ist lustig, das ist fantastisch!« Und sie lachte so sehr, dass sie ins Wanken geriet und von der Touristin auf die Sitzbank gezogen werden musste. Sitzend lachte sie weiter. »Und wieviel machst du? Und seit wann? Und wie lange noch?« Da lachte die Touristin mit, beantwortete alle Fragen, und der Barkeeper traf zwei lachende Schwestern bester Stimmung an, als er die nächsten Gläser hinstellte. »Oh, dein Geld ist abgelaufen«, bemerkte Léonora zwischen zwei Lachern, und die Touristin zog einen weiteren Schein aus ihrem Portemonnaie und händigte ihn ihr, ebenfalls lachend, aus. »Gutes neues Jahr«, lachte Léonora, steckte den Schein ein, nahm die Touristin bei den Händen, stand auf und zog sie mit sich hoch, um sie zu umarmen. »Gutes neues Jahr«, wünschte die Touristin den schwarzen Locken, an die ihr Gesicht gedrückt wurde. »Und, was trinkst du?«, zwinkerte Léonora, worauf beide lachten, als hätten sie den besten Witz aller Zeiten gehört, sich erneut umarmten und einstimmig beim Barkeeper nach einem großen Getränk ansuchten.

2000
Der Prozess (5)

Frau Baumgartner und die Mutter des Opfers saßen untergehakt auf der Wartebank vor Saal 17. Der tüchtige Anwalt wirkte neben dem Damenduo jung und ungelenk. Daran änderten auch sein geräuschvolles Hantieren mit Aktenstößen und Kugelschreiber, das wiederholte Überprüfen der Armbanduhr und das geschäftige Drücken von Handytasten nichts.

Das Fräulein hatte sich nicht dazugesetzt. Sie stand

an die Wand gelehnt in einigem Abstand zur Wartebank und blickte den Korridor hinunter, gespannt, wer als nächstes zur kleinen Zuschauertruppe stoßen würde.

Als sie einige Minuten zuvor bei Saal 17 angekommen war und Frau Baumgartner namentlich begrüßt hatte, wurde sie von dieser mit einem Kopfnicken und den Worten »Guten Tag, Fräulein« bedacht. Frau Baumgartner hatte sich dem rechten Ohr der Mutter des Opfers zugewandt und leise Worte hineingesprochen, die von der Mutter des Opfers mit kurzem Nicken quittiert worden waren. Das Hörgerät, das ihre Ohrmuschel verstopfte, schien zu funktionieren.

Danilo Braidotti, tatsächlich, er war es, die Stirn höher, die Nase gleich markant, kam frisch geduscht auf sie zu. »Liebe«, sagte er und küsste sie auf beide Wangen, worauf Frau Baumgartner sich wieder dem Ohr der Mutter des Opfers zuwandte und hineinflüsterte. Das Fräulein hatte die Wette mit sich selbst verloren. Sie hatte gewettet, ihr Exfreund sei der nächste Ankömmling. Danilo versicherte ihr, solche Veranstaltungen seien nichts für ihn, eigentlich, er sei nur erschienen, um seiner Busenfreundin Cornelia von Studnitz ein Trauma zu ersparen. »Es wäre unzumutbar für Conny, hierher zu kommen, du weißt, wie nah sie sich standen.« »Sie sich« bedeutete Agnes und Conny. Das Fräulein lächelte. »Nein, das wusste ich nicht«, sagte sie und spürte, dass sie es aus Eifersucht gesagt hatte. Danilo sah sie irritiert an.

Die Tür von Saal 17 wurde geöffnet, ein Gerichtssekretär forderte die Zuschauer auf, einzutreten. Im Laufschritt kam ein weiterer Herr auf die kleine Gruppe zu, eine Aktenmappe unter den Arm geklemmt, den letzten Bissen eines Pausenbrotes kauend. »Herr Staatsanwalt«, grüßte der Sekretär und ließ ihm den Vortritt.

Die drei Richter saßen verhandlungsbereit an ihrem Pult, als Staatsanwalt und Zuschauer eintraten und auf den zugewiesenen Stühlen Platz nahmen. Danilo setzte sich neben das Fräulein in die dritte Reihe, schräg davor nahmen Frau Baumgartner, die Mutter des Opfers und deren tüchtiger Anwalt Platz. Der Staatsanwalt in der ersten, den Parteien vorbehaltenen Reihe hatte die Beine übereinandergeschlagen, wippte mit dem Fuß und klopfte mit einem Bleistift in die hohle Hand.

Sonst war nichts zu hören, außer dem Auf- und Zuklappen der Handtasche der Mutter des Opfers. Das Fräulein blickte den Richtern, die erhöht hinter einer Holzschranke mit eingelassener Schwingtür saßen, der Reihe nach ins Gesicht. Zwei hatten den Kopf gesenkt, einer blickte zurück, als betrachte er eine Wand. Außer den Köpfen waren von den Richtern nur die Oberkörper und Arme sichtbar, die Beine lagen hinter dem geschlossenen Pult verborgen. Statt Roben trugen sie schlecht sitzende Anzugsjacken, die das Fräulein von Büroangestellten kannte, und individuelle Krawatten in waghalsigen Farbkombinationen.

Der Angeklagte wurde von einem Beamten hereingeführt, gefolgt von seinem Verteidiger. Danilo Braidotti stupste das Fräulein an, die Mutter des Opfers seufzte laut auf und wimmerte. Frau Baumgartner tätschelte ihre Hand und reichte ihr ein Papiertaschentuch, in das die Mutter sogleich zu schnauben begann.

Als der Angeklagte und sein Verteidiger Platz genommen hatten, schloss der Sekretär die Tür, und der vorsitzende Richter eröffnete die Verhandlung. Alle Zuschauer blickten gespannt auf den Hinterkopf des Angeklagten, während der Vorsitzende dessen Personalien vorlas. Der Angeklagte bestätigte die Richtigkeit der Angaben mit einem »Ja«, und die Zuschauer hörten endlich, seit über fünf Jahren, seine Stimme, wenn auch nur kurz. Die Mutter seufzte wieder auf und wurde von Frau Baumgartner betätschelt. »Kennen Sie die Anklageschrift?«, fragte der Vorsitzende den Angeklagten, der wiederum mit »Ja« antwortete. Der Vorsitzende las die kurze Anklageschrift dennoch vor, die Gerd Bleuler der vorsätzlichen Tötung an seiner Lebensgefährtin Agnes Knabenhans am 1. Januar 1995 beschuldigte, worauf der Angeklagte nichts erwiderte, aber den Kopf schüttelte. Er hatte sich die Haare schneiden lassen und wirkte in Hemd und Anzug – ja, gepflegt, wie das Fräulein sich eingestand.

Die Befragung des Angeklagten durch den vorsitzenden Richter begann mit der Frage, ob er sich zur Tatzeit in der gemeinsamen Wohnung aufgehalten habe. »Nein«, antwortete Gerd Bleuler. Er sei an jenem Silvesterabend gegen 18 Uhr von einem kurzen Kampierurlaub zurückgekommen und habe seine Lebensgefährtin in einem schlechten Zustand angetroffen. Sie habe deutlich, wie meist, unter Medikamenteneinfluss gestanden und sei kaum in der Lage gewesen, ein Gespräch zu führen. Auch habe sie seine liebevollen Annäherungsversuche abgewiesen, worauf es einen Streit gegeben habe, der jedoch verbal verlaufen sei. Er habe ihr vorgeworfen, sie verderbe ihm den Abend, auf den er sich so gefreut habe, sie habe geantwortet, dann solle er doch gehen, und das habe er auch getan. Er sei in verschiedenen Gaststätten eingekehrt und habe sich zu zerstreuen versucht. Gegen drei Uhr früh sei er in die gemeinsame Wohnung zurückgekehrt und habe seine Lebensgefährtin blutend auf dem Badezimmerboden gefunden. Die Wohnungstür sei nicht versperrt gewesen. Er habe unter Schock einen Notruf gestartet und sei dann, aber daran könne er sich gar nicht erinnern, wohl aus der Wohnung gerannt. Was er danach gemacht habe, wisse er nicht mehr, wahrscheinlich sei er herumgelaufen, er wisse es nicht.

Warum er denn nicht abgewartet habe, bis Polizei und Krankenwagen vor Ort gewesen seien, fragte der Richter.

Er wisse es nicht, er habe unter Schock gestanden, antwortete Gerd.

Ob es ihn denn nicht interessiert habe, ob die geforderte Hilfe auch wirklich eintreffe?

»Doch, schon.«

Wie er sich erkläre, dass am Hals des Opfers seine Haare gefunden worden seien?

Das sei nicht verwunderlich, er habe die geliebte Lebensgefährtin wachzuschütteln versucht und sich über sie gebeugt, um ihren Puls zu überprüfen.

Warum er das Opfer am nächsten Tag nicht im Krankenhaus aufgesucht habe?

Er habe von seinem Nachbarn, mit dem er auch Kampieren gewesen sei, erfahren, dass die Lebensgefährtin verstorben sei.

Dieses Telefongespräch, auf das er anspiele, habe

nach 18 Uhr am 1. Januar stattgefunden. Ob es ihn nicht gedrängt habe, im Lauf des Tages Nachforschungen im Krankenhaus zu unternehmen und der Lebensgefährtin beizustehen?

Er habe sie in diesem schrecklichen Zustand nicht sehen wollen.

Warum er geflohen sei, nachdem er vom Tod des Opfers erfahren habe?

Er sei in einen Abgrund gefallen und habe gespürt, dass er Abstand brauche, um den Schmerz zu überwinden. Er habe sich ins erstbeste Flugzeug gesetzt.

Das sei nicht korrekt, sagte der Richter, er habe das Land erst zwei Tage später verlassen.

Weil er nicht genug Bargeld gehabt habe, um sofort zu verreisen.

Er habe für diese Reise sein Konto leer geräumt.

Er habe alles hinter sich lassen wollen. Das sei nackter Überlebenstrieb gewesen.

Er habe sich nach seiner Festnahme im Juli 1998 in der dominikanischen Stadt Santo Domingo gegen die Auslieferung an die schweizerischen Behörden gerichtlich zu wehren versucht. Warum er das getan habe, wenn er unschuldig sei?

Weil er sich schon gedacht habe, dass ihm zur Last gelegt würde, was ihm zur Last gelegt werde.

Warum es ihn nie interessiert habe, die Behörden bei der Klärung des Deliktes zu unterstützen?

Das hätte seine geliebte Frau auch nicht wieder lebendig gemacht, antwortete Gerd und bat den Vorsitzenden mit gebrochener Stimme, keine weiteren Fragen beantworten zu müssen.

Danilo wackelte empört mit dem Kopf, die Mutter des Opfers schnäuzte das fünfte Taschentuch voll, der tüchtige Anwalt schüttelte seine vom Mitschreiben klamme Hand.

Der Staatsanwalt erhob sich, vom Richter aufgefordert, um die Anklage zu begründen. Er legte sein Plädoyer auf ein Stehpult und klopfte mit dem Bleistift gegen das Holz, bevor er anfing:

Der Angeklagte Gerd Bleuler, geboren 1944, lernte Agnes Knabenhans, geboren 1961, im Jahre 1989 kennen, nachdem sie sich bereits seit 1985 im Radio- und Fernsehtechnikbetrieb der Eltern von Agnes Knabenhans, in dem Gerd Bleuler angestellt war, gelegentlich gesehen hatten. Ab 1989 lebten sie in einem gemeinsamen Haushalt in Zürich. Der Angeklagte arbeitete selbstständig als Computerfachmann, seine Firma hatte er im gemeinsamen Haushalt eingerichtet und war daher oft zuhause. Die Lebensgefährtin war nicht berufstätig und hatte kaum soziale Kontakte. Ihr Wirkungsbereich beschränkte sich auf Nachbarn, die in derselben Hausgemeinschaft wohnten. Laut Zeugenaussagen der betroffenen Nachbarn ergibt sich übereinstimmend das Bild einer isolierten, auf ihren Lebensgefährten bezogenen, sehr freundlichen und konfliktscheuen Frau, die selten die gemeinsame Wohnung verließ. Die Mutter des Opfers gab an, in regelmäßigem telefonischen Kontakt zur Tochter gestanden zu haben. Die Tochter hatte gelegentlich geäußert, der Angeklagte drohe ihr Schläge an. Gleichzeitig verteidigte sie ihn der Mutter gegenüber, da er seine Drohung nie wahr gemacht habe.

Am Mittwoch, den 28. Dezember 1994, fuhr der Angeklagte mit seinem Nachbarn Fabian Zumsteg in eine Kies-

grube bei Flaach, dort wollten sie bis 1. Januar 1995 zelten. Am Samstag, den 31. Dezember 1994, brach der Angeklagte den Aufenthalt vorzeitig ab und fuhr alleine nach Zürich zurück. Gegen achtzehn Uhr erreichte er nach eigener Aussage die Wohnung und geriet mit seiner Lebensgefährtin in einen Streit.

Um 03.12 am 1. Januar 1995 rief der Angeklagte die Notrufzentrale an. Krankenwagen und Polizei überprüften den Notruf und fanden Agnes Knabenhans allein, schwer verletzt und nicht ansprechbar im Badezimmer vor. Dem Bericht des Krankenhauses ist zu entnehmen, dass die Tat sich unmittelbar vor dem Notruf ereignet haben muss.

Zehn Stunden nach der Tat, um 13.03 Uhr, erlag das Opfer den schweren Verletzungen im Krankenhaus.

Der Obduktionsbericht ergab, dass der Täter mit äußerster Brutalität gegen sein Opfer vorging. Zudem stand das Opfer zum Tatzeitpunkt unter der Wirkung hochdosierter Sedativa (Lorazepam, Diazepam) und war nicht in der Lage, sich zu wehren. Es wurden ebenfalls Spuren des Stimulans Ritalin gefunden, allerdings überwiegten die beruhigenden Stoffe um ein Vielfaches.

Es wurden keine fremden Fingerabdrücke und kein fremdes Körpermaterial gefunden. Einzig die Haare des Angeklagten am Hals des Opfers wurden zweifelsfrei identifiziert.

Dass es sich beim Angeklagten um den Täter handle, liege auf der Hand, sagte der Staatsanwalt und löste sich von seinen Papieren.

Sein Verhalten nach der Tat und seine Flucht seien eindeutige und schwerwiegende Belastungsindizien. Wohingegen keine einzige Spur zur Entlastung des Angeklagten geführt habe.

Es sei auszuschließen, dass eine fremde Person sich in der Wohnung aufgehalten habe. Es habe keine Hinweise auf einen Besuch, oder einen versuchten oder tatsächlichen Raubüberfall gegeben, auch sei die Tür nicht gewaltsam geöffnet worden.

Außerdem fielen die Tat und der Notruf zeitlich fast zusammen.

Die Staatsanwaltschaft müsse davon ausgehen, dass der Angeklagte seine Lebensgefährtin mit festem Schuhwerk so lange traktiert habe, bis sie so gut wie tot gewesen sei. Sein Notruf spreche aus psychologischer Sicht Bände, denn er habe keine konkrete Hilfe für das Opfer angefordert und keinen Krankenwagen gerufen, sondern nur gesagt: »Hilfe, helft **mir** doch, die verreckt.« – die Stimme des Anrufers sei die eines Täters, der das Ausmaß seiner Tat erkannt habe und um Hilfe für sich selbst rufe.

Der Angeklagte habe während des Untersuchungsverfahrens kurzzeitig versucht, den Verdacht von sich abzulenken, indem er seiner Lebensgefährtin einen liederlichen Lebenswandel unterstellt und Andeutungen über einen Liebhaber gemacht habe. Als er gemerkt habe, dass seine Kenntnis um einen Nebenbuhler sein eigenes Tatmotiv bestärkte, sei er davon wieder abgerückt. Dass der Angeklagte heute in Anzug vor Gericht erscheine und den trauernden Gatten gebe, sei ebenso verwunderlich wie verwerflich.

Der Angeklagte sei der vorsätzlichen Tötung schuldig zu sprechen. Die Staatsanwaltschaft habe genau geprüft, ob sie auf schwere Körperverletzung mit Todesfolge oder auf vorsätzliche Tötung zu klagen habe. Vorsätzlich verübe ein Verbrechen, wer die Tat mit Wissen und Willen ausübe. Hier liege Eventualvorsatz vor, denn der Täter habe den Eintritt des Erfolgs beziehungsweise die Verwirklichung des Tatbestands für möglich gehalten und dennoch gehandelt, weil er den Erfolg für den Fall seines Eintritts in Kauf genommen und sich damit abgefunden habe, wenn er ihm womöglich auch unerwünscht gewesen sei.

Dass er den Notruf verständigt habe, sei ihm nicht mildernd anzurechnen, da er – an diesem Punkt des Plädoyers stand das Fräulein auf und verließ den Saal mit Blitzen vor den Augen. Sie setzte sich im Korridor auf die Wartebank und versuchte sich auf einen Punkt am Boden zu konzentrieren. Sie krümmte sich unter den Blitzen. Sie legte sich auf die Bank und schloss die Augen, aber die Blitze waren unter die Lider geschlüpft, schlugen ein und ein und spalteten ihre Augäpfel.

»Liebe!« Danilo saß neben ihr und sah besorgt aus. Sie konnte ihn sehen, ihre Augen hatten das Gewitter überlebt. Er half ihr, sich aufzurichten. »Ist es vorbei?«, fragte sie. »Ja.« Frau Baumgartner und die Mutter des Opfers mit dem tüchtigen Anwalt setzten sich auf die Bank.

»Wenn wir doch nur Gewissheit hätten«, jammerte Frau Baumgartner der Mutter des Opfers laut ins Hörgerät. Das Fräulein dachte nach, was gemeint war: die Täterfrage oder der Richterspruch. Zweites, natürlich. Danilo sagte: »Du hast nichts verpasst. Das Plädoyer des Verteidigers konnte man sich ja denken. Und das letzte Wort war auch nicht nötig. ›Ich war's nicht‹, hat er zum Schluss gesagt. Er bleibt in Sicherheitsverwahrung, das Gericht tagt, und das Urteil ergeht schriftlich – wann, hat der Vorsitzende nicht gesagt.«

Das Fräulein hatte Lust, Danilo den Kopf auf die Schulter zu legen.

»Wo ist Fabian?«, fragte er. Fabian war der Exfreund des Fräuleins.

»Keine Ahnung.«

»Habt ihr keinen Kontakt mehr?«

»Nein.« Sie stand auf und gab Danilo die Hand. »Mach's gut.« Dann ging sie den Korridor hinunter.

2001
Brief nach Boston (6)

Lieber Jeff,

Nein. Stop. Dass sie so nicht beginnen konnte, wusste sie doch längst.

Nächstes Blatt.

Hallo Jeff,

So weit, so gut.

Aber wie weiter?

Für den Fall, dass du nicht weißt, wer dir schreibt,

Nein. Nächstes Blatt.

Hallo Jeff,

Ich bin's, die Katzenmörderin. Später mehr dazu. Es ist genau sieben Jahre her, seit ich in die Wohnung unter dir eingezogen bin. Damals trugst du Lackschuhe, Abend-

anzüge und einen Cellokoffer auf dem Buckel. Neun Monate waren wir Nachbarn, bis Agnes' Tod die Hausgemeinschaft sprengte. Du erinnerst dich wohl, dass du oft bei uns klingeltest, um Fragen zu stellen, die uns irritierten. Mich und meinen damaligen Freund, sein Name war Fabian, aber das scheint mir unwichtig. Etwas anderes scheint mir aber gerade wichtig: Verstehst du überhaupt noch Deutsch? Ich hoffe es, und so schlecht wie mein Englisch kann dein Deutsch nicht geworden sein, auch wenn hundert Jahre vergangen wären. Also fahre ich fort.

Mit den Fragen, die du stelltest. Sie gaben mir Anlass zu glauben, du littest unter Verfolgungswahn. Das glaube ich übrigens bis heute. Und bis heute bist du mir suspekt, ich erwähne das lieber gleich, denn ich möchte offen sprechen. Den Cellisten habe ich dir nie abgenommen. Musikliebhaber, ja, Brucknerfan, ja, die Nullte bleibt mir unvergessen, aber Musiker? Nein. Ich habe alles gehört, unter dir, aber Cello spielen habe ich dich nie gehört. Dein Koffer hat meine Gedanken so lange beschäftigt, bis ich dir ein Gewaltverbrechen mehr als zugetraut habe. Ja, ich habe versucht, Nachforschungen über dich anzustellen. Ich habe auch versucht, Agnes über dich auszufragen (warum Agnes? Weil es niemanden außer ihr im Haus gab, mit dem ich eine Grundlage für Gespräche dieser und anderer Art gehabt hätte), ich habe es versucht, aber sie ließ es nicht zu. Sie hat wenig über dich gesprochen, aber wohlwollend. Sie sprach zwar über alle Menschen immer wohlwollend, aber trotzdem.

Ich weiß nicht, wie ausführlich Frau Baumgartners Weihnachtspost an dich ist, hat sie dir geschrieben, dass Gerd schuldig gesprochen und zu elf Jahren Haft verurteilt wurde? Er hat allerdings Berufung eingelegt, und Agnes'

Mutter, die ihre Ruhe wohl erst findet, wenn der Fall definitiv abgeschlossen ist, muss weiterleben, bis auch die letzte Instanz eine Revision des Urteils abgelehnt hat. Sollte das Urteil hingegen revidiert werden, bliebe sie wahrscheinlich ewig am Leben und unsterblich.

Gerd liebte »nackte Tatsachen« – weißt du noch? Er ist verurteilt, aber was passiert ist und warum, liegt weiterhin im Dunkeln.

Dir schreibe ich, weil ich Agnes' Adresse nicht habe.

Und weil sie mir fehlt. Sie fehlt mir, immer noch, heute und seit über 2000 Tagen.

Und weil es etwas wie eine unzerstörbare Hoffnung in mir gibt, dass Trost im Wissen um den Tathergang liegt. Nun, woher solltest du mehr wissen als ich.

Die nackten Tatsachen, die ich kenne, sind:

Außer Agnes, dir und mir waren alle Bewohner unseres Hauses vom 29. Dezember an verreist.

Das Letzte, was ich von Agnes weiß, ist, dass sie Conny von Studnitz beim Packen half, bevor diese am 29. Dezember nach London flog.

Am 29. und 30. Dezember habe ich immerfort versucht, Agnes zu besuchen, aber sie öffnete mir nicht.

Seit Weihnachten hörtest du nicht mehr Bruckner, sondern Bikutsi, die Musik, die Agnes immer hörte. Am 29. und 30. Dezember lief die Platte bei dir pausenlos.

Am 31. Dezember war von dir nichts zu hören.

Gegen 18 Uhr kehrte Gerd überraschend und alleine vom Zelten mit meinem damaligen Freund Fabian zurück.

In der Neujahrsnacht wurde bei mir einmal anhaltend geklingelt, ich weiß aber nicht, um wieviel Uhr. Und ich hörte irgendwann eine Frau schreien, aber auch da kann ich nicht sagen, wann das war.

Die Tat muss sich gegen drei Uhr früh ereignet haben. Um zehn nach drei verständigte Gerd die Notrufzentrale.

Kurz nach ein Uhr mittags am 1. Januar starb Agnes.

In den Tagen nach ihrem Tod hörte ich aus deiner Wohnung keinerlei Geräusche.

Einen Monat nach der Tat erzählte Frau Baumgartner, du seist nach Boston zurückgekehrt.

Ich will dir sagen, welche Fragen mich beschäftigen: Warum bist du nach ihrem Tod so schnell auf und davon? Woher hattest du die Bikutsi-Platte und warum hast du sie derart intensiv gehört? Und wo warst du an Silvester?

Tja, und mir selber stelle ich die Frage, warum du mir darauf Antworten geben solltest. Du hast mich bestimmt nicht als freundlich in Erinnerung, und selbst wenn. Was geht mich das alles an.

Ich habe vorhin geschrieben, dass ich versucht habe, dir nachzuspionieren. Die Aufgabe, deine Katze zu füttern, habe ich nicht aus Tierliebe übernommen, sondern aus Neugierde. Dass ich dabei keine Erkenntnisse über dich gewinnen konnte, brauche ich dir nicht zu sagen, du bist meiner Neugierde zuvorgekommen und hast alles weggesperrt. Dass ich die Katze täglich gefüttert habe, kannst du nicht wissen, aber es ist so. Nur gesehen habe ich sie nie. Und nun das versprochene Wort zur Katzenmörderin. Ich habe ihr nichts zuleide getan, das schwöre ich. Es kann aber sein, dass ich eine ungünstige Ausstrahlung habe und die Katze sich vor ein Auto geworfen hat, um ihr (also mir) zu entgehen. Diese Schuld nehme ich auf mich, auch wenn es meines Wissens keine Beweise dafür gibt. Außer dem schlechten Gewissen, das mich bis heute plagt, und das ja irgendwo seinen Ursprung haben muss.

Ich bekenne auch, dass ich versucht habe, dich vor den Nachbarn als brutalen Menschen darzustellen, das weißt du, auf der Vernissage damals im Garten. Ob zu Recht oder Unrecht, werde ich nie erfahren, denn du wirst es mir nicht sagen, und danach frage ich auch nicht. Ich habe andere Fragen gestellt.

Ich bin es gewohnt, keine Antworten zu bekommen, ich stelle meine Fragen trotzdem. Unbelehrbar. Auch wenn meine Erfahrung eine bunte Geschichte der Vergeblichkeit ist.

Ich stelle fest, dass der Bikutsi das einzige verbindende Element zwischen dir und mir ist. Ich habe zwar nie eine Bikutsi-Platte besessen, aber ich habe ihn oft bei Agnes gehört. Ich bin nach Kamerun gereist, vor eineinhalb Jahren, warum, kann ich heute schwer begründen. Auf der Suche nach einem warmen Gefühl wahrscheinlich. Um an Agnes' Erfahrungen zu naschen. Sie hat immer wieder erwähnt, in Kamerun viel Liebe erfahren zu haben. Aber ich bin nicht Agnes, und Liebe ist wählerisch, auch wenn man ihr das oft abspricht. Mich hat sie in Kamerun nicht beehrt, und das kann ich ihr nicht übel nehmen.

Übrigens, wo ich gerade von der weiten Welt spreche, und um aufs Thema Liebe nicht weiter einzugehen: Ich habe einen Reiseführer über Boston gekauft. Ihr habt dort die Symphony Hall und das Boston Symphony Orchestra, das ist mir aufgefallen, obwohl ich behaupte, dass du dort nicht mitspielst und konzertierst. Dann ist mir vor allem der »Freedom Trail« aufgefallen. Die vier Kilometer lange rote Linie, die ihr Bostoner tagtäglich abschreiten könnt auf dem Weg zur Freiheit. So eine Linie suche ich auch, ich befürchte nur, dass sie wesentlich länger ist und vor meiner Haustür beginnt, allerdings nicht in benutzerfreundlichem Rot. Das war jetzt keine Frage.

Aber hier kommen weitere Fragen:

Warst du in jener Nacht zuhause?

Hast du etwas gehört?

Wurde bei dir auch geklingelt, hast du die schreiende Frau auch gehört? Um wieviel Uhr? Und glaubst du, dass es Agnes war?

Warum hat Agnes tagelang vor der Tat auf mein Klingeln nicht reagiert, wo war sie?

Agnes' Mutter hat zu Protokoll gegeben, Agnes habe immer wieder von Drohungen Gerds berichtet, er schlage sie. Gab es dafür Hinweise?

Alle Fragen, die ich weiter formulieren könnte, fasse ich zusammen: Was weißt du, und warum wurde sie getötet.

Sie las den Brief durch und war genauso unzufrieden wie mit den unzähligen Versuchen davor. Seit Jahren schrieb sie an diesem Brief, seit Jahren las sie ihn durch und war unzufrieden. Aber so lange war er bisher nie geworden, bis er der Unzufriedenheit zum Opfer fiel und zerrissen wurde. Sie suchte nach Jeffs Adresse, die sie vor einem Jahr, knapp nach dem Urteil gegen Gerd, von Frau Baumgartner bekommen hatte, die übrigens Ruth hieß, nicht Lydia, so stand es im Telefonbuch. Sie wolle Jeff gerne einen Weihnachtsgruß schicken, hatte sie Frau Baumgartner am Telefon gesagt, die sie darauf aufmerksam gemacht hatte, dass Frühling war. »Trotzdem«, hatte sie geantwortet, »die Zeit vergeht ja schnell.« Frau Baumgartner hatte ihr die Adresse gegeben und ihre Hoffnung ausgedrückt, das *Fräulein* fange mit ihrer Matura mittlerweile etwas Sinnvolleres an, als Zwetschgenwähe zu servieren. »Ihre Ausbildung hat den Steuerzahler eine Menge Geld gekostet, da stehen Sie in der Schuld.« Sie hatte geantwortet, dass sie schon lange nicht mehr in der Konditorei arbeite, und das entsprach der Wahrheit.

Im Vorjahreskalender fand sie die Adresse wieder und übertrug sie in den aktuellen Kalender.

Jeffrey Saunders

222 Friend St.

Boston, MA 02114, USA

Sie holte den Reiseführer und sah auf dem Stadtplan nach, wo die Friend Street lag. Aha, Jeff konnte wirklich jeden Tag den nah gelegenen Freedom Trail abschreiten. Sie nahm den Brief zur Hand und schrieb:

Jetzt bist du mir übers Schreiben fast sympathisch geworden, daher lüge ich nicht, wenn ich dich grüße, also: Ich grüße dich.

Dann faltete sie ihn schnell zusammen.

Sie faltete ihn wieder auf und setzte ihren Namen darunter. Sie sah ihren Namen an schrieb ein PS darunter, damit er nicht so nackt dastand.

PS: Beim Katzenfüttern habe ich Schokolade aus dem Küchenschrank geklaut, aber das wirst du ja gemerkt haben.

Eine Woche später gab sie den Brief am Postschalter ab.

2002
Schlechte Musik (7)

Der Termin war unglücklich gewählt. Am 11. September 2001 veröffentlichte Bob Dylan sein lang erwartetes Album »Love and Theft.« Es schlug nicht ein, und schon gar nicht wie eine Bombe, denn Öffentlichkeit und Medien waren mit einem anderen explosiven Thema beschäftigt.

Bis sie »Liebe und Diebstahl« auf ihren Einkaufszettel schrieb, vergingen Monate, und als sie den Musikhändler ihres Vertrauens aufsuchte, hatte der Sommer 2002 seinen Zenit weit überschritten.

Sie war enttäuscht. Aus alter Gewohnheit hatte sie nach Dylandamen gesucht, aber außer einer Samantha Brown, die nur erwähnt wird, damit Bob berichten kann, dass er **nicht** mit ihr geschlafen hat, kommt keine Dame vor. Reich an Begegnungen ist das Album nicht. Von einem Sugar Baby heißt es: *Jahrelang warst du ohne mich unterwegs, das kann gut so weitergehen.*

Außerdem herrscht *endlose Leere*, ist *kein Ausweg in Sicht*, und vom Wind wird gesungen, der nachts von etwas flüstert, das nie kommt. Sie schwor sich, endlich damit aufzuhören, jede neue Dylanplatte zu kaufen und nach brauchbaren Mitteilungen abzuhören. Doch dann stieß sie auf den Satz *You can't make love all by yourself* und sagte sich, da sei viel Wahres dran. Sie rief den Musikhändler an und fragte ihn, was er abends vorhabe.

Hätte er gesagt: »Ich bring dir Auto fahren bei«, hätte sie eingewilligt. Hätte er vorgeschlagen, mit ihr ein Kasino zu besuchen, eine Firma zu gründen oder eine Familie, auch. Denn sie rief ihn an, damit etwas passierte.

Er aber schlug vor, ins Kino zu gehen. Sie bereute den Anruf. Er schlug vor, gute Musik zu hören. Sie entgegnete: »Lass uns schlechte Musik hören.« Um gute Musik zu hören, brauchte sie seine Gesellschaft nicht. Sie sehne sich nach anderem, sagte sie. Der Musikhändler bangte um seinen Ruf und verweigerte ihren Wunsch. Mit seiner Weigerung wuchs ihr Bedürfnis. Nach einem langen Wortwechsel setzte sie sich durch. Blieb nur zu klären, wo sie schlechte Musik hörten. Da sie keinen brauchbaren Vorschlag machte, konnte sie seinen nicht ablehnen: in einer Karaoke-Bar. Sie bereute den Anruf entschieden.

Dieser Abend änderte ihre Einschätzung des Laufs der Welt. Hatte sie bisher alles und jeden für kurzlebig gehalten (mit Ausnahme von Agnes' Mutter natürlich), sah sie nun ein, dass ihre Perspektive ungünstig, weil einseitig war. Die Karaoke-Bar gab es immer noch. Die Tür stand immer noch offen. Der ölige Chef hatte immer noch dieselbe Haarfarbe und dasselbe Hemd an.

Sie sagte dem Musikhändler nicht, dass sie auf der anderen Straßenseite gewohnt hatte und fand kurz einen Glauben, um zu beten, der Chef möge sie nicht freundlich grüßen und auffliegen lassen. Dafür hätte sie den lieben Gott nicht bemühen müssen, wie sollte sich der Chef an sie erinnern, einmal hatte sie mit ihm gesprochen, acht Jahre war es her, um sich über den Lärm zu beschweren. Das war die einzige Begegnung zwischen ihnen gewesen. Denn als das Auto neben ihr in die offene Tür der Bar gekracht war, hatte der Chef nur Augen für das Auto und den Schaden gehabt, verständlicherweise.

Der Chef war mit Dartspielen beschäftigt und nahm keine Notiz von ihnen. Der Musikhändler machte ein unglückliches Gesicht, sie setzten sich und schlugen die umfangreiche kunstlederne Speisekarte auf, die einen Überblick über alle Hits enthielt. »Eine neue Liebe ist wie ein neues Leben«, sang eine Dame mit Lesebrille, um den Text vom Bildschirm korrekt wiedergeben zu können. »Ich halte das nicht aus«, sagte der Musikhändler. Sie blätterte die eingeschweißten Seiten durch und überflog die Titel. Sie blätterte zurück auf Seite eins, als sie merkte, dass die Lieder alphabetisch geordnet waren. Zwischen *Angie* und *Are You Lonesome Tonight?* stand es: *Anita*. Sie schlug die Karte zu. »Was trinkst du?«

»Schnaps. Im Wasserglas«, sagte der Musikhändler.

Es war das erste Mal, dass sie sich außerhalb der Musikhandlung trafen. Seit sie seine Kundin war, spielte er ihr Neuheiten vor und legte ihr Lieblinge ans Herz. Manchmal kaufte sie etwas, meistens nicht. Trotzdem freute er sich immer, wenn sie kam. Seine Nummer gab er ihr jedes Mal. »Hier, hast du wohl verloren.« Einmal rief sie ihn an und fragte nach einer Neuerscheinung, um ihm zu zeigen, dass sie seine Nummer behalten hatte. Aber verabredet hatten sie sich bisher nie.

Eine Gruppe leicht bekleideter junger Damen betrat die Bar. Der Chef löste sich endlich von der Dartscheibe und legte die Pfeile auf den Tresen. Mit den Leichtbekleideten wurden auch sie bedient. Der

Musikhändler bestellte tatsächlich »den größten Schnaps, den Sie haben, bitte.«

»Gut«, sagte sie und fasste ihn ins Auge, »dann für mich auch.«

Das unglückliche Gesicht des Musikhändlers gefiel ihr nicht. Sie drehte sich den Leichtbekleideten zu, die sich vor dem ersten Schluck Likör schworen, kein Wort übers Büro zu verlieren. Jetzt werde sich vergnügt, prosteten sie sich zu und konnten es kaum erwarten, loszulegen. »Kann mal einer der Mutti sagen, dass sie zu alt fürs Showbusiness ist«, rief eine. Die Dame mit der Lesebrille, die gerade »Er gehört zu mir, wie mein Name an der Tür« sang, reagierte auf das Gelächter der Jungen mit einer kleinen Verneigung.

Der Musikhändler trank seinen Schnaps in großen Schlucken und hustete ausgiebig. »Ich vertrag das Zeug gar nicht«, sagte er missmutig, als er wieder bei Stimme war. Sein unglückliches Gesicht weckte ihre Streitlust. »Dann trinkst du am besten gleich noch einen«, sagte sie und schlug die Karte wieder auf. Die Leichtbekleideten eroberten die Bühne und röhrten nacheinander viermal »Sex Bomb.« Der Musikhändler stöhnte.

»Du wolltest hierher«, sagte sie, ohne von der Karte aufzusehen.

»Aber du wolltest schlechte Musik hören.«

»Ja, und jetzt habe ich gewählt. Für ein Duett bist du wohl nicht zu haben.« Sie sah ihn kurz an, als hätte sie eine Frage gestellt, zum Beispiel: »Wie heißen Sie?« Dann lächelte sie der Karte zu und sagte: »Deshalb werde ich solo auftreten.«

»Ich möchte gerne gehen«, sagte der Musikhändler und klang wie ein Kleinkind, dem der Lutscher in den Dreck gefallen ist.

»Wenn ich gesungen habe, können wir gehen«, antwortete sie und klang wie die Mutter des Kleinen, die einen neuen Lutscher verspricht.

»Kannst ohne mich singen.« Der Musikhändler war jetzt jugendlich und begehrte gegen die Mutter auf.

»Nein.« Sie war eine sturmerprobte Mutter, die sich nicht so leicht provozieren ließ. Sie lächelte eine Leichtbekleidete an, die unter dem Beifall ihrer Runde »I can't get no satisfaction« sang. »No, no no«, brüllte die Runde im Chor zurück und heizte der Leadsängerin ein, deren Fahrt kaum zu bremsen war, als das Lied verklang. »Ich muss noch mal«, sagte die Leadsängerin, und ihre Runde applaudierte. Der Musikhändler stand auf. »Ich zahl jetzt, und dann gehen wir«, sagte er, plötzlich erwachsen. Das machte sie sprachlos. Er ging zum Tresen. Die Rechnung konnte er nicht begleichen, weil der Chef die leicht bekleidete Damenrunde beriet. Der Musikhändler legte einen Geldschein auf den Tresen und wartete. Sie beobachtete den wartenden Musikhändler und den Chef, der jeder einzelnen Leichtbekleideten auf den Kopf zu sagte, welches Lied er von ihr hören wollte. Die Leichtbekleideten nickten professionell zu den Vorschlägen, wie Stars von morgen, die ihrem Manager voll vertrauten, erfüllt vom Glauben, einzig er und seine immense Erfahrung im Business könnten sie groß herausbringen. »Gut«, sagte die vorsitzende Leichtbekleidete, »an die Arbeit, und sieben schnelle

Gläschen, bitte.« Der Chef eilte zum Tresen und führte die Bestellung aus, ohne den Musikhändler und seinen Geldschein zu beachten.

Die Vorsitzende legte die Programmabfolge fest, die dem Chef präsentiert wurde, als er die Gläschen brachte. Er segnete das Vorhaben mit einem ernsthaften »geht in Ordnung« ab und setzte sich an den Tisch der Leichtbekleideten. Der Musikhändler wartete immer noch. Als die Darbietung der Leichtbekleideten begann, kam er unverrichteter Dinge zu seinem leeren Schnapsglas zurück. »Wir legen das Geld hin und verschwinden. Hast du es passend?«

»Tut mir leid«, antwortete sie. Die Mühe, in ihrem Portemonnaie nachzusehen, machte sie sich nicht. Der Musikhändler ließ sich geschlagen auf seinen Stuhl sacken. Sein Gesicht war jetzt sehr unglücklich.

Nach dem dritten Programmpunkt brach er das Schweigen. »Es geht nicht«, sagte er mit einem Blick zur Bühne hin, den er sich hätte sparen können. »Stimmt«, antwortete sie, »lass nur, ich zahl später.« Verdutzt erhob er sich. »Also, bis dann«, er wandte sich zum Gehen. »Ja, bis dann«, antwortete sie.

Es war spät, als die Leichtbekleideten sich herzlich vom Chef verabschiedeten, mit dem siebenfachen Versprechen, demnächst wiederzukommen. Dann kehrte Ruhe ein. Der Chef rauchte eine Zigarette, die Dame mit der Lesebrille leckte den Lippenstift vom Weinglas und sah versonnen vor sich hin. Das leere Glas des Musikhändlers stand noch da und erinnerte an ihn. Sie führte ein kurzes Zwiegespräch mit sich. »Du machst dich total lächerlich«, sagte sie sich. »Ja. Endlich«, antwortete sie, stand auf und verhandelte mit dem rauchenden Chef, der ihren Titelwunsch kommentarlos hinnahm.

»Hör zu«, murmelte sie während des kurzen Intros. Sie schloss die Augen und begann zu singen. Den Text, der sich im verlangten Gesangstempo auf dem Bildschirm einfärbte, brauchte sie nicht abzulesen. Drin ist drin. Was sind acht Jahre. Sie sang flüssig und fehlerfrei. Einen Moment sah sie sich auf der anderen Straßenseite am Schlafzimmerfenster stehen und sich zuhören. Sie wusste, dass sie dort drüben gehört wurde, aber sie wusste nicht, von wem. Von Frau Baumgartner im ersten Stock. Und sonst? Es spielte keine Rolle, sie sang für jemand anderes.

Das Lied war gesungen kürzer als gehört, stellte sie fest. Nachdem sie mit der leiser und leiser werdenden Wiederholung von *Ich bau für uns ein Nest, wo sich's leben lässt, Anita, Anita* geendet hatte und es danach so still war, wollte sie noch einmal von vorne beginnen.

2003
Die andere Geschichte (8)

Das Licht kam aus rechteckigen, vergitterten Öffnungen, eingelassen in die Decke des Empfangsraums. Sie saß am runden Tisch und hatte eine der Tageszeitungen aufgeschlagen, die für die Kundschaft bereitlagen. Das Licht zuckte grünlich und ließ die Buchstaben vor ihren Augen tanzen. Sie war wie immer zu früh. Trotz des heftigen Regens hatte sie die Straßenbahn zwei Stationen vor dem Ziel verlassen, um Zeit zu verlieren. Ihr durchnässter Mantel hing links vom runden Tisch am Garderobenständer, ihre Haare tropften und hinterließen kleine schwarze Flecken auf dem Zeitungspapier. »Bitte gedulden Sie sich«, hatte der Herr am Empfangspult gesagt, nachdem sie ihre Anwesenheit gemeldet und ihren Namen genannt hatte. »Ihr Personalberater wird Sie abholen.« Durch die bisherigen Termine hatte sie die Geduld erworben, um die der Empfangsherr bat. Ihr Personalberater ließ sich gerne Zeit. Auch im Beratungsgespräch. »Gehen wir alles sorgfältig durch«, sagte er zu Beginn jeder Beratung.

Seit einem Jahr kam sie hierher. Es war ihr immer schwergefallen, Menschen zu bedienen, aber zuletzt hatte sie mit Unverschämtheiten auf Unverschämtheit reagiert, und es war ihr genauso klar wie ihrem letzten Chef, dem Betreiber einer traditionsreichen Speisegaststätte in der Innenstadt, dass sie so nicht weitermachen konnte. Die Kündigung nahm sie mit Erleichterung zur Kenntnis. Als sie ihrem Personalberater zum ersten Mal gegenübersaß und er in väterlichem Ton sagte, die Erwerbslosigkeit könne auch eine Chance sein, erwiderte sie, ja, sie wolle sich nach neuen Wegen umsehen. Der Personalberater bewilligte ihr Kurse in Datenverarbeitung und Business-English, legte ihr aber weiterhin *attraktive* Anstellungen im Gastronomiebereich nahe. Sie wusste, dass sie ihren Anspruch demnächst verwirkte, wenn sie wie bisher ablehnte. Sein väterlicher Ton war einem bedauernden, aber harten gewichen. »Machen wir uns nichts vor«, sagte er, »Sie sind ungelernt.« Daran seien keine ungünstigen Umstände und kein böses Umfeld schuld, sondern sie ganz alleine. »Sie hatten einen sehr guten Start ins Leben«, sagte er, worauf sie regelmäßig zusammenzuckte, »die Matura hätte Ihnen alles ermöglicht.«

Die drei anderen Kunden am runden Tisch studierten gut sichtbar den Stellenteil der Tageszeitung. Das wurde gerne gesehen. Wenn ein Personalberater den Empfangsraum betrat, um einen Kunden abzuholen, wurde das Lesen im Stellenanzeiger stets mit Lob bedacht. Sie las trotzdem den Regionalteil. Bevor sie die Zeitung umblätterte, sah sie in ihrer Tasche nach, ob sie die Nachweise über ihre Arbeitsbemühungen eingesteckt hatte. Denn in diesem Punkt verstand der Personalberater keinen Spaß. Beruhigt blätterte sie weiter und glaubte, unter Sehstörungen zu leiden. Das grüne Licht schien Sinnestäuschungen zu verursachen. Conny. Ein Foto von Conny in der Zeitung. In Farbe. Blond wie eh, lächelnd, die Mäusezähne zeigend.

Die Kinderärztin und Leiterin der Kinderschutzgruppe der Universitäts-Kinderklinik, Cornelia von Studnitz, fordert Aufmerksamkeit für das Münchhausen-Stellvertreter-Syndrom.

Die Schrillstimme Conny in der Zeitung! Die Schneckenhauskünstlerin! Die unglückliche Weinkönigin *forderte Aufmerksamkeit*! Unfassbar.

Das Münchhausen-Stellvertreter-Syndrom ist eine schwerwiegende Form der Kindesmisshandlung. Hauptsächlich

Mütter erzeugen Krankheiten ihres Kindes durch physische Misshandlung oder nicht indizierte Verabreichung von Medikamenten in falschen Dosen. Häufig sind diese Mütter medizinisch gebildet, und immer pflegen sie ihr krankes Kind scheinbar aufopferungsvoll.

Von Béatrice Egli

Weit verbreitet und am wenigsten kontrolliert ist die häusliche Gewalt. 85 Prozent aller Gewalttaten werden innerhalb der Familie verübt.

Die Kinderschutzgruppe der Universitäts-Kinderklinik befasst sich seit bald 40 Jahren mit Kindern, die gesichert oder vermutlich Misshandlungsopfer sind. Ihre Leiterin Cornelia von Studnitz warnt vor einer noch weitgehend unbekannten Form der Kindesmisshandlung: Dem Münchhausen-Stellvertreter-Syndrom. »In erster Linie Ärzte, aber auch Angehörige und Nachbarn sollten wachsam sein«, fordert die 49-Jährige.

Frau von Studnitz, handelt es sich bei dieser Form der Misshandlung um ein neues Phänomen?

Studnitz: Das ist schwer zu sagen, die Fälle werden erst seit einigen Jahren dokumentiert. Mit Sicherheit ist es jedoch ein sehr gefährliches und schwer zu diagnostizierendes Krankheitsbild.

Schwer vorstellbar, dass Mütter ihre Kinder so lange quälen, bis sie zum Teil lebensbedrohlich erkranken, um sie anschließend gesund zu pflegen. Was treibt diese Mütter?

Studnitz: Das zu beantworten ist Sache von Psychiatern. Zweifelsfrei handelt es sich um gravierende psychische Störungen auf Täterinnenseite. Uns geht es um die Opfer. Wir möchten über das Syndrom aufklären und durch systematische Forschung Ärzten die Diagnose erleichtern, damit den betroffenen Kindern möglichst rasch geholfen werden kann. Das Hauptproblem liegt im Erkennen der Misshandlung, denn die Mütter versuchen nach Kräften, genau das zu verhindern.

Was können Ärzte tun, um die Fälle aufzuklären?

Studnitz: Sie können erst einmal nichts anderes tun, als die Symptome sehr genau zu dokumentieren und auf ihre Ursachen zu untersuchen. Bleiben die Symptome unerklärlich und findet sich keine ursächliche Erkrankung, sollten sie auf jeden Fall aufhorchen, gegebenenfalls Rat bei Kollegen suchen oder die Väter in die Untersuchung mit einbeziehen. Das wiederum ist schwierig und nicht zu verordnen. Natürlich versuchen die Mütter in den meisten Fällen, die Väter außen vor zu lassen.

Die Väter sollten versuchen, sich zu involvieren?

Studnitz: Auf jeden Fall. Wenn es auch für die Väter schmerzhaft sein kann, ihren Frauen zu misstrauen. Gleiches gilt aber auch für Großeltern, Geschwister, Nahestehende und Nachbarn. Die misshandelnden Mütter haben paradoxerweise meist eine äußerst enge Beziehung zu ihrem Kind und gelten als fürsorgliche und gute Mütter, das macht es dem privaten Umfeld schwer, Misstrauen zu empfinden.

Wie häufig sind diese Fälle?

Studnitz: Sie lassen sich nicht beziffern, da wir davon aufgehen müssen, dass die meisten Fälle im Dunkeln liegen. Es ist kein Massenphänomen, aber es ist verbreitet.

Ist es für Sie als Medizinerin nicht erschreckend, dass die meisten Täterinnen medizinisch gebildet sind und über das nötige Know-how verfügen, ihre Opfer so zu malträtieren, dass Ärzte mitunter jahrelang getäuscht werden?
Studnitz: Oh ja. Es führt die eigenen Fähigkeiten vor Augen. Ich bin froh, dass ich mich entschieden habe, mein Können dem Genfer Gelöbnis entsprechend einzusetzen: »Die Erhaltung und Wiederherstellung der Gesundheit meiner Patienten soll oberstes Gebot meines Handelns sein.« Ich weiß aber auch, dass diese Entscheidung tagtäglich aufs Neue getroffen werden muss.
Sind unsere Mütter überfordert?
Studnitz: Das glaube ich nicht. Und wir sollten uns hüten, die Täterinnen zu »unseren Müttern« zu machen. Da ich selber jedoch kinderlos bin, fühle ich mich nicht kompetent, eine Aussage zur Verfassung der zeitgenössischen Mutter zu machen.
War Ihre Berufstätigkeit ein entscheidendes Argument gegen den Kinderwunsch?
Studnitz: Nein. Für meine Lebensgefährtin und mich hat sich die Kinderfrage nicht wirklich gestellt.

Lebensgefährtin? Sie starrte das Wort in der Zeitung an. Conny hätte die Frage der Interviewerin leicht beantworten können, ohne der Welt mitzuteilen, dass sie mit einer Frau zusammenlebte. Sie hätte antworten können: »Nun ja, Beruf und Familie unter einen Hut zu bringen, ist immer noch ein schmerzhafter und uneleganter Spagat.« Aber nein, sie outete sich mutwillig. Eine Lebensgefährtin. Seit wann denn das? Und was hatte Conny mit den ganzen gerahmten

Fotos von Guy gemacht? Das war nicht die entscheidende Frage, mahnte sie sich. In ihren Ohren erhob sich ein Sturm. Satzfetzen tosten und kreisten rasend um ein Nichts, wie ein Hurrikan. »Du weißt, wie nahe sich Conny und Agnes standen.« »Denn Agnes lebt und liebt wirklich. Danke, Agnes!« »Ich muss Conny beim Packen helfen.« Vielleicht war ihre Ahnung damals doch richtig. Conny und Agnes liebten sich. Nein, nein, es passte nichts zusammen. Conny wollte Kinder haben mit Guy. Agnes liebte Gerd »wie verrückt.« Der Personalberater beruhigte den Sturm. »Gehen wir alles sorgfältig durch«, sagte er, als sie in seinem Büro saß. »Was gibt es Neues bei Ihnen?« »Nichts«, sagte sie, obwohl sie unter keinen Umständen »nichts« sagen durfte. Der Personalberater erwartete, dass seine Kunden Neuigkeiten mitbrachten, und sei es ein Packen Absagen. Er sah sie durchdringend an. »Ich stehe ganz am Anfang«, sagte sie, »ich weiß nichts.«

»Wir sind keine Lebensberatung, sondern ein Arbeitsvermittlungszentrum«, unterbrach er sie, schob ihr drei Stellenbeschreibungen im Gastronomiebereich zu und verabschiedete sie mit den Worten: »Da ist etwas dabei, da bin ich sehr sicher.«

Sie ging den ganzen Weg durch den Regen nach Hause, die Zeitung mit Connys Interview, die sie unterwegs gekauft hatte, unterm Arm. Als sie die Wohnungstür aufschloss, fiel ihr Blick auf die nasse Zeitung, sie las: *85 Prozent aller Gewalttaten werden innerhalb der Familie verübt.*

2004
Nach Berlin (9)

Angenehme Mitbewohnerin, katzenfreundlich, für sechs Monate gesucht. Möbliertes Zimmer (12 m^2) in netter 3er-WG in Mitte (Moabit)

Sie fand, dass die Anzeige auf sie passte. Zehn Jahre nach dem Auszug aus ihrer letzten WG bewarb sie sich telefonisch um Aufnahme.

»Krimmler?«

»Ja, guten Tag, ich rufe wegen des Zimmers an.«

»Oha. Wir wollten uns heute Abend entscheiden. Kannst du gleich vorbeikommen?«

»Ich rufe aus der Schweiz an.«

Und da lachte Frau Krimmler. »Ja, das hört man.«

»Ich würde es auf jeden Fall nehmen. Und ich bin auch recht angenehm.«

Frau Krimmler lachte wieder. Sie beschrieb das Zimmer und warnte vor zu großer Erwartung. »Es ist klein und dunkel.«

»Trotzdem, ich würd's gern nehmen.«

Frau Krimmler versprach, abends mit Rudolf, dem männlichen Teil der WG, zu reden und sich anschließend zu melden. Bevor sie auflegte, sagte sie, sie heiße Judith.

Hätte sie es sich nicht zur Aufgabe gemacht, ihre Gäste zu belauschen, wäre sie nie auf die Idee gekommen, nach Berlin zu fahren. »Es ist in Wirklichkeit eine unerträgliche Stadt«, hatte ein Gast seiner Bekannten zwischen zwei Bissen Lammragout erklärt.

»Ein ungezogenes Kleinkind, das alles kaputt macht, was man ihm zum Spielen und Anziehen gibt. Diese Stadt wird nie erwachsen und wird nie auf eigenen Füßen stehen.«

Das war auch schon alles. Mehr erlauschte sie nicht. Aber sie begann sich vorzustellen, mit diesem monströsen Kleinkind Fangen zu spielen.

Viel hatte sie nicht gespart, es reichte gerade, um die Miete für sechs Monate und die Fahrkarte im Nachtzug zu bezahlen. Sie teilte ihrem Chef mit, dass sie eine Weltreise machte, er wünschte ihr Glück und stellte ein Zeugnis aus.

Als sie an jenem kühlen Aprilabend zum Bahnhof ging, besaß sie nichts mehr, was in dem riesigen alten Lederkoffer nicht Platz hatte. Für ihren Hausrat hatte sie vom Trödler kein Geld, aber die Information bekommen, sie könne froh sein, keine Entsorgungsgebühr bezahlen zu müssen.

Beim Postamt im Bahnhof warf sie einen Brief ein. Jeff hatte nicht zurückgeschrieben. Er würde nicht zurückschreiben. Trotzdem warf sie den kurzen Brief ein.

Hallo Jeff
Ab sofort bis Ende September ist meine Adresse:
Lehrter Straße 37
10557 Berlin, Germany
Ich werde mit einer Katze zusammenleben!

Es waren zwei. Zwei Katzen. Sissi und Franz, oder auch Kaiser und Kaiserin, wie Judith Krimmler sie vorstellte. Sie lagen auf dem Bett und beachteten die Fremde nicht, die ihren großen Lederkoffer abstellte und sich umsah. Das Zimmer war kleiner und dunkler, als sie erwartet hatte.

In diesem fremden Eigentum würde sie leben. Falls die Katzen einwilligten, würde sie in diesem Bett schlafen, diese Nachttischlampe ausknipsen, unter diesem Fenster erwachen, über diesen Teppich gehen, am Regal mit diesen Büchern vorbei. An diesem Tisch würde sie sitzen, auf diesem alten Drehstuhl, und die Postkarten an den Wänden anschauen. Die Grüße aus aller Welt, adressiert an eine, die sie nicht kannte und der all das gehörte. Marion.

Judith Krimmler schlug vor, in der Küche eine Tasse Kaffee zu trinken, bevor sie das Haus verließ. »Die Schule beginnt heute um zehn, ein paar Minuten hab ich noch.«

Mit Unbehagen sah sie in ihre Tasse. Judiths Kaffee hatte die Farbe von Klärschlamm. »Wie magst du ihn?«, fragte Judith. »Schwarz, süß und heiß«, antwortete sie und nahm einen lauwarmen Schluck. Sie bekam Heimweh. Dieser Kaffee hätte Agnes empört. Er schmeckte wie gestreckte Hühnerbrühe. Judith sah sie an und lachte. »Mir schmeckt er auch nicht, aber ich habe mich daran gewöhnt«, sagte sie.

Es dauerte eine Woche, bis sie erfuhr, dass Judith Kriminalkommissar-Anwärterin war und die Polizeischule besuchte. Sie schüttelte ungläubig den Kopf. »Doch!«, sagte Judith und stellte eine Schüssel Reiseintopf auf den Tisch. »Frag Rudolf.« Rudolf verteilte Gabeln und nickte. Er sprach wenig. Er kochte jeden Abend und zog sich anschließend in sein Zimmer zurück. Beim Essen beantwortete er nach einer Denkpause alle Fragen, stellte aber keine. Er dachte selbst dann nach, wenn er gefragt wurde, wo der nächste Supermarkt war oder ob er Geschwister habe.

Nach dem Essen saßen die beiden Frauen in der Küche und spielten »3 Fragen.« Der Clou des Spiels bestand darin, ehrlich zu antworten. Judith wirkte immer unglaubwürdig, egal was sie sagte, egal worum es ging. Sie schwor, nichts als reinste Wahrheit von sich zu geben, so wahr ihr Gott helfe. Selbst das klang unglaubwürdig. Aber unterhaltsam. Wahr oder gelogen, Judith zu befragen machte Spaß, und über ihre Antworten lachten sie gemeinsam.

»Wann hast du dich entschieden, Polizistin zu werden?«

»Als ich gemerkt habe, das meine Intelligenz für eine erfolgreiche kriminelle Laufbahn nicht ausreicht.«

»Glaubst du an gut und böse?«

»Ja, an beides, vor allem in mir.«

»Leben wir in einem Rechtsstaat?«

»Selbstverständlich, die Dummen werden bestraft.«

Wenn Judith fragte, wurde weniger gelacht.

»Was suchst du in Berlin?«

»Vergessen.«

»Wann hast du zuletzt geweint?«

»Ich weiß es nicht.«

»Wann warst du zuletzt glücklich?«

»Ich weiß es nicht. Nächste Runde, du bist dran.«

Bevor sie sich Gute Nacht sagten, gab Judith Tipps, was sie sich am nächsten Tag ansehen könnte, wobei sie immer sagte: »Das **musst** du sehen. Da **musst** du hin.«

Zwei Wochen lang fuhr sie das ganze Streckennetz mit S-, U-, Straßenbahn und Bus ab, stieg aber unterwegs nicht aus, um Judiths Tipps zu besichtigen. Im Vorbeifahren sah sie sich Straßen, Gebäude und Menschen an, die vage und verwischt blieben. Wenn sie Stationsnamen vom Ansageband wieder erkannte, konnte sie sich beim Blick durchs Fenster nicht erinnern, schon einmal da gewesen zu sein. Sie hätte nicht zu sagen vermocht, wie alt Berlin war. An ein ungezogenes Kleinkind fühlte sie sich nicht erinnert. Ebenso wenig an eine Großmutter, einen Familienvater oder ein junges Mädchen. »Warst du beim sowjetischen Ehrenmal?« »Hast du Kleists Grab gefunden?« »Hast du den Libeskind-Bau gesehen?«, fragte Judith abends. »Ja«, sagte sie dann. Zum Glück stellte Judith diese Fragen nie nach dem Essen, beim 3-Fragen-Spiel, sonst hätte sie nein antworten müssen, und Judith wäre enttäuscht gewesen.

Nach zwei Wochen fand sie Arbeit. Jede zweite Nacht, von 22 Uhr bis morgens um sechs, bediente sie den Nachtschalter einer Tankstelle. Sie saß im Fenster hinter einem Mikrofon, nannte Summen, nahm Geld über die Drehscheibe entgegen und wünschte angenehme Weiterfahrt. Am liebsten waren ihr ruhige Nächte, in denen sie stundenlang ungestört lesen konnte. Zur Arbeit und nach Hause ging sie zu Fuß, hin schneller als zurück, weil der Rückweg schöner war. Auf dem Rückweg blieb sie stehen, um einen singenden Vogel zu orten oder eine Litfasssäule zu lesen.

Sie kaufte unterwegs Brötchen, Zeitung und Milch und kochte gegen sieben Uhr Kaffee. Rudolf bedankte sich fürs Frühstück, bevor er ins Badezimmer ging. Geduscht und angezogen setzte er sich zu ihr an den Tisch, las Zeitung und trank Kaffee. Er schmierte sich ein Brötchen, steckte es in seine Plastikbox und verabschiedete sich.

Er war meist schon weg, bis Judith aufstand. Sie war immer in Eile und leerte ihre Tasse im Stehen. »Tschüss«, rief sie dann, »dein Kaffee ist ein Segen.«

»Er ist schwarz, er ist heiß, und er schmeckt nach Kaffee«, rief sie ihr nach und hörte Judith im Treppenhaus lachen.

Wenn beide weg waren, legte sie sich zu Sissi und Franz aufs Bett, die sie ignorierten. »Darf ich?«, hatte sie am Anfang gefragt, aber die Katzen hatten nicht reagiert. »Ich tu euch nichts«, hatte sie gesagt, aber die beiden hatten nicht einmal den Kopf gehoben.

Sie suchte sich ihren Platz neben ihnen, manchmal musste sie sich krümmen, aufs Kissen verzichten oder ein Bein draußen lassen, aber die Katzen duldeten sie, und mehr verlangte sie nicht.

Eines Morgens rührte Rudolf die Zeitung nicht an. Er war verlegen und suchte nach Worten. Ihr war seine Suche höchst unangenehm. »Was machst du eigentlich im Leben?«, fragte sie. »Ich bin in der Weiterbildung zum Pädaudiologen«, antwortete er nach einigem Nachdenken. »Zum was?« Rudolf dachte nach. »Zum Facharzt für auditive Wahrnehmung und Hörstörungen. Du, ich wollte was fragen. Also. Judith und ich haben uns gedacht. Wäre es denkbar, also – könntest du auch einmal putzen?«

»Sicher« sagte sie hastig. »Entschuldige, sicher, klar –«

»Gut. Danke.« Er vertiefte sich in die Zeitung. Sie schämte sich und stand vom Tisch auf. Sie war in zehn Jahren keinen Millimeter vorangekommen. Es war freundlich, dass Rudolf nicht gesagt hatte »sonst müssen wir dich bitten, dir etwas anderes zu suchen.« Als er weg war, durchforstete sie die Kästen und scheuerte die Badewanne, die ihr gar nicht dreckig vorkam. »Mich werdet ihr nicht los, ihr Kriminalisten und Pädaudiologen«, ächzte sie und verausgabte sich beim Scheuern, bis Judith anklopfte. »Kann ich mal ins Bad?«

»Gerne, komm rein«, sagte sie.

Abends prüfte sie Judith. Leider lag Judiths Schwäche auf Rechtsseite. Verwaltungs-, Dienst- und Ordnungsrecht musste sie so oft abhören, dass sie es selber auswendig konnte. In den spannenden Fächern Kriminalistik, Kriminaltechnik und Kriminologie brauchte Judith kaum Hilfe. Nach dem gemeinsamen Lernen spielten sie ein paar Runden »3 Fragen«, obwohl ihnen allmählich die Fragen ausgingen. »Das kann doch nicht sein«, rief Judith aus, »es gibt doch viel mehr Fragen als Antworten!« Und sogleich fragte sie: »Wie viele Leichen hast du gesehen?«

»Keine.«

»Wurdest du schon einmal tätlich angegriffen, überfallen oder ausgeraubt?«

»Nein.«

»Hast du jemals angegriffen, überfallen oder ausgeraubt?«

»Nein.«

Es war eine Frage der Zeit, bis Judith Fragen stellen würde, die auf Agnes führten. In Gedanken spielte sie solche Fragen bereits durch. Es war nur eine Frage der Zeit. Wenn sie nicht vorher ausziehen musste, weil diese Marion wiederkam.

Von der Frau, deren Zimmer und Möbel sie bewohnte, erfuhr sie kaum mehr als am ersten Tag. Sie war Optikerin und Hobbytaucherin. Sie hatte sich ein Jahr freigenommen, war nach zwei Monaten nach Asien aufgebrochen und hatte nach weiteren zwei Monaten beschlossen, erst zum Ende des Jahres zurückzukehren. Sissi und Franz gehörten ihr. Sie mochte Postkarten aus aller Welt und las am liebsten Reiseführer, wie der Blick in ihr Bücherregal verriet. Marion schrieb nie und rief nie an, aber ihre Heimkehr rückte mit jedem Tag näher, und davor graute ihrer Untermieterin.

Es war ein regnerischer Sommermorgen, als sie durch ihr Tankstellenfenster ein bekanntes Gesicht sah. Rudolf. »Ja, bitte«, fragte sie ins Mikrofon. Rudolf dachte nach. »Wann bist du fertig?« Seine Stimme klang über die Anlage viel tiefer. »In genau sieben Minuten«, antwortete sie. Rudolf nickte und trat zur Seite. Er vergrub die Hände in den Jackentaschen und betrachtete eine Öllache.

Sie gingen schweigend nebeneinander durch den leichten Regen, die Köpfe gesenkt, die Hände in den Jackentaschen. Manchmal stießen sie sich ohne Absicht an und entschuldigten sich. Dann blieb Rudolf stehen und sie drehte sich zu ihm um.

2005
Aussichtsreicher Kampf (10)

Rudolf öffnete seine Plastikbox, sah hinein und überlegte. Sie wartete darauf, dass er den Kopf hob und sie ansah. Die S-Bahn verließ die Station Tiergarten, der nächste Halt wurde angekündigt. Rudolf hob den Kopf, seufzte, klappte die Box zu und steckte sie in die Tasche zurück. Jeden Morgen.

Am Bahnhof Zoo stiegen sie in die U-Bahn um. In der U-Bahn holte Rudolf die Plastikbox erneut hervor, nahm das Käsebrot heraus und biss ohne langes Nachdenken zu. Mit vollem Mund lächelte er sie an, jeden Morgen.

Am Rathaus Steglitz warteten sie mit vielen anderen auf den Bus. Wenn Rudolf einen freien Platz ergatterte, bot er ihn ihr an.

Das letzte Stück gingen sie zu Fuß, wobei sie von den anderen überholt wurden.

Vor dem Haupteingang trennten sie sich. »Um zwölf?«, fragte sie, Rudolf nickte. Dann winkten sie sich zu.

Sie ging die Bögen mit den eingesandten Ergebnissen durch, markierte hier und da einen Namen mit Leuchtstift und begann, die Standardbriefe zu schreiben.

Sehr geehrte Eltern

Das Untersuchungsergebnis des bei Ihrer Tochter Lisa-Marie am 12. November vorgenommenen Hörtests ist kontrollbedürftig.

Wir bitten Sie dringend, innerhalb der nächsten vier Wochen einen niedergelassenen HNO-Arzt aufzusuchen, um die Untersuchung zu wiederholen. Es handelt sich hierbei um eine schnelle, einfache und völlig schmerzfreie Messung der Reaktionen im Babyohr mittels so genannter otoakustischer Emissionen, kurz: OAE.

Die Adressen der in Frage kommenden Ärzte entnehmen Sie bitte der beiliegenden Liste.

Bitte handeln Sie jetzt und vergewissern Sie sich über das Hörvermögen Ihrer Tochter. Denn nur eine frühzeitige Diagnose sichert eine angemessene Behandlung und Heilung. Wir machen Sie darauf aufmerksam, dass eine erfolgreiche Therapie nur bis zum 18. Lebensmonat vorgenommen werden kann.

Die allerbesten Wünsche für Sie und Ihre Tochter!

Ihre Arbeit empfand sie als ebenso notwendig wie befriedigend. Die Begeisterung für die Vorstellung, Schwerhörigkeit weltweit auszurotten, hatte sie von Rudolf übernommen. Allmählich, muss man sagen, denn zunächst war sie seiner Schwärmerei mit Skepsis begegnet. »Woher weißt du, dass ein Schwerhöriger nicht womöglich glücklicher ist? Was ihm alles erspart bleibt! Der ganze Dreck, der da ungefiltert eindringt! All die Beleidigungen, Belästigungen, Dummheiten, Geschmacklosigkeiten, denen das gesunde Ohr schutzlos ausgesetzt ist! Immer und überall und aus dem Hinterhalt und sogar im Schlaf! Wie oft habe ich mir gewünscht, nichts zu hören.«

»Du bist niemals einem Schwerhörigen oder gar Tauben begegnet. Diese Menschen sind in der Lage, ihre Wünsche auszudrücken, und die Wunschliste wird angeführt von der Sehnsucht, hören zu können«, hatte Rudolf wütend geantwortet.

»Solange du mir keine Glücksuntersuchung präsentierst, aus der schlüssig und überzeugend hervorgeht, dass Schwerhörige weniger glücklich sind, glaube ich dir gar nichts.«

Natürlich konnte Rudolf die geforderte Untersuchung nicht vorlegen, und so wuchs ihre Begeisterung nur langsam. Verantwortlich war letztlich die Erkenntnis, dass es sich beim Kampf gegen Schwerhörigkeit um einen theoretisch leicht zu gewinnenden Kampf handelte. Die Aussicht auf Sieg war gegeben. Würden alle Babys untersucht und rechtzeitig therapiert, hätte sie gewonnen. Darin allein konnte Glück liegen: sich ein Ziel zu stecken, das erreichbar war. Ein siegreicher Kampf war ein sinnvoller Kampf. Ein sinnvoller Kampf war ein glücksstiftender Kampf. Sie würde die Welt nicht retten, keine Gräueltat rückgängig machen und keine verhindern, aber sie würde es gar nicht erst versuchen und dennoch etwas Sinnvolles tun. Und ganz nebenbei glücklich sein.

Um Zahlen zu vergleichen, Standardbriefe zu schreiben und Eltern telefonisch zu mahnen, brauchte sie keine Ausbildung. Judith hatte ihr Hochdeutsch beigebracht, Rudolf den Kontakt hergestellt, und sie hatte die Stelle bekommen.

Außenstehende hätten in ihr und Rudolf kein Liebespaar vermutet, und ob sie eines waren, wussten sie selber nicht. Judith wusste es, sie war keinesfalls außen stehend, und sie hielt die beiden durchaus für ein Liebespaar. Die zwei Frauen verbrachten nach wie vor viel gemeinsame Zeit, spielten ihr Fragespiel und lachten. Die Nähe zwischen den beiden Frauen hätten auch Außenstehende sofort bemerkt.

Als Rudolf ihr ein Jahr zuvor angeboten hatte, in sein kleines Zimmer einzuziehen, wenn Marion zurückkäme, hatte sie gedacht, sie liebte ihn. Aber Marion kam nicht zurück. Die Optikerin und Hobbytaucherin hatte auf Komodo Island in Indonesien einen Produktmanager und Hobbyzoologen mit Tierhaarallergie aus Hessen kennen gelernt. Gemeinsam hatten sie eine Geschäftsidee entwickelt, die sie in Frankfurt am Main verwirklichen wollten: Einfuhr und Verkauf von indonesischen Möbeln. Der hessische Produktmanager hatte am Senggigi Beach eine Fernanalyse von Marktpotenzialen der Sparte erstellt und war zum Resultat gekommen, dass gerade in Frankfurt die geballte, interessierte und kaufkräftige Kundschaft lebe. Da sie eine Arbeits- und Lebensgemeinschaft bilden wollten, waren Sissi und Franz unerwünscht. Sosehr der Hobbyzoologe von den Waranen auf Komodo begeistert war, sowenig kam es aufgrund seiner Tierhaarallergie in Frage, Sofa und Bett mit zwei Katzen zu teilen. Und so kam es, dass sie nicht nur das kleine dunkle Zimmer behalten konnte, sondern auch die beiden Katzen. Für den hessischen Allergiker entwickelte sie fast zärtliche Gefühle. Nachdem Marion und der Hesse während eines Kurzbesuchs das Zimmer geräumt hatten, schlief sie eine Woche in Rudolfs Bett, bis sie ein eigenes hatte. Kaiser und Kaiserin waren eine Woche lang verwirrt, akzeptierten das neue Bett aber, sobald es zusammengeschraubt und bezogen war. Manchmal besuchte sie Rudolf in seinem Bett, manchmal versuchte er sie zu besuchen, aber die Katzen duldeten keinen Vierten im Bett. Ob sie sich liebten, darüber dachten sie nicht nach.

Punkt zwölf trafen sie sich vor dem Haupteingang. Sie spazierten durch den botanischen Garten, bei jedem Wetter und zu jeder Jahreszeit, und suchten täglich einen anderen Platz, um ihr unterwegs gekauftes Mittagessen einzunehmen. Rudolf hörte ihr gern beim Essen zu. »Das ist schön«, sagte er, »dich kauen zu hören ist schön.«

Nach einer halben Stunde schlenderten sie zurück. Vor dem Haupteingang verabschiedeten sie sich wieder durch kurzes Winken, nachdem sie »um fünf?« gefragt und Rudolf genickt hatte.

Nachmittags rief sie nachlässige Eltern an.

»Guten Tag, spreche ich mit Herrn Fiedler? Sie sind der Vater von Paul?«

»Was geht Sie das an?«

»Wir haben Ihnen bereits drei Briefe geschrieben und Sie freundlich aufgefordert, Pauls Hörvermögen von einem Arzt überprüfen zu lassen. Bisher haben wir jedoch keine Rückmeldung eines Facharztes erhalten.«

»Da müssen Sie mit meiner Frau sprechen. Aber die ist nicht da.«

»Dann möchte ich doch gerne mit Ihnen sprechen.«

»Aber ich nicht mit Ihnen.« Aufgelegt.

»Guten Tag, spreche ich mit Frau Kösem? Sie sind die Mutter von Hursit?«

Aufgelegt.

»Guten Tag, spreche ich mit Frau Benthien? Sie sind die Mutter von Laura?«

»Ja. Ah, ich weiß schon, wegen der Ohren. Ja, ich mache gleich einen Termin bei diesem Doktor, mach ich, ich denk dran.«

Sie scheute sich nicht, Verweigerern mit Anzeige wegen Körperverletzung und unterlassener Hilfeleistung zu drohen. Judith hatte ihr den Tipp gegeben. »Wenn die ›Anzeige‹ hören, wachsen die Angstflügel und sie kuschen.« Judith hatte gelacht und recht gehabt.

Punkt siebzehn Uhr trafen sie sich vor dem Haupteingang. Auf der Rückfahrt legte sie Rudolf manchmal den Kopf auf die Schulter, manchmal er ihr. Ohne zu fragen suchte sein Kopf, suchte ihr Kopf die Schulter des anderen. Es war ein Wunder, dass ihre Köpfe noch nie zusammengeprallt waren, vom gleichzeitigen Impuls getrieben.

Zuhause fütterte sie die Katzen und spielte mit ihnen auf dem Bett, während Rudolf kochte und Judith an seiner Seite untätig in einem langen Monolog Neuigkeiten erzählte. Judiths Stimme drang unverständlich in ihr Zimmer und vermischte sich mit dem merkwürdig tiefen Brummen der Kaiserin zur Feierabendmusik, bei der sie manchmal einschlummerte. Unter ihr lag der große Lederkoffer mit den Dylan-CDs und Songbüchern, mit Frau Baumgartners Post-it-Zetteln, mit Agnes' Brief und der Pflegeanleitung für die Zimmerlinde, mit Connys Interview. Und mit einem Brief, den sie geschrieben und nicht abgeschickt hatte.

Hallo Jeff
Auch weiterhin ist meine Adresse:
Lehrter Straße 37,10557 Berlin, Germany
Ich habe zwei Katzen!!!

Wenn Sie auf Judiths Ruf »Essen fassen« nicht reagierte, kam Rudolf und weckte sie, indem er ihr mit dem Zeigefinger über die Lider strich. Beim Essen stellten die Frauen Rudolf Fragen, zählten die Sekunden, bis er antwortete und lachten, wenn es mehr als sieben waren.

Nach dem Abendessen zog sich Rudolf in sein Zimmer zurück und die Frauen öffneten eine Flasche Wein.

Es dauerte fast ein Jahr, bis Judith die erwarteten drei Fragen stellte.

»Hattest du jemals mit der Polizei zu tun?«

»Ja.«

»Was hast du angestellt?«

»Ich wurde als Zeugin befragt.«

»Was ist passiert?«

Es folgte eine lange, unbefriedigende Antwort. Judiths Nase schwoll vor Neugierde und Erregung an. »Alles, alles, ich muss alles wissen«, befeuerte sie die Antwort jedes Mal, wenn sie zu verebben drohte.

»Judith, ich weiß es nicht, der Fall ist ungeklärt.«

Aber Judith hatte Witterung aufgenommen. »Schreib alles auf, jedes Detail, schreib es auf. Wir knacken den Fall.«

2006
Eine Lösung (11)

»Ich hab's!«, rief Judith. »Heute Abend nach dem Essen präsentiere ich dir die Lösung.« Während der Semesterferien hatte sie fieberhaft an ihrem ersten Fall gearbeitet. Davor hatte sie Druck gemacht und die Aufzeichnungen eingefordert, die sie studiert und analysiert hatte, um ihre Schlüsse zu ziehen. Beim Zubereiten des Abendessens schien sogar Rudolf aufgeregt. Er vergaß, Wasser in den Dampfkochtopf zu geben, und aus dem geplanten Kartoffelgratin wurden Spaghetti, denn der Dampfkochtopf war ebenso verkohlt wie die Kartoffeln. Sie spielte an jenem Abend nicht mit den Katzen, bleiern auf dem Bett liegend starrte sie die Barthaare des Kaisers aus nächster Nähe an, die ihr befremdlich vorkamen.

Alle drei schlangen die Spaghetti hinunter und verständigten sich nur rudimentär. »Parmesan.« »Danke.« »Nachschlag?« Dreifaches Kopfschütteln.

Rudolf räumte den Tisch frei, sie entkorkte den Wein, Judith wartete auf eine Aufforderung. »Jetzt fang schon an«, brüllten sie und Rudolf zweistimmig, und Judith setzte sich aufrecht hin und ordnete ihre Blätter. Sie räusperte sich, nahm einen Schluck Wein und sagte: »Also, Prost. Es ist völlig klar. Wir müssen früher ansetzen. Du bist zu spät in dieses Haus eingezogen. Die Frage ist immer, wo setzt du beim Ermitteln den Beginn. Wo beginnt die Geschichte. Das will ich dir sagen. 1989 schenkt Gerd Bleuler Agnes Knabenhans eine Pflanze, ›die Liebeskette‹, und eine erste Nacht. Agnes Knabenhans ist zu diesem Zeitpunkt eine angstbesetzte 28-Jährige mit unversehrtem Hymen. Ihre bisherigen Begegnungen lassen sich als Schwärmereien, hin und wieder inklusive Austausch kleiner Zärtlichkeiten, für ältere Gleichgeschlechtliche zusammenfassen. Die Begegnung mit dem draufgängerischen, wesentlich älteren Gerd Bleuler hat Folgen. Agnes gewinnt an Selbstvertrauen und spricht an der Tramhaltestelle eine hübsche Frau an, die 35-jährige Cornelia von Studnitz. Agnes erzählt wahrheitsgetreu, dass sie mit ihrem Freund Gerd auf Wohnungssuche ist. Cornelia vermittelt den beiden die Nachbarswohnung.«

»Woher weißt du das? Davon steht in meinen Aufzeichnungen nichts!«

»Das habe ich hergeleitet«, antwortete Judith stolz. »Weiter: Agnes ist glücklich, Cornelia in unmittelbarer Nähe zu haben. Gleichzeitig pflanzt sie mit Gerd ihren tropischen Liebesgarten und versucht, die warmen Gefühle für Cornelia in Gartenarbeit zu verwandeln. Sie wird unruhig und nervös, allmählich kommen die alten Ängste zurück. Agnes' schlechte Verfassung bleibt Cornelia nicht verborgen. Sie bittet ihren langjährigen Freund und Kollegen, den Anästhesisten Danilo Braidotti, um Hilfe. Danilo verabreicht Agnes Angst lösendes Valium. Agnes' Zustand verbessert sich, mit fortschreitender Valiumabhängigkeit legt sich ihr Verlangen nach Cornelia.

Den Grund für Agnes' Nervosität erfährt Gerd nicht, wohl aber den Namen des Valiumlieferanten. Es dauert nicht lange, und Danilo versorgt auch Gerd mit Medikamenten – es handelt sich nicht um Beruhigungsmittel, sondern im Gegenteil um ermunternde

Amphetaminpräparate, die auf dem Schwarzmarkt als ›Speed‹ gehandelt werden.«

»Einspruch«, forderte Rudolf, »warum sollte Danilo die Nachbarn seiner Freundin mit Medikamenten versorgen und seinen Ruf als Anästhesist aufs Spiel setzen?«

»Ganz einfach«, erwiderte Judith, »weil er sich Sorgen um seine Freundin Cornelia macht. Er weiß, dass sie eine labile Persönlichkeit mit Depressionsneigung ist. Er ist froh, sie in einem freundlichen, unterstützenden Umfeld zu wissen. Mit jeder Tablette, die er den Nachbarn zukommen lässt, stärkt er deren Abhängigkeit von Cornelia. Agnes und Gerd tun Cornelia jeden Gefallen, um den Tablettenfluss nicht versiegen zu lassen. Außerdem handelt Danilo nicht aus Gewinnsucht, er lässt sich nicht bezahlen. Er hat ein ungebrochenes Verhältnis zur Pharmazeutik und glaubt, ein gutes Werk zu verrichten, denn er verabreicht Medikamente, die den Betroffenen guttun. So. Die Jahre vergehen, auch Gerd findet Gefallen an Cornelia, denn Gerd liebt Frauen. Seine Zudringlichkeiten werden von Cornelia jedoch abgewiesen und regelmäßig Agnes gemeldet. Was Gerd und Agnes am meisten eint, ist die unausgesprochene Lust auf Cornelia und das rührende Unterfangen, einen gemeinsamen Garten dagegen anzulegen.«

»Einspruch. Judith, das ist alles zu einfach, zu logisch.«

»Zu psychologisch?«, fragte Judith.

»Ja. Menschen und Beziehungen sind vielschichtiger, als du es auf deiner Polizeischule lernst.«

»Wart's ab. Das ist eine runde Sache, das wird sich

dir nachträglich erschließen. Gleich kommst du ins Spiel. Soll ich aufhören?«

»Nein.«

Judith wälzte einen Schluck Wein im Mund, langsam und genüsslich, bevor sie weitersprach. »Gut. Zwischen Agnes, Cornelia und Gerd herrscht freundliches, stabiles Unglück. Im Mai 1994 zieht ein junges Pärchen ein. Da Cornelia tagsüber in der Klinik arbeitet, hat Agnes viel Zeit, die neue Nachbarin zu empfangen. Agnes genießt das Interesse und die Aufmerksamkeit der jungen Frau. Parallel zu den Frauen kommen sich Gerd und der junge Nachbar näher, höchstwahrscheinlich handelt es sich hier um einen dieser weitverbreiteten, unerklärlichen Fälle von erotikfreier Männerfreundschaft, die als Säule unserer Kultur gelten darf. Da sie in dieser Geschichte eine marginale Rolle spielt, erlaube ich mir, nicht näher darauf einzugehen. Die Freundschaft der beiden Frauen wird möglicherweise von sexueller Attraktion bestimmt, aber das ist wahrscheinlich wieder nicht vielschichtig genug? Jedenfalls kommt es zu keinen Tätlichkeiten. Insofern passt diese neue Beziehung bestens in das Haus und seine Gepflogenheiten. Agnes erhöht ihren Valiumkonsum stetig. Dennoch fällt sie Ende September in eine, ich nenne es Depression, aus der ihr weder Gerd, noch Cornelia – die selber gerade eine solche Phase durchmacht –, noch die junge Nachbarin helfen können. Danilo versorgt Agnes mit aufputschendem Ritalin. Und jetzt kommt es: Agnes freundet sich mit einem weiteren Nachbarn, den ich noch nicht erwähnt habe, an. Es handelt sich um den amerikanischen Staatsbürger Jeffrey Saunders, kurz Jeff.«

»Einspruch! Woher willst du das wissen?«

»Wenn ich es wüsste, wüsstest du es. Wenn du es wüsstest, bräuchte ich dir diese Geschichte nicht zu erzählen. Richtig? Richtig. Also?«

»Gut.«

Judith schenkte Wein nach und überlegte. »Jeff. Er wohnt seit gut zwei Jahren in diesem Haus und hat sich von Anfang an mit der liebenswürdigen Agnes gerne, aber selten unterhalten. Im Herbst 1994 begegnen sich die beiden häufig im Hausflur. Agnes hält sich fast immer bei den Briefkästen auf, wenn Jeff nach Hause kommt. Dort finden ihre Begegnungen und Gespräche statt. Sie kommen auf die Musik zu sprechen, kein Wunder, Jeff ist klassischer Cellist. Die afrikanische Volksmusik, von der Agnes schwärmt, kennt er nicht. Es wird Winter, und die beiden intensivieren ihre Flurgespräche. Zu Weihnachten legt Agnes ein Geschenk vor Jeffs Tür, eine CD mit ihrer Lieblingsmusik aus Kamerun. Jeff hört sich diese Musik tagelang an und kann ihr nach und nach etwas abgewinnen. Als er am 29. Dezember die Post holt, trifft er Agnes bei den Briefkästen. Sie erzählt ihm, dass ihr Lebensgefährte Gerd verreist ist. Jeff lädt Agnes zu sich in die Wohnung ein. So, und jetzt kannst du entscheiden: Was machen die beiden in der Wohnung?«

»Gar nichts. Agnes wäre niemals mitgegangen.«

»Doch, ist sie. Um deine Gefühle zu schonen, geht die Geschichte so weiter: Agnes und Jeff sitzen tagelang auf Jeffs Sofa und unterhalten sich. Sie suchen und finden Gemeinsamkeiten, ein beliebtes Hobby der Zeit. ›Kennst du das, Jeff, man könnte eigentlich zufrieden sein und ist doch unglücklich.‹ ›Oh ja, Agnes, das kenne ich nur zu gut. Schau mich an, ich habe den schönsten Beruf der Welt, ich habe eine Arbeitsstelle, ein Auskommen und gute Gesundheit, aber irgendwas fehlt doch.‹ So sprechen sie tagelang. ›Kennst du das, Jeff, man sehnt sich fort und weiß nicht wohin?‹ ›Keiner kennt das besser als ich, Agnes. Ich habe die Staaten verlassen und bin weiter auf der Suche, immer unbefriedigt.‹ In so schöne und tiefe Gespräche sind Jeff und Agnes auf dem Sofa versunken, drei Tage lang. Am 31. Dezember sagt Agnes: ›Ach, Jeff, wo wir doch gerade so schön sprechen, soll ich nicht runtergehen und meinen Kühlschrank plündern, damit wir uns ein kleines Silvestermahl zubereiten können?‹ ›Gerne, Agnes, herzlich gerne‹, erwidert Jeff. Es ist früher Abend, und Agnes verlässt Jeff mit den Worten: ›Bis gleich!‹ Agnes wundert sich, dass ihre Wohnungstür offen steht. Gerd kommt ihr entgegen. ›Du wolltest doch erst morgen zurückkommen‹, entfährt es der überraschten Agnes. Gerd will wissen, wo sie herkommt, und Agnes sagt ihm die Wahrheit. Gerd möchte in den dritten Stock hochgehen und Jeff verprügeln, aber Agnes schwört, dass es dafür keinen Grund gibt. Nach einer Stunde klingelt Jeff, um sich nach Agnes' Verbleib zu erkundigen. Gerd gibt ihm eine Ohrfeige und knallt die Tür zu. Jeff zieht sich in seine Wohnung zurück und trauert still um den schönen Jahreswechsel, den er beinahe erlebt hätte. Gerd gibt sich nicht zufrieden, die Eifersucht sticht. Er verlangt von Agnes, zu gestehen. ›Nein‹, sagt Agnes, dann sagt sie gar nichts mehr. Gerd schüttelt sie, er ohrfeigt sie, aber Agnes schweigt. Gerd versucht sie zum Reden zu bringen, unter Aufbietung seines ganzen brachialen Repertoires, aber Agnes schweigt, schweigt, schweigt. Irgendwann sieht Gerd ein, dass sie nicht mehr antworten kann, selbst wenn sie plötzlich und noch so sehr wollte, und ruft Hilfe.« Judith sah ihre beiden Zuhörer an. »Ist noch Wein da?« Rudolf schüttelte den Kopf. »Wir könnten welchen holen.«

»Unbedingt«, sagte Judith, »was meinst du?«

»Es ist eben doch nur eine Geschichte.«

»Ja, es ist nur eine Geschichte«, antwortete Judith und zog sich die Jacke an.

»Und jede Geschichte verlangt nach anderen Geschichten.«

Judith blieb in der Tür stehen. »Da hast du recht. Ja. – Soll ich den Wein jetzt holen oder nicht?«

»Unbedingt.«

Judith lachte und machte sich auf den Weg.

Sie sah Rudolf an. Er sah sie an. Er fuhr ihr mit dem Zeigefinger über die Nase.

Als Judith zurückkam, winkte sie mit der Weinflasche und verkündete: »Aber du wirst keine andere so überzeugende finden. Die Geschichte ist gut. Warum ist Jeff nach Amerika zurückgekehrt? Warum brachte Cornelia es nicht mehr fertig, das Haus zu betreten? Weil beide Agnes liebten.«

Die Gläser wurden gefüllt und schweigend geleert.

»Hat Agnes in jener Nacht bei mir geklingelt oder nicht? Hat sie geschrien oder nicht?«

Judith überlegte kurz. »Nein«, sagte sie entschieden, »nein, hat sie nicht.«

»Doch. Hat sie. Und ich hätte es hören müssen.«

Judith sah sie an. »Lass die Lösung auf dich wirken. Wenn sie dich nicht überzeugt, rolle ich den Fall neu auf und finde eine andere. Ist das ein Angebot?«

2007
Frühling in London (12)

Sie trat ans Fenster und sah ihn kommen. Ganz klein. Er überquerte die Straße und kam schräg auf sie zu. In seinem Rücken das schwarze Gebäude von New Scotland Yard. Mit jedem Schritt wuchs er und verdeckte den Eingang des Gebäudes hinter sich mehr und mehr. Er hielt etwas Weißes in den Händen. Er trug es vor seiner Brust. Jetzt erkannte sie, dass es in weißes Papier eingeschlagen war. Je näher er kam, desto steiler sah sie auf ihn hinab, bis sein Gesicht nur noch aus einer Nasenspitze bestand. Er legte den Kopf in den Nacken und sah zu ihr hoch. Sie winkte ihm zu, er schwenkte den weißen Gegenstand, weil ihm die freie Hand zum Zurückwinken fehlte. Ihr Handy klingelte. Sie wandte sich vom Fenster ab und ging dem Klingeln nach. Das Handy lag neben der Badewanne.

»Hallo?«

»Ich komm nicht voran.« Judith stöhnte.

»Du sollst mich nicht auf dem Handy anrufen. Du ruinierst mich!«

»Bist du im Hotel?«

»Ja.« Sie trat wieder ans Fenster, sah Rudolf im Hof mit jemandem sprechen und rätselte über den weißen Gegenstand.

»Gut, ich ruf dich im Hotel an.«

»Judith, warte.« Wenn sie einen Anruf auf dem Hotelapparat entgegennahm, konnte sie nicht am Fenster stehen. »Handy ist doch besser«, sagte sie.

»Wenn du dich mal entscheiden könntest!« Judith stöhnte wieder. »Ich verbrenne jetzt die ganzen Bücher und komme auch nach London.«

»Gute Idee. Du mietest dich hier ein und observierst Scotland Yard.«

»Was soll ich da observieren? Nein, ich bekomme dort einen hoch bezahlten, angesehenen Job, arbeite deutschgründlich, aber pfiffig, heirate einen Eingeborenen, werde Britin und Kopf des Unternehmens.«

»Dazu solltest du die Staatsprüfung vielleicht doch ablegen. Verbrenn die Bücher, wenn du dein Diplom hast, gut?«

Stöhnen. »Und, was macht der Kampf gegen die Taubheit?«

»Schreitet unaufhaltsam voran. Ich habe eine Aufgabe für dich. Rudolf steht im Hof und hält einen weißen Gegenstand in beiden Händen. Was ist es?«

»Geht's ein kleines bisschen genauer?«

»Er wollte eine Flasche Wasser für die Nacht holen. Jetzt kommt er mit einem Ding von der Größe einer Nachttischlampe in weißem Seidenpapier zurück.«

»Keine Ahnung. Wie ist das Leben ohne mich?«

»Du kriechst mir doch dauernd ins Ohr. Ich kann dich ja nicht abschütteln.«

Judith lachte. »Vermisst ihr mich?«

»Schon. Ja.«

»Es ist ein Souvenir. Big Ben in Seidenpapier.«

»Big Ben wäre schmaler. Und wahrscheinlich schwerer.«

»Wann landet ihr morgen?«

»Ich hab den ganzen Kongressablauf inklusive Flugzeiten an den Kühlschrank gehängt. Und was steht dort, Frau Kriminalkommissarin? Tegel zweiundzwanzig Uhr fünfzig!«

»Ich hol euch ab. Und es ist ein Strauß roter Rosen.«

»Glaub ich nicht. Lern brav und fröhlich, bis morgen.«

Rudolf warf die Tür hinter sich mit einem Fußtritt zu und sah sie an. »Fadelli lädt uns nach Bologna ein.« Doktor Fadelli war der Mann, mit dem sich Rudolf im Hof unterhalten hatte.

»Dich lädt er ein, nehme ich an«, sagte sie und setzte sich aufs Bett. »Nein, uns. Wir sollen ihn beim Aufbau eines Arbeitskreises für Neugeborenen-Hörscreening beraten.« Rudolf stand vor ihr, den weißen Gegenstand hielt er direkt vor ihrem Gesicht. Es war zweifellos eine Topfpflanze. »Was willst du damit?«, fragte sie. Rudolf überlegte. »Ich wollte Blumen kaufen, aber ich habe keine gefunden«, sagte er nach zwölf Sekunden. Sie lächelte. Hatte Judith also fast recht gehabt. »Rosen?«, fragte sie. Rudolf zuckte mit den Schultern. »Es gab keine. Hier.« Er überreichte ihr den weißumwickelten Topf. »Hält sich länger als Blumen.« Sie zerriss das Seidenpapier. Die Pflanze sah aus wie eine kleine Birke. »Und das Wasser?«

»Hab ich vergessen«, sagte Rudolf und setzte sich neben sie aufs Bett. Sie zählte eins, zwei, drei Sekunden. »Ich mochte meinen Namen ja nie, deshalb kann ich den nicht anbieten«, murmelte Rudolf. Sie zählte eins, zwei, drei, vier, fünf Sekunden, dann stand sie auf. »Ich wollte noch duschen vor dem Abendessen.« Sie ging mit der kleinen Birke ins Bad. Sie stellte die Pflanze ins Waschbecken und setzte sich auf den Klodeckel. Sie hörte Rudolf im Zimmer auf und ab gehen. Sie hörte ihn die Vorhänge ziehen und das Fenster öffnen. Sie drehte die beiden Wasserhähne auf und setzte sich wieder. Das Wasser donnerte in die Wanne.

Sie legte die Hände über die Ohren, wie immer, wenn sie ihr Herz belauschen wollte, aber die Hände zitterten und ihre Haare raschelten laut unter ihnen. »Ich hör nichts«, zischte sie stimmlos. »Guten Tag«, hörte sie eine Stimme sagen, die sie trotz Verstellung als ihre eigene erkannte, »ich bin von der Morgenpost. Haben Sie Zeit, mir ein paar Fragen zu beantworten?« »Gerne«, antwortete sie sich, »ich komme hier sowieso gerade nicht weiter. Stellen Sie Ihre Fragen. Ich nehme an, dass es um Berufliches geht.« »Selbstverständlich«, antwortete ihre eigene Stimme, »für Ihr Privatleben interessiert sich unsere Leserschaft wenig. Soweit ich informiert bin, gibt Ihr Privatleben keinen interessanten Artikel her.« »Da mögen Sie recht haben«, räumte sie ein. »Gut«, sagte ihre Stimme, »stellen Sie sich eine Zeitungsseite vor. Den Titel wählen die Redakteure, dazu kann ich noch keine Angaben machen. Dann kommt ein Foto von Ihnen, in Farbe.« »Aber Sie wollen mich doch nicht hier auf dem Klo fotografieren?« »Also bitte! Im Kongressverlauf sind unseren britischen Kollegen ein paar brauchbare Fotos gelungen.« »Ah, ich erinnere mich, nehmen Sie bitte eines von gestern Abend, als ich in kurzen Zügen unsere Arbeit dargestellt habe. Aber achten Sie darauf, dass ich drauf bin, nicht die Dolmetscherin.« »Da habe ich wenig Einfluss, die Bildredaktion sucht das Foto aus.« Sie seufzte. Dann verlangte sie, das Interview müsse folgendermaßen eingeleitet werden:

Die Leiterin der »Initiative zur Früherkennung von Schwerhörigkeit«, einer eng mit der Klinik für Audiologie und Phoniatrie der Charité Berlin zusammenarbeitenden Organisation, fordert Aufmerksamkeit für die Erfolge ihres Projektes im Kampf gegen Schwerhörigkeit.

»Einverstanden«, sagte ihre Stimme. Und sie begann, sich zu interviewen.

Lassen sich die Erfolge Ihrer Arbeit beziffern?
Oh ja. Zu Beginn unserer Arbeit wurde Schwerhörigkeit bei Kindern durchschnittlich im 39. Lebensmonat festgestellt. In den meisten Fällen zu spät für eine erfolgreiche Therapie. Heute liegt der Durchschnitt beim 3. Lebensmonat. Neben unserem Engagement zur Früherkennung kümmern wir uns um adäquate Therapie und Versorgung der betroffenen Kinder – mit glänzenden Therapieergebnissen. Unsere »natürlichen Feinde« sind bedauerlicherweise auch heute noch die Eltern.
Schwer vorstellbar, dass Eltern sich so wenig für die Gesundheit ihrer Kinder interessieren. Was geht in diesen Eltern vor?

Das zu beantworten ist Sache von Psychologen. Uns geht es um die Kinder. Wir möchten über die Chancen der Früherkennung aufklären und Eltern animieren, mit uns zusammenzuarbeiten.

Was können Ärzte tun, um Ihre Arbeit zu unterstützen?

Sie können erst tätig werden, wenn die Eltern mit den Kindern ihre Hilfe suchen. Es ist wichtig, dass den zuständigen Ärzten die Tragweite dieser frühkindlichen Diagnose bewusst ist. Davon können wir heute in Berlin flächendeckend ausgehen.

Sind frischgebackene Eltern von den vielfältigen Aufgaben direkt nach der Geburt überfordert?

Da ich selber kinderlos bin, fühle ich mich nicht kompetent, eine Aussage zur Verfassung frischgebackener Eltern zu machen.

War Ihre Berufstätigkeit ein entscheidendes Argument gegen den Kinderwunsch?

Nein. Ich habe gerade einen Heiratsantrag erhalten, wenn ich das richtig verstanden habe, und wenn ich den annehme, worüber ich hier und jetzt eigentlich nachdenken sollte und wollte, statt Interviews zu geben, ist in dieser Hinsicht alles offen und möglich.

Die verstellte Stimme wurde entlassen. Sie sah das kleine Bäumchen im Waschbecken von der Seite an. »Und du, willst du der Grundstock für den Liebesgarten werden? Vergiss es!«, flüsterte sie ihm zu.

Ach Judith, dachte sie, wenn wir mal drei Nächte ohne dich sind, nehmen die plumpsten Narreteien ihren Lauf. Was soll ich mit der Birke machen?

Du erklärst Rudolf, dass die neuen Handgepäcksregelungen die Mitnahme von Pflanzen untersagen, ließ sie Judith antworten. Schließlich sind Pflanzentöpfe beliebte Sprengstoffbehälter.

Ist das so?

Keine Ahnung, aber es klingt einleuchtend. Sie hörte Judith lachen.

Sie drehte das Wasser ab und trat vors Waschbecken. Der Spiegel war beschlagen. Sie wischte ihn mit ihrem Ärmel und sah sich in die verschmierten Augen. Sie zog sich langsam aus. Der Spiegel verschleierte sich wieder. Leise öffnete sie die Badezimmertür und sah Rudolf am offenen Fenster stehen. »Rudolf?« Er drehte sich nach kurzem Zögern um. »Ja?«

»Hier ist Nebel. Ich seh nichts.«

»Lass die Tür offen.«

»Ja, das mach ich«, lächelte sie.

2008
Frohes neues Jahr (13)

Es ist dunkel. Schwer vorstellbar, dass heute eine Dämmerung einsetzt. Die Straßen glänzen speckig. Jetzt fällt nichts vom Himmel, und Schnee sowieso nicht. Berlin liegt in trunkenem Schlaf. *05:47* steht auf dem Handydisplay. Eine Frau geht die Invalidenstraße hinauf oder hinunter, den Unterschied hat sie nie verstanden, denn die Straße ist eben, und man kann von zwei Seiten kommen. Diese Frau bin ich.

An der Kreuzung bei der Justizvollzugsanstalt bleibt sie stehen. Sie überlegt, der Paulstraße zu folgen, über die Spree bis zur Siegessäule am großen Stern. Dort könnte sie sich zwischen fünf Richtungen entscheiden und neue Wege gehen. In ihrem Rücken schlafen oder wachen tausend männliche Untersuchungshäftlinge. »Frohes neues Jahr!«, ruft sie so laut sie kann und rennt los, Richtung Siegessäule. Weit kommt sie nicht. Die Nacht war lang. Ist es das Käsefondue, ist es das Kirschwasser, ist es die Müdigkeit? Als gallige Dreieinigkeit kommt es ihr vom Magen her entgegen, die Speiseröhre hoch, bleibt stecken. Sie steht gebückt, stößt Dampf aus und lockert den Schal. Auf der anderen Straßenseite geht ein Mensch in einem dunklen Mantel. Sie richtet sich auf und sieht zu ihm hinüber. Er geht weiter, ohne sich zu ihr zu wenden.

Auf der Lutherbrücke holt sie ihr Handy aus der Manteltasche und schreibt im Weitergehen eine Kurznachricht. *Die Stadt ist leer du fehlst.* Sie überlegt, wem sie die Nachricht schicken soll und löscht sie wieder. Rudolf schläft. Judith schläft. Sie verabschiedeten sich kurz vor fünf in ihre Zimmer. Sie legte sich zu den Katzen und wartete eine halbe Stunde. Dann stand sie lauschend im Flur, bevor sie sich Mantel und Stiefel anzog und die Wohnung verließ.

Am großen Stern wird sie von einem vorbeifahrenden Auto angehupt, in dem eine kleine Gemeinde bei offenen Fenstern und lauter Musik feiert. Sie überquert die Straße und erreicht den Sockel der Siegessäule. Und steht mitten in einer Party. Auf den steinernen Stufen sitzen Menschen, halten sich umarmt, singen, lachen. Andere wärmen sich hüpfend auf, ein Paar tanzt Walzer, »1, 2, 3 – 1, 2, 3«, singt die Frau zu den energischen Schritten ihres Partners. Flaschen und Rauchwaren werden herumgereicht, aus verschiedenen tragbaren Geräten kommt unterschiedliche Musik. »Zweitausendacht!«, brüllt einer und scheucht eine Gruppe kreischender junger Menschen im Kreis. Sie folgt ihnen langsam, umrundet die Säule auf der Suche nach der besten Abzweigung, schert aus dem Ringelreihen aus und geht im Laufschritt den Weg zurück, auf dem sie gekommen ist.

War's das? Das war's. Da geht eine Frau. Diese Frau bin ich. Ein neues Jahr beginnt. Ich bin 33 Jahre und zehn Monate alt. Ich habe Agnes überlebt.

Ich gehe die Invalidenstraße hinauf oder hinunter, das Handydisplay zeigt *07:23*. Schwer vorstellbar, dass es heute noch dämmert. War da was? Ich schaue zurück. Aber die Schritte, die ich höre, sind meine eigenen.

PS: Am 20. Juli 2007 haben wir geheiratet. »Wer heiratet wen?«, fragte die Standesbeamtin. »Wir uns«, antwortete ich und zeigte auf Rudolf. Und Judith lachte.

Thomas Brussig
Schiedsrichter Fertig
Eine Litanei

»Schiedsrichter Fertig« heißt das Buch, mit dem endlich wieder einmal ein Profi des Wortes das Fußballfeld bespielt. […] Ein herrlich schneidender Text.

Dieter Hildebrandt, *Die Zeit*

Ich empfehle Ihnen dieses Buch wärmstens – und verspreche Ihnen: Sie werden nie wieder ein Fußballspiel mit gleichen Augen sehen, wenn Sie dieses Buch gelesen haben.

Dieter Moor, *ORF »les.art«*

Brussig kotzt sich so richtig aus. Er scheint endgültig alle Hemmungen über Bord geworfen zu haben – und literarisch wird das zu einem Gewinn. […] Dieser Furor ist so echt, so maßlos, so unerschöpflich …

Joachim Lottmann, *Die Welt*

autor**in**residenz

Dan Lungu
Das Hühnerparadies
Ein falscher Roman
aus Gerüchten und Geheimnissen

Sprühende Metaphorik und romanisches Temperament prägen sein witzig-herbes Sittengemälde.

Katrin Hillgruber, *Kultur Spiegel*

Dan Lungu lässt seine Helden heftig phantasieren, deftig flunkern, ungeniert schimpfen, er legt ihnen eine Vielzahl von Anekdoten in den Mund, die der bitteren Schule der Diktatur entsprossen zu sein scheinen. Zu lachen gibt es – mit einem weinenden Auge – viel ... Ein Buch voller Fabulierlust, das Rumäniens Gratwanderung zwischen Vergangenheit und Zukunft auf ebenso witzige wie treffende Weise zur Anschauung bringt.

Ilma Rakusa, *NZZ*

Allein die Geschichte dieses Lokals ist genial: In einer ausgedienten Traktorkabine im Garten von Ticu Zidaru wird alles ausgeschenkt, was Prozente hat und nicht unmittelbar zum Tod führt – ein Männerparadies, und Umschlagplatz für Tratsch zugleich. Ein Mini-Universum im postkommunistischen Bewusstseinszustand: Kinder spielen am Müllplatz, Männer kämpfen um ihren Platz in der Nimm-das-Geld-und-Renn-Gesellschaft, Frauen inszenieren ihren Tod oder stricken bis zum Umfallen. Und die Hühner gackern dazu.

Caro Wiesauer, *Kurier*

autorinresidenz

Clemens J. Setz
Söhne und Planeten
Roman

Clemens J. Setz hat mit diesem beinahe beängstigend klugen Buch eines der besten Debüts des Jahres geschrieben.

Richard Kämmerlings, *Frankfurter Allgemeine Zeitung*

Einfühlsam zärtlich, mit einer Lust am literarischen Spiel und gleichermaßen souverän und leichtfüßig – eine neue Stimme, jung und überaus variantenreich; eine faszinierende Entdeckung.

Berliner Literaturkritik

Der Text beeindruckt durch sein sprachliches Niveau, das sich nicht zuletzt den lyrischen Bildern verdankt, die ohne große Geste eingestreut sind.

Daniela Strigl, *Ex Libris*

Setz will alles. Bekommt er auch alles? Zweifellos ist er eines der außergewöhnlichen literarischen Talente, auf den man, würde man Wetten auf die Zukunft von Neulingen abschließen, getrost setzen könnte.

Anton Thuswaldner, *Die Furche*